COLLECTION

LITTÉRATURES ET CULTURES

ANALYSES, DOCUMENTS ET ICONOGRAPHIE

Murielle De Serres, Michel T̶h̶é̶r̶i̶e̶n̶ ̶e̶t̶ ̶L̶y̶s̶ Jean

Moi, Tituba sorcière...
Noire de Salem

Maryse Condé
Texte intégral du roman

Beauchemin

COLLECTION
LITTÉRATURES ET CULTURES

ANALYSES, DOCUMENTS ET ICONOGRAPHIE

MURIELLE DE SERRES, MICHEL THÉRIEN ET JULIE JEAN

© 1995 **Éditions Beauchemin ltée**
3281, avenue Jean-Béraud
Laval (Québec) H7T 2L2
Téléphone : (514) 334-5912
            1 800 361-4504
Télécopieur : (514) 688-6269

ISBN : 2-7616-0529-2

Moi, Tituba sorcière... *Noire de Salem*
Maryse Condé
© 1986 Mercure de France

Dépôt légal 3e trimestre 1995
Bibliothèque nationale du Québec   Imprimé au Canada
Bibliothèque nationale du Canada   2 3 4 5 99 98 97

Supervision éditoriale : SEPP inc. (Louise Côté)
Chargée de projet : Andrée Lacombe
Direction artistique : Robert Gaboury
Production : Carole Ouimet, Andrée Bisson
Révision linguistique : Ginette Grenier
Correction d'épreuves : Michael Thornton
Conception et mise en pages : Annick Gagnon
Illustration de la couverture : Michel Poirier
Impression : Imprimerie Gagné

Table des matières

1 Biographie et œuvre romanesque de Maryse Condé

Pour Maryse Condé, «l'errance est bénéfique et féconde.
Il faut errer.» Et elle reconnaît qu'elle «ne cesse d'errer».

PFAFF, F. (1993). *Entretiens avec Maryse Condé*, Paris, Karthala, p. 47.

1937 Maryse Boucolon naît à Pointe-à-Pitre, en Guadeloupe, dernière d'une famille de huit enfants (mère institutrice, père dans les affaires).

1953 Fait des études secondaires à Paris.

1957 À la suite de la mort de sa mère, décide de rester à Paris et poursuit des études en lettres classiques et en langue anglaise.

1959 Épouse Mamadou Condé, un Guinéen, et part pour l'Afrique.

1960 Enseigne le français en Côte-d'Ivoire. Va retrouver son mari en Guinée pour présenter leur fille à la famille de son mari. Décide de rester en Guinée, enseigne à Conakry.

1964 Avec ses quatre enfants et un beau-fils, quitte la Guinée pour des raisons politiques.

1964-1966 Enseigne le français au Ghana.

1966 Expulsée du Ghana à la suite d'un coup d'État, va à Londres où elle travaille à la BBC; elle anime des émissions en français diffusées en Afrique.

1968-1969 Enseigne au Sénégal où elle rencontre Richard Philcox, un Anglais, qui deviendra son second mari et qui traduira ses œuvres en anglais.

1972	Retourne à Paris, se sépare de ses enfants pour reprendre ses études. Sous la direction d'Étiemble, rédige une thèse en littérature comparée sur les stéréotypes du Noir dans la littérature antillaise. Travaille à *Présence Africaine*, enseigne et anime des émissions de radio.
1975	Obtient son doctorat de la Sorbonne. Enseigne en France et est invitée sur des campus américains.
1976	Publication de *Hérémakhonon*, réédité sous le titre d'*En attendant le bonheur*, en 1988.
1979	Enseigne à l'Université de Californie à Santa Barbara.
1980-1985	Enseigne à la Sorbonne.
1981	Publication d'*Une saison à Rihata*.
1984-1985	Publication de *Ségou*.
1986	Retourne en Guadeloupe et milite pour l'indépendance de son île natale. Publication de *Moi, Tituba sorcière... Noire de Salem*.
1987	Enseigne la littérature négro-africaine à Paris. Publication de *La Vie scélérate*.
1989	Publication de *Traversée de la Mangrove*.
1990-1992	Enseigne à l'Université de Californie à Berkeley.
1992	Est candidate aux élections régionales de la Guadeloupe, sur la liste du parti indépendantiste, mais n'est pas élue. Publication des *Derniers Rois Mages*.
1993	Enseigne dans des universités américaines. Publication de *La Colonie du nouveau monde*.

L'errance de Maryse Condé reproduit le circuit du commerce triangulaire. En effet, à l'époque de la traite négrière, les bateaux partaient de France chargés de fusils, de poudre, de pacotille qu'ils échangeaient en Afrique contre des esclaves. De l'Afrique, les négriers se dirigeaient ensuite vers les Antilles où ils vendaient leur bois d'ébène et retournaient en France avec une cargaison de tabac et de sucre.

2   Entrevue avec Maryse Condé

Le 30 janvier 1995, Maryse Condé a répondu par écrit aux questions posées par les auteurs.

L'écriture

Auteurs
– Tituba est un personnage historique. Diriez-vous que le roman est davantage une histoire romancée qu'un roman historique?

Maryse Condé
– C'est un personnage historique sur lequel il n'y avait pratiquement aucune information. Un personnage dont les historiens ne se sont pas souciés à cause de sa couleur et de son sexe. Par conséquent, le roman est pratiquement de la pure fiction.

Auteurs
– Le personnage de Tituba est originaire de la Barbade. Y aurait-il des raisons historiques pour choisir la Barbade plutôt que la Guadeloupe, par exemple? Cette question se pose parce qu'il nous semble que Tituba s'exprime comme une esclave d'une colonie française.

Maryse Condé
– Elle est «historiquement» originaire de la Barbade. C'est une des rares données à son sujet. Pourtant, comme le roman ne se veut pas historique (il ne pourrait pas l'être), la culture dépeinte ne cherche pas la vérité et la couleur locale. Elle est celle de la Guadeloupe, seule île des Caraïbes que je connaisse.

Auteurs
– La «Complainte pour l'enfant perdu» est un bel exemple de la capacité du roman d'intégrer différentes formes codifiées de la langue. Ce poème est-il connu dans la culture antillaise ou a-t-il été écrit pour le roman?

Maryse Condé
– Ce poème est une création de l'auteure.

Auteurs
– Pourquoi avoir choisi des vers de Harrington en épigraphe, alors que le roman dénonce le puritanisme?

Maryse Condé
– Un écrivain n'est pas si rigoureusement logique. Ces vers sont beaux et reflètent d'une certaine manière la vie de Tituba. Qu'importe qui est Harrington.

Les différences culturelles

Auteurs
– En quoi l'histoire racontée dans *Tituba* peut-elle rejoindre les lecteurs et les lectrices d'aujourd'hui, notamment les jeunes?

Maryse Condé
– Cela, je l'ignore. Je n'ai pas écrit pour eux. Mais pour moi. Ils peuvent s'intéresser à Tituba s'ils détestent l'exclusion, l'injustice, la lâcheté.

Auteurs
– Dans la culture judéo-chrétienne, on comprend l'existence des esprits, celle des anges, par exemple. Par contre, ce qui peut poser problème dans *Tituba*, c'est la communication avec les invisibles, présents physiquement. Est-ce que Tituba croyait vraiment à la présence physique des invisibles? Est-ce qu'on y croit encore aujourd'hui dans la culture antillaise?

Maryse Condé
– Toute la culture négro-africaine repose sur la croyance aux esprits. En Afrique, aux Antilles, au Brésil... C'est une évidence qui a été largement étudiée par les spécialistes de toute origine. Lire Hampâté Bâ, Alfred Métraux, Germaine Dieterlen, Marcel Griaule, Sory Camara... La liste serait trop longue.

L'interprétation

Auteurs
– Peut-on penser que si vous aviez écrit ce roman vingt ans plus tôt, Tituba serait retournée en Afrique plutôt qu'à la Barbade? Autrement dit, est-on justifié de lire *Tituba* comme une affirmation de l'«antillanité» plutôt que de l'«africanité»?

Maryse Condé
– Non. Ce n'est ni l'un ni l'autre. C'est une magnifique histoire de femmes.

Auteurs
– Il est bien sûr que *Tituba* fait une critique sévère des Blancs (puritanisme, esclavage, délation, etc.). Ne pourrait-on pas y lire aussi une critique des Noirs?

Maryse Condé
– Ce n'est pas une critique des <u>Blancs</u>*, ce qui ne voudrait rien dire. C'est une critique de l'Amérique puritaine. Des hommes et des femmes fuient les persécutions du Vieux Continent et recréent une société bâtie sur l'exploitation et l'intransigeance. Il y a certainement une critique des mâles noirs personnifiés par John Indien. Les écrivaines noires sont coutumières du fait.

Auteurs
– Les trois points de suspension dans le titre intriguent. Pourriez-vous suggérer quelques avenues possibles pour en éclairer le sens?

Maryse Condé
– Question d'élégance dans la disposition du titre.

---

* Souligné par Maryse Condé.

3 Histoire de la Barbade

Époque précolombienne

La Barbade est habitée par des Arawaks, Indiens pacifiques qui sont chassés de l'île par de farouches guerriers caraïbes.

XVIᵉ siècle

1536   Des navigateurs portugais débarquent sur l'île. Ils l'appellent «la barbue», après avoir vu les racines aériennes des banians (sorte de figuiers). Les Portugais ne laissent qu'un troupeau de porcs sur l'île.

XVIIᵉ siècle

1625   Les premiers Anglais débarquent sur l'île, alors inhabitée.
1627   Une colonie anglaise s'installe dans l'île. Contrairement aux autres îles antillaises, qui connaîtront plusieurs attaques étrangères, la Barbade restera britannique jusqu'à son indépendance.
1639   Le premier Parlement est créé.
1640   Avec l'aide de milliers d'esclaves noirs importés d'Afrique, on développe la culture de la canne à sucre dans toute l'île. La Barbade devient, durant la seconde moitié du XVIIᵉ siècle, la reine mondiale du sucre.
1650   Des Juifs de Pernambouc (Brésil) s'installent dans l'île.
1665   Sans succès, les Hollandais attaquent l'île. Ce sera la seule attaque étrangère contre la Barbade.
1693   Une révolte d'esclaves échoue : les responsables sont pendus. Dans *Nouveau voyage aux isles de l'Amérique* (1722), le père Jean-Baptiste Labat décrit la condition des esclaves de la Barbade à la fin du XVIIᵉ siècle.

Les Anglois ménagent très-peu leurs Négres; ils les nourrissent très-mal, la plupart leur donnent le Samedi pour travailler pour leur compte, afin de s'entretenir de tous leurs besoins eux et leurs familles. Leurs Commandeurs les poussent au travail à toute outrance, les battent sans miséricorde pour la moindre faute, et semblent se soucier moins de la vie d'un Négre, que de celle d'un cheval. [...]

Les Ministres ne les instruisent, et ne les batisent point; on les regarde à peu près comme des bêtes à qui tout est permis pourvû qu'ils s'acquittent très-exactement de leur devoir. On souffre qu'ils ayent plusieurs femmes, et qu'ils les quittent quand il leur plaît; pourvû qu'ils fassent bien des enfans, qu'ils travaillent beaucoup, et qu'ils ne soient point malades, leurs Maîtres sont contens, et n'en demandent pas davantage. On punit très rigoureuse-ment les moindres désobéïssances, et encore plus les révoltes, ce qui n'em-pêche pas qu'il n'y en arrive très-souvent, parce que ces malheureux se voyant poussez à bout plus souvent par leurs Commandeurs yvrognes, déraisonnables et barbares, que par leurs Maîtres, perdent à la fin patience, s'assemblent, se jettent sur ceux qui les ont maltraitez, les déchirent, et les mettent en pièces; et quoiqu'ils soient assûrez d'en être punis d'une manière très-cruelle, ils croyent avoir beaucoup fait quand ils se sont vengez de leurs impitoyables boureaux.

LABAT, J.-B. (1722-1972). *Nouveau voyage aux isles de l'Amérique*, Fort-de-France, Éditions des Horizons Caraïbes, p. 275-276.

XVIIIe siècle

La Barbade est affectée par les guerres qui se déroulent en Angleterre et dans l'Empire britannique. C'est une période de stagnation politique, économique et sociale.

XIXe siècle

1807   Tout en maintenant l'esclavage, le Parlement britannique abolit la traite des Noirs.

1816   Des esclaves noirs se révoltent.

1834   L'esclavage est aboli à la Barbade. L'Angleterre devance ainsi la France, qui abolira l'esclavage dans ses colonies en 1848, et les États-Unis, qui l'aboliront en 1865.

XXe siècle

De nombreux changements d'ordre socio-économique et politique secouent la Barbade. Des paysans qui achètent des terres remplacent les grands propriétaires absents de l'île. Une classe ouvrière urbaine naît à Bridgetown, la capitale.

1932   Le tourisme se développe.

1935-1938   Des conditions de vie dégradantes causent des affronte-ments sanglants entre ouvriers et forces de l'ordre.

1966   La Barbade obtient son indépendance tout en demeurant au sein du Commonwealth.

1967   La Barbade devient membre de l'Organisation des Nations Unies.

Tituba et moi, avons vécu en étroite intimité pendant un an. C'est au cours de nos interminables conversations qu'elle m'a dit ces choses qu'elle n'avait confiées à personne.

MARYSE CONDÉ

"Death is a porte whereby we pass to joye;
Lyfe is a lake that drowneth all in payne"

JOHN HARRINGTON
(Poète puritain du XVIe siècle)

I

1

Abena, ma mère, un marin anglais la viola sur le pont du *Christ the King*, un jour de 16** alors que le navire faisait voile vers la Barbade. C'est de cette agression que je suis née. De cet acte de haine et de mépris.

Quand, de longues semaines plus tard, on arriva au port de Bridgetown, on ne s'aperçut point de l'état de ma mère. Comme elle n'avait sûrement pas plus de seize ans, comme elle était belle avec son teint d'un noir de jais et, sur ses hautes pommettes, le dessin subtil des cicatrices tribales, un riche planteur du nom de Darnell Davis l'acheta très cher. Avec elle, il fit l'acquisition de deux hommes, deux Ashantis ceux-là aussi, victimes des guerres entre Fantis et Ashantis. Il destinait ma mère à sa femme qui ne parvenait pas à se consoler de l'Angleterre et dont l'état physique et mental nécessitait des soins constants. Il pensait que ma mère saurait chanter pour la distraire, danser éventuellement et pratiquer ces tours dont il croyait les nègres friands. Il destinait les deux hommes à sa plantation de canne à sucre qui venait bien et à ses champs de tabac.

Jennifer, l'épouse de Darnell Davis, n'était guère plus âgée que ma mère. On l'avait mariée à cet homme rude qu'elle haïssait, qui la laissait seule le soir pour aller boire et qui avait déjà une meute d'enfants bâtards. Jennifer et ma mère se lièrent d'amitié. Après tout, ce n'était que deux enfants effrayées par le rugissement des grands animaux nocturnes et le théâtre d'ombres des flamboyants, des calebassiers et des mapous de la plantation. Elles se couchaient ensemble et ma mère, les doigts jouant avec les longues tresses de sa compagne, lui contait les histoires que sa mère lui avait contées à Akwapim, son village natal. Elle rameutait à leur chevet toutes les forces de la nature afin que la nuit leur soit conciliante et que les buveurs de sang ne les saignent pas à blanc avant le lever du jour.

Quand Darnell Davis s'aperçut que ma mère était enceinte, il entra en fureur pensant aux bonnes livres sterling qu'il avait dépensées pour l'acquérir. Voilà qu'il allait avoir sur les bras une femme mal portante et qui ne serait d'aucune utilité! Il refusa de céder aux prières de Jennifer et pour punir ma mère, il la donna à un des Ashantis qu'il avait achetés en

19

même temps qu'elle, Yao. En outre, il lui interdit de remettre pied à l'Habitation. Yao était un jeune guerrier qui ne se résignait pas à planter la canne, à la couper et à la charroyer au moulin. Aussi, par deux fois, il avait tenté de se tuer en mâchant des racines vénéneuses. On l'avait sauvé de justesse et ramené à une vie qu'il haïssait. Darnell espérait qu'en lui donnant une compagne, il lui donnerait aussi goût à l'existence, rentrant ainsi dans ses dépenses. Comme il avait été mal inspiré ce matin de juin 16** quand il s'était rendu au marché aux esclaves de Bridgetown! Un des deux hommes était mort. L'autre était un suicidaire. Et Abena était grosse!

Ma mère entra dans la case de Yao peu avant l'heure du repas du soir. Il était étendu sur sa couche, trop déprimé pour songer à se nourrir, à peine curieux de cette femme dont on lui avait annoncé la venue. Quand Abena apparut, il se redressa sur un coude et murmura :

— Akwaba[1]!

Puis il la reconnut et s'exclama :

— C'est toi!

Abena fondit en larmes. Trop d'orages s'étaient accumulés au-dessus de sa courte vie : son village incendié, ses parents éventrés en tentant de se défendre, ce viol, à présent la séparation brutale d'avec un être aussi doux et désespéré qu'elle-même.

Yao se leva et sa tête touchait le plafond de la case, car ce nègre était aussi haut qu'un acomat.

— Ne pleure pas. Je ne te toucherai pas. Je ne te ferai aucun mal. Est-ce que nous ne parlons pas la même langue? Est-ce que nous n'adorons pas le même dieu?

Puis il abaissa les yeux vers le ventre de ma mère :

— C'est l'enfant du maître, n'est-ce pas?

Des larmes, encore plus brûlantes, de honte et de douleur, jaillirent des yeux d'Abena :

— Non, non! Mais c'est quand même l'enfant d'un Blanc.

Comme elle se tenait là, devant lui, tête basse, une immense et très douce pitié emplit le cœur de Yao. Il lui sembla que l'humiliation de cette enfant symbolisait celle de tout son peuple, défait, dispersé, vendu à l'encan. Il essuya l'eau qui coulait de ses yeux :

— Ne pleure pas. À partir d'aujourd'hui, ton enfant c'est le mien. Tu m'entends? Et gare à celui qui dira le contraire.

Elle ne cessa pas de pleurer. Alors, il lui releva la tête et interrogea :

— Est-ce que tu connais l'histoire de l'oiseau qui se moquait des frondes du palmier?

Ma mère ébaucha un sourire :

— Comment pourrais-je ne pas la connaître? Quand j'étais petite, c'était mon histoire favorite. La mère de ma mère me la contait tous les soirs.

— La mienne aussi... Et celle du singe qui se voulait le roi des animaux? Et il monta au faîte d'un iroko pour que tous se prosternent devant lui. Mais une branche cassa et il se retrouva par terre, le cul dans la poussière...

Ma mère rit. Elle n'avait pas ri depuis de longs mois. Yao prit le ballot qu'elle tenait à la main et alla le déposer dans un coin de la case. Puis il s'excusa :

— Tout est sale ici parce que je n'avais pas goût à la vie. C'était pour moi comme une flaque d'eau sale que l'on voudrait éviter. À présent que tu es là, tout est différent.

Ils passèrent la nuit dans les bras l'un de l'autre, comme un frère et une sœur ou plutôt, comme un père et sa fille, affectionnés et chastes. Une semaine se passa avant qu'ils fassent l'amour.

Quand je naquis quatre mois plus tard, Yao et ma mère connaissaient le bonheur. Triste bonheur d'esclave, incertain et menacé, fait de miettes presque impalpables! À six heures du matin, le coutelas sur l'épaule, Yao partait aux champs et prenait sa place dans la longue file d'hommes en haillons, traînant les pieds le long des sentiers. Pendant ce temps, ma mère faisait pousser dans son carreau de terre des tomates, des gombos ou d'autres légumes, cuisinait, nourrissait une volaille étique. À six heures du soir, les hommes revenaient et les femmes s'affairaient autour d'eux.

Ma mère pleura que je ne sois pas un garçon. Il lui semblait que le sort des femmes était encore plus douloureux que celui des hommes. Pour s'affranchir de leur condition, ne devaient-elles pas passer par les volontés de ceux-là mêmes qui les tenaient en servitude et coucher dans leurs lits? Yao au contraire fut content. Il me prit dans ses grandes mains osseuses et m'oignit le front du sang frais d'un poulet après avoir enterré le placenta de ma mère sous un fromager. Ensuite, me tenant par les pieds, il présenta mon corps aux quatre coins de l'horizon. C'est lui qui me donna mon nom : Tituba. Ti-Tu-Ba.

Ce n'est pas un prénom ashanti. Sans doute, Yao en l'inventant, voulait-il prouver que j'étais fille de sa volonté et de son imagination. Fille de son amour.

Les premières années de ma vie furent sans histoires. Je fus un beau bébé, joufflu, car le lait de ma mère me réussissait bien. Puis j'appris à parler, à marcher. Je découvris le triste et cependant splendide univers autour de moi. Les cases de boue séchée, sombres contre le ciel démesuré, l'involontaire parure des plantes et des arbres, la mer et son âpre chant de liberté. Yao tournait mon visage vers le large et me murmurait à l'oreille :

— Un jour, nous serons libres et nous volerons de toutes nos ailes vers notre pays d'origine.

Puis il me frottait le corps avec un bouchon d'algues séchées pour m'éviter le pian.

En vérité, Yao avait deux enfants, ma mère et moi. Car, pour ma mère, il était bien plus qu'un amant, un père, un sauveur, un refuge! Quand découvris-je que ma mère ne m'aimait pas?

Peut-être quand j'atteignis cinq ou six ans. J'avais beau être «mal sortie», c'est-à-dire le teint à peine rougeâtre et les cheveux carrément crépus, je ne cessais pas de lui remettre en l'esprit le Blanc qui l'avait possédée sur le pont du *Christ the King* au milieu d'un cercle de marins, voyeurs obscènes. Je lui rappelais à tout instant sa douleur et son humiliation. Aussi quand je me blottissais passionnément contre elle comme aiment à le faire les enfants, elle me repoussait inévitablement. Quand je nouais les bras autour de son cou, elle se hâtait de se dégager. Elle n'obéissait qu'aux commandements de Yao :

— Prends-la sur tes genoux. Embrasse-la. Caresse-la...

Pourtant je ne souffrais pas de ce manque d'affection, car Yao m'aimait pour deux. Ma main, petite dans la sienne, dure et rugueuse. Mon pied, minuscule dans la trace du sien, énorme. Mon front, au creux de son cou.

La vie avait une sorte de douceur. Malgré les interdictions de Darnell, le soir, les hommes enfourchaient la haute monture des tam-tams et les femmes relevaient leurs haillons sur leurs jambes luisantes. Elles dansaient!

Plusieurs fois cependant, j'ai assisté à des scènes de brutalité et de torture. Des hommes rentraient ensanglantés, le torse et le dos couverts de zébrures écarlates. L'un d'eux mourut sous mes yeux en vomissant une bave violette et on l'enterra au pied d'un mapou. Puis l'on se réjouit, car celui-là au moins était délivré et allait reprendre le chemin du retour.

La maternité et surtout l'amour de Yao avaient transformé ma mère. C'était à présent une jeune femme, souple et mauve comme la fleur de canne à sucre. Elle ceignait son front d'un mouchoir blanc à l'abri duquel ses yeux brillaient. Un jour, elle me prit par la main pour aller fouiller des trous d'igname dans un carreau de terre que le maître avait concédé aux esclaves. Une brise poussait les nuages du côté de la mer et le ciel, lavé, était d'un bleu tendre. La Barbade, mon pays, est une île plate. À peine çà et là, quelques mornes.

Nous nous engageâmes dans un sentier qui serpentait entre les herbes de Guinée quand soudain nous entendîmes un bruit de voix irritées. C'était Darnell qui rudoyait un contremaître. À la vue de ma mère, son expression changea radicalement. La surprise et le ravissement se disputèrent sur ses traits et il s'exclama :

— Est-ce toi, Abena? Eh bien, le mari que je t'ai donné te convient à merveille. Approche!

Ma mère recula si vivement que le panier contenant un coutelas et une calebasse d'eau qu'elle portait en équilibre sur la tête tomba. La calebasse se brisa en trois morceaux, répandant son contenu dans l'herbe. Le coutelas se ficha en terre, glacial et meurtrier, et le panier se mit à rouler le long du sentier comme s'il fuyait le théâtre du drame qui allait se jouer. Terrifiée, je me lançai à sa poursuite et finis par le rattraper.

Quand je revins vers ma mère, elle se tenait, haletante, le dos contre un calebassier. Darnell était debout à moins d'un mètre d'elle. Il avait tombé la chemise, défait son pantalon, découvrant la blancheur de ses sous-vêtements et sa main gauche fouillait à hauteur de son sexe. Ma mère hurla, tournant la tête dans ma direction :

— Le coutelas! Donne-moi le coutelas!

J'obéis aussi vite que je pus, tenant la lame énorme dans mes mains frêles. Ma mère frappa à deux reprises. Lentement, la chemise de lin blanc vira à l'écarlate.

On pendit ma mère.

Je vis son corps tournoyer aux branches basses d'un fromager.

Elle avait commis le crime pour lequel il n'est pas de pardon. Elle avait frappé un Blanc. Elle ne l'avait pas tué cependant. Dans sa fureur maladroite, elle n'était parvenue qu'à lui entailler l'épaule.

On pendit ma mère.

Tous les esclaves avaient été conviés à son exécution. Quand, la nuque brisée, elle rendit l'âme, un chant de révolte et de colère s'éleva de toutes les poitrines que les chefs d'équipe firent taire à grands coups de nerf de bœuf. Moi, réfugiée entre les jupes d'une femme, je sentis se solidifier en moi comme une lave, un sentiment qui ne devait plus me quitter, mélange de terreur et de deuil.

On pendit ma mère.

Quand son corps tournoya dans le vide, j'eus la force de m'éloigner à petits pas, de m'accroupir et de vomir interminablement dans l'herbe.

Pour punir Yao du crime de sa compagne, Darnell le vendit à un planteur du nom de John Inglewood qui habitait de l'autre côté des Monts Hillaby. Yao n'atteignit jamais cette destination. En route, il parvint à se donner la mort en avalant sa langue.

Quant à moi, à sept ans à peine, Darnell me chassa de la plantation. J'aurais pu mourir, si cette solidarité des esclaves qui se dément rarement, ne m'avait sauvée.

Une vieille femme me recueillit. Elle semblait braque, car elle avait vu mourir suppliciés son compagnon et ses deux fils, accusés d'avoir fomenté une révolte. En réalité, elle avait à peine les pieds sur notre terre et vivait constamment dans leur compagnie, ayant cultivé à l'extrême le don de communiquer avec les invisibles. Ce n'était pas une Ashanti comme ma mère et Yao, mais une Nago de la côte, dont on avait créolisé en Man Yaya, le nom de Yetunde. On la craignait. Mais on venait la voir de loin à cause de son pouvoir.

Elle commença par me donner un bain dans lequel flottaient des racines fétides, laissant l'eau ruisseler le long de mes membres. Ensuite elle me fit boire une potion de son cru et me noua autour du cou un collier fait de petites pierres rouges.

— Tu souffriras dans ta vie. Beaucoup. Beaucoup.

Ces paroles qui me plongeaient dans la terreur, elle les prononçait avec calme, presque en souriant.

— Mais tu survivras!

Cela ne me consolait pas! Néanmoins, une telle autorité se dégageait de la personne voûtée, ridée de Man Yaya que je n'osais protester.

Man Yaya m'apprit les plantes.

Celles qui donnent le sommeil. Celles qui guérissent plaies et ulcères. Celles qui font avouer les voleurs.

Celles qui calment les épileptiques et les plongent dans un bienheureux repos. Celles qui mettent sur les lèvres des furieux, des désespérés et des suicidaires des paroles d'espoir.

Man Yaya m'apprit à écouter le vent quand il se lève et mesure ses forces au-dessus des cases qu'il se prépare à broyer.

Man Yaya m'apprit la mer. Les montagnes et les mornes.

Elle m'apprit que tout vit, tout a une âme, un souffle. Que tout doit être respecté. Que l'homme n'est pas un maître parcourant à cheval son royaume.

Un jour, au milieu de l'après-midi, je m'endormis. C'était la saison de Carême. Il faisait une chaleur torride et, maniant la houe ou le coutelas, les esclaves psalmodiaient un chant accablé. Je vis ma mère, non point pantin douloureux et désarticulé, tournoyant parmi le feuillage, mais parée des couleurs de l'amour de Yao. Je m'exclamai :

— Maman!

Elle vint me prendre dans ses bras. Dieu! que ses lèvres étaient douces!

— Pardonne-moi d'avoir cru que je ne t'aimais pas! À présent, je vois clair en moi et je ne te quitterai jamais!

Je criai, éperdue de bonheur :

— Yao! Où est Yao?

Elle se détourna :

— Il est là, lui aussi!

Et Yao m'apparut.

Je courus raconter ce rêve à Man Yaya qui pelait les racines du repas du soir. Elle eut un sourire finaud :

— Tu crois donc que c'était un rêve?

Je demeurai interdite.

Désormais, Man Yaya m'initia à une connaissance plus haute.

Les morts ne meurent que s'ils meurent dans nos cœurs. Ils vivent si nous les chérissons, si nous honorons leur mémoire, si nous posons sur leurs tombes les mets qui de leur vivant ont eu leurs préférences, si à intervalles réguliers nous nous recueillons pour communier dans leur souvenir. Ils sont là, partout autour de nous, avides d'attention, avides d'affection. Quelques mots suffisent à les rameuter, pressant leurs corps invisibles contre les nôtres, impatients de se rendre utiles.

Mais gare à celui qui les irrite, car ils ne pardonnent jamais et poursuivent de leur haine implacable ceux qui les ont offensés, même par inadvertance. Man Yaya m'apprit les prières, les litanies, les gestes propitiatoires. Elle m'apprit à me changer en oiseau sur la branche, en insecte dans l'herbe sèche, en grenouille coassant dans la boue de la rivière Ormonde quand je voulais me délasser de la forme que j'avais reçue à la naissance. Elle m'apprit surtout les sacrifices. Le sang, le lait, liquides essentiels. Hélas! peu de jours après l'anniversaire de mes quatorze ans, son corps subit la loi de l'espèce. Je ne pleurai pas en la mettant en terre. Je savais que je n'étais pas seule et que trois ombres se relayaient autour de moi pour veiller.

C'est aussi à cette époque que Darnell vendit la plantation. Quelques années plus tôt, sa femme Jennifer était morte en lui donnant un fils, nourrisson chétif, à peau blafarde, grelottant périodiquement de fièvre. Malgré le lait que lui donnait en abondance une esclave, forcée d'abandonner pour lui son propre fils, il semblait marqué pour la tombe. L'instinct paternel de Darnell se réveilla pour son unique rejeton de race blanche et il décida de retourner en Angleterre pour tenter de le guérir.

Le nouveau maître, selon une pratique peu courante, acheta la terre sans les esclaves. Les pieds entravés et une corde autour du cou, ceux-ci furent donc emmenés à Bridgetown pour trouver acquéreur et ensuite dispersés aux quatre vents de l'île, le père se trouvant séparé du fils, la mère de la fille. Comme je n'appartenais plus à Darnell et parasitais la plantation, je ne fis pas partie du triste cortège qui prit le chemin du marché aux enchères. Je connaissais un coin en bordure de la rivière Ormonde où personne ne se rendait jamais, car la terre y était marécageuse et peu propice à la culture de la canne. J'y bâtis toute seule, à la force de mes poignets, une case que je parvins à jucher sur pilotis. Patiemment, je colmatai des langues de terre et délimitai un jardin où bientôt crûrent toutes sortes de plantes que je mettais en terre de façon rituelle, respectant les volontés du soleil et de l'air.

Je m'en aperçois aujourd'hui, ce furent les moments les plus heureux de ma vie. Je n'étais jamais seule puisque mes invisibles étaient autour de moi, sans jamais cependant m'oppresser de leur présence.

Man Yaya mettait la dernière main à une partie de son enseignement, celle concernant les plantes. Sous sa direction, je m'essayai à des croisements hardis, mariant la passiflorinde à la prune taureau, la cithère vénéneuse à la surette et l'azalée des azalées à la persulfureuse. Je concoctais des drogues, des potions dont j'affermissais le pouvoir grâce à des incantations.

Le soir, le ciel violet de l'île s'étendait au-dessus de ma tête comme un grand mouchoir contre lequel les étoiles venaient scintiller une à une. Le matin, le soleil mettait sa main en cornet devant sa bouche et m'invitait à vagabonder avec lui.

J'étais loin des hommes et surtout des hommes blancs. J'étais heureuse! Hélas! Tout cela devait changer!

Un jour, un grand vent renversa le poulailler où j'élevais de la volaille et je dus partir à la recherche de mes poules et de mon beau coq au cou écarlate, m'écartant loin au-delà des limites que je m'étais fixées.

À un carrefour, je rencontrai des esclaves menant un cabrouet de cannes au moulin. Triste spectacle! Visages émaciés, haillons couleur de boue, membres décharnés, cheveux rougis de mauvaise nutrition. Un garçon d'une dizaine d'années aidait son père à conduire l'attelage, sombre, fermé comme un adulte qui n'a de foi en rien.

À ma vue, tout ce monde sauta prestement dans l'herbe et s'agenouilla tandis qu'une demi-douzaine de paires d'yeux respectueuses et terrifiées se levaient vers moi. Je restai abasourdie. Quelles légendes s'étaient tissées autour de moi?

On semblait me craindre. Pourquoi? Fille d'une pendue, recluse au bord d'une mare, n'aurait-on pas dû plutôt me plaindre? Je compris qu'on pensait surtout à mon association avec Man Yaya et qu'on la redoutait. Pourquoi? Man Yaya n'avait-elle pas employé son don à faire le bien. Sans cesse et encore le bien? Cette terreur me paraissait une injustice. Ah! c'est par des cris de joie et de bonne arrivée que l'on aurait dû m'accueillir! C'est par l'exposé de maux que j'aurais de mon mieux tenté de guérir. J'étais faite pour panser et non pour effrayer. Je revins tristement chez moi, sans plus songer à mes poules ni à mon coq qui à cette heure devaient caracoler dans l'herbe des grands chemins.

Cette rencontre avec les miens fut lourde de conséquences. C'est à partir de ce jour-là que je me rapprochai des plantations afin de faire connaître mon vrai visage. Il fallait l'aimer, Tituba!

Penser que je faisais peur, moi qui ne sentais en moi que tendresse, que compassion! Ah oui! j'aurais aimé déchaîner le vent comme un chien à la niche afin qu'il emporte au-delà de l'horizon les blanches Habitations des maîtres, commander au feu pour qu'il élève ses flammes et les fasse rougeoyer afin que l'île tout entière soit purifiée, consumée! Mais je n'avais point ce pouvoir. Je ne savais qu'offrir la consolation!

Peu à peu, les esclaves s'accoutumèrent à ma vue et vinrent vers moi, d'abord timidement, puis avec plus de confiance. J'entrai dans les cases et je réconfortai malades et mourants.

2

Hep! C'est toi Tituba? Pas étonnant que les gens aient peur de toi. Tu as vu la tête que tu as?

Celui qui me parlait ainsi était un jeune homme nettement plus âgé que moi, puisqu'il ne devait pas avoir moins de vingt ans, grand, dégingandé, le teint clair et les cheveux curieusement lisses. Quand je voulus lui répondre, les mots s'envolèrent comme pris de mauvaise volonté et je ne pus bâtir la moindre phrase. Dans mon grand désarroi, j'émis une sorte de grognement qui précipita mon interlocuteur dans une crise de fou rire et il répéta :

— Non, pas étonnant que les gens aient peur de toi. Tu ne sais pas parler et tes cheveux sont en broussaille. Pourtant, tu pourrais être belle.

Il s'approcha hardiment. Si j'avais été plus habituée au contact des hommes, j'aurais décelé de la peur dans ses yeux, mobiles comme ceux des lapins et aussi mordorés. Mais j'en étais bien incapable et je ne fus sensible qu'au bravado de sa voix et de son sourire. Je parvins finalement à répondre :

— Oui, je suis Tituba. Et toi, qui es-tu?

Il fit :

— On m'appelle John Indien.

C'était là un nom peu commun et je fronçai le sourcil :

— Indien?

Il prit un air avantageux :

— Il paraît que mon père était un des rares Arawaks que les Anglais n'ont pas fait fuir. Un colosse de huit pieds de haut. Parmi les innombrables bâtards qu'il a semés, il m'a eu d'une Nago qu'il visitait le soir venu, et voilà, je suis cet enfant-là!

Il pirouetta à nouveau sur lui-même en riant aux éclats. Cette gaieté me sidéra. Ainsi, il y avait des êtres heureux sur cette terre de misère... Je balbutiai :

— Es-tu un esclave?

Il inclina affirmativement la tête :

— Oui, j'appartiens à maîtresse Susanna Endicott qui habite là-bas dans Carlisle Bay.

Il désignait la mer scintillante à l'horizon.

— Elle m'a envoyé acheter des œufs de Leghorn chez Samuel Watermans.

J'interrogeai :

— Qui est Samuel Watermans?

Il rit. À nouveau ce rire d'humain bien dans sa peau!

— Tu ne sais pas que c'est lui qui a acheté la plantation de Darnell Davis?

Là-dessus, il se pencha et ramassa un panier rond qu'il avait posé à ses pieds :

— Bon, il faut que je parte, à présent. Sinon, je vais être en retard et maîtresse Endicott va encore babier. Tu sais comment les femmes aiment babier? Surtout quand elles commencent à se faire vieilles et n'ont pas de maris.

Tout ce verbiage! La tête me tournait. Comme il s'éloignait après m'avoir adressé un signe de la main, je ne sais ce qui me prit. Je fis avec une intonation qui m'était totalement inconnue :

— Est-ce que je te reverrai?

Il me fixa. Je me demande ce qu'il lut sur mon visage, mais il prit un air faraud :

— Dimanche après-midi, il y a la danse à Carlisle Bay. Veux-tu y venir? J'y serai.

J'inclinai convulsivement la tête.

Je revins lentement vers ma case. Pour la première fois, je vis ce lieu qui m'avait servi d'abri et il me parut sinistre. Les planches, grossièrement équarries à coups de hache étaient noircies par pluies et vents. Une bougainvillée géante, adossée à son flanc gauche, ne parvenait pas à l'égayer, malgré la pourpre de ses fleurs. Je regardai autour de moi : un calebassier noueux, des roseaux. Je frémis. Je me dirigeai vers ce qui restait de poulailler et saisis une des rares volailles qui m'étaient demeurées fidèles. D'une main experte, je lui ouvris le ventre, laissant la rosée de son sang humecter la terre. Puis j'appelai doucement :

— Man Yaya! Man Yaya!

Celle-ci m'apparut bien vite. Non pas sous sa forme mortelle de femme au grand âge, mais sous celle qu'elle avait revêtue pour l'éternité. Parfumée, une couronne de boutons d'oranger en guise de parure. Je dis en haletant :

— Man Yaya, je veux que cet homme m'aime.

Elle hocha la tête :

— Les hommes n'aiment pas. Ils possèdent. Ils asservissent.

Je protestai :

— Yao aimait Abena.

— C'était une des rares exceptions.

— Peut-être celui-là aussi en sera-t-il une!

Elle rejeta la tête en arrière pour mieux laisser fuser une sorte de hennissement d'incrédulité :

— On dit que c'est un coq qui a couvert la moitié des poules de Carlisle Bay.

— Je veux que cela cesse.

— Je n'ai qu'à le regarder pour savoir que c'est un nègre creux, plein de vent et d'effronterie.

Man Yaya devint sérieuse, prenant la mesure de l'urgence de mes regards :

— Bon, va à cette danse de Carlisle Bay à laquelle il t'a invitée et habilement, fais couler un peu de son sang sur un tissu. Apporte-le-moi avec quelque chose qui aura séjourné au contact de sa peau.

Elle s'éloigna, non sans que j'aie remarqué l'expression de tristesse de ses traits. Sans doute observait-elle là le début de l'accomplissement de ma vie. Ma vie, fleuve qui ne peut être entièrement détourné.

Jusqu'alors, je n'avais jamais songé à mon corps. Étais-je belle? Étais-je laide? Je l'ignorais. Que m'avait-il dit?

«Tu sais que tu pourrais être belle.»

Mais il raillait tellement. Peut-être se moquait-il de moi. J'ôtai mes vêtements, me couchai et de la main, je parcourus mon corps. Il me sembla que ses renflements et ses courbes étaient harmonieux. Comme j'approchais de mon sexe, brusquement il me sembla que ce n'était plus moi, mais John Indien qui me caressait ainsi. Jaillie des profondeurs de mon corps, une marée odorante inonda mes cuisses. Je m'entendis râler dans la nuit.

Était-ce ainsi que malgré elle, ma mère avait râlé quand le marin l'avait violée? Alors, je comprenais qu'elle ait voulu épargner à son corps la seconde humiliation d'une possession sans amour et ait tenté de tuer Darnell. Qu'avait-il dit encore?

«Tes cheveux sont embroussaillés.»

Le lendemain à mon réveil, je me rendis vers la rivière Ormonde et je coupai tant bien que mal ma tignasse. Comme les dernières mèches laineuses tombaient dans l'eau, j'entendis un soupir. C'était ma mère. Je ne l'avais pas appelée et je compris que l'imminence d'un danger la faisait sortir de l'invisible. Elle gémit :

— Pourquoi les femmes ne peuvent-elles se passer des hommes? Voilà que tu vas être entraînée de l'autre côté de l'eau...

Je fus surprise et l'interrompis :

— De l'autre côté de l'eau?

Mais elle ne s'expliqua pas davantage, répétant sur un ton de détresse :

— Pourquoi les femmes ne peuvent-elles se passer des hommes?

Tout cela, les réticences de Man Yaya, les lamentations de ma mère, aurait pu m'inciter à la prudence. Il n'en fut rien. Le dimanche, je me rendis à Carlisle Bay. J'avais déniché dans une malle une robe d'indienne mauve et un jupon de percale qui avaient dû appartenir à ma mère. Comme je les enfilais, deux objets roulèrent par terre. Deux boucles d'oreilles façon créole. J'adressai un clin d'œil à l'invisible.

La dernière fois que je m'étais rendue à Bridgetown, c'était du vivant de ma mère. En près de dix ans, la ville s'était considérablement développée et était devenue un port d'importance. Une forêt de mâts obscurcissait la baie et je vis flotter des drapeaux de toutes nationalités. Les maisons de bois me parurent gracieuses avec leurs vérandas et leurs énormes toits où les fenêtres s'ouvraient toutes grandes, comme des yeux d'enfant.

Je n'eus pas de peine à trouver l'endroit de la danse, car la musique s'entendait de loin. Si j'avais eu quelque notion du temps, j'aurais su que c'était l'époque du Carnaval, seul moment de l'année où les esclaves avaient liberté de se distraire comme bon leur semblait. Alors ils accouraient de tous les coins de l'île, pour tenter d'oublier qu'ils n'étaient plus des humains. On me regardait et j'entendais des chuchotements :

— D'où sort-elle?

Visiblement on ne songeait pas à faire le lien entre cette élégante jeune personne et cette Tituba, à moitié mythique dont on se racontait les faits et gestes de plantation à plantation.

John Indien dansait avec une haute chabine en madras calendé. Il l'abandonna aussi sec au milieu de la piste et vint vers moi, des étoiles plein ses yeux qui se souvenaient de l'ancêtre Arawak. Il rit :

— Est-ce que c'est toi? Est-ce que c'est bien toi?

Puis il m'entraîna :

— Viens, viens!

Je résistai :

— Je ne sais pas danser.

Il éclata de rire à nouveau. Mon Dieu, comme cet homme savait rire! Et à chaque note qui fusait de sa gorge, c'était un verrou qui sautait de mon cœur.

— Une négresse qui ne sait pas danser? A-t-on jamais vu cela?

Bientôt, on fit cercle autour de nous. Des ailes m'étaient poussées aux talons, aux chevilles. Mes hanches, ma taille étaient souples! Un mystérieux serpent était entré en moi. Était-ce le serpent primordial dont Man Yaya m'avait parlé tant de fois, figure du dieu créateur de toutes choses à la surface de la terre? Était-ce lui qui me faisait vibrer?

Parfois, la haute chabine en madras calendé tentait d'interposer sa silhouette entre John Indien et moi. Nous ne lui prêtions aucune attention. À un moment, comme John Indien s'essuyait le front avec un large mouchoir en toile de Pondichéry, je me ressouvins des paroles de Man Yaya : «Un peu de son sang. Quelque chose qui aura séjourné au contact de son corps.»

J'eus un moment de griserie. Était-ce bien nécessaire puisqu'il semblait «naturellement» séduit. Puis, j'eus l'intuition que l'essentiel n'est pas tant de séduire un homme que de le garder et que John Indien devait appartenir à l'espèce aisément séduite qui se rit de tout engagement durable. J'obéis donc à Man Yaya.

Comme, habilement, je lui subtilisais son mouchoir en lui griffant l'auriculaire de l'ongle, il eut une exclamation :

— Aïe! Qu'est-ce que tu fais là, sorcière?

Il parlait ainsi par jeu. Néanmoins, cela m'assombrit.

Qu'est-ce qu'une sorcière?

Je m'apercevais que dans sa bouche, le mot était entaché d'opprobre. Comment cela? Comment? La faculté de communiquer avec les invisibles, de garder un lien constant avec les disparus, de soigner, de guérir n'est-elle pas une grâce supérieure de nature à inspirer respect, admiration et gratitude? En conséquence, la sorcière, si on veut nommer ainsi celle qui possède cette grâce, ne devrait-elle pas être choyée et révérée au lieu d'être crainte?

Rendue morose par toutes ces réflexions, je quittai la salle après une dernière polka. Trop occupé, John Indien ne s'aperçut pas de mon départ.

Dehors, la cordelette noire de la nuit enserrait le cou de l'île à le couper. Pas de vent. Les arbres étaient immobiles, pareils à des pieux. Je me rappelai la plainte de ma mère :

— Pourquoi les femmes ne peuvent-elles se passer des hommes?

Oui, pourquoi?

— Je ne suis pas un nègre des bois, un nègre marron! Jamais je ne viendrai vivre dans cette caloge à lapins que tu as là-haut au milieu des bois. Si tu veux vivre avec moi, tu dois venir chez moi à Bridgetown!

— Chez toi?

J'eus un rire de dérision, ajoutant :

— Un esclave n'a pas de «chez moi»! Est-ce que tu n'appartiens pas à Susanna Endicott?

Il parut mécontent :

— Oui, j'appartiens à maîtresse Susanna Endicott, mais la maîtresse est bonne...

Je l'interrompis :

— Comment une maîtresse peut-elle être bonne? L'esclave peut-il chérir son maître?

Il feignit de n'avoir pas entendu cette interruption et poursuivit :

— J'ai ma case à moi derrière sa maison et j'y fais ce que j'y veux.

Il me prit la main :

— Tituba, tu sais ce que l'on dit de toi, que tu es une sorcière...

Encore ce mot!

— ... je veux prouver à tous que ce n'est pas vrai et te prendre pour compagne à la face de tous. Nous irons à l'église ensemble, je t'apprendrai les prières...

J'aurais dû fuir n'est-ce pas? Au lieu de cela, je restai là, passive et adorante.

— Connais-tu les prières?

Je secouai la tête :

— Comment le monde a été créé au septième jour? Comment notre père Adam a été précipité du paradis terrestre par la faute de notre mère Ève...

Quelle étrange histoire me chantait-il là? Néanmoins, je n'étais pas capable de protester. Je retirai ma main et lui tournai le dos. Il souffla dans mon cou :

— Tituba, tu ne veux pas de moi?

C'était bien là le malheur. Je voulais cet homme comme je n'avais jamais rien voulu avant lui. Je désirais son amour comme je n'avais jamais désiré aucun amour. Même pas celui de ma mère. Je voulais qu'il me touche. Je voulais qu'il me caresse. Je n'attendais que le moment où il me prendrait et où les vannes de mon corps s'ouvriraient, libérant les eaux du plaisir.

Il poursuivit, chuchotant contre ma peau :

— Tu ne veux pas vivre avec moi depuis le moment où les coqs stupides s'ébouriffent dans les basses-cours jusqu'à celui où le soleil se noie dans la mer et où commencent les heures les plus brûlantes?

J'eus la force de me lever :

— C'est une chose grave que tu me demandes là. Laisse-moi réfléchir huit jours, je t'apporterai ma réponse ici même.

Avec fureur, il ramassa son chapeau de paille. Qu'avait-il donc, John Indien, pour que je sois malade de lui? Pas très grand, moyen, avec ses cinq pieds sept pouces, pas très costaud, pas laid, pas beau non plus! Des dents splendides, des yeux pleins de feu! Je dois avouer qu'en me posant cette question, j'étais carrément hypocrite. Je savais bien où résidait son principal avantage et je n'osais regarder, en deçà de la cordelette de jute qui retenait son pantalon konoko[1] de toile blanche, la butte monumentale de son sexe.

Je dis :

— À dimanche donc.

À peine arrivée chez moi, j'appelai Man Yaya qui ne se hâta pas de m'écouter et apparut, le visage renfrogné :

— Qu'est-ce que tu veux encore? Est-ce que tu n'es pas comblée? Voilà qu'il te propose de te mettre avec lui...

1. Pantalon court et serré de l'esclave.

Je fis très bas :

— Tu sais bien que je ne veux pas retourner dans le monde des Blancs.

— Il faudra bien que tu en passes par là.

— Pourquoi?

Je hurlai presque :

— Pourquoi? Ne peux-tu me l'amener ici? Est-ce que cela veut dire que tes pouvoirs sont limités?

Elle ne se fâcha pas et me regarda avec une commisération très tendre :

— Je te l'ai toujours dit. L'univers a ses règles que je ne peux bouleverser entièrement. Sinon, je détruirais ce monde et en rebâtirais un autre où les nôtres seraient libres. Libres d'assujettir à leur tour les Blancs. Hélas! je ne le peux pas!

Je ne trouvai rien à répliquer et Man Yaya disparut comme elle était venue laissant derrière elle ce parfum d'eucalyptus qui signale le passage d'un invisible.

Demeurée seule, j'allumai le feu entre quatre pierres, calai mon canari[1] et jetai dans l'eau un piment et un morceau de cochon salé pour me faire un ragoût. Pourtant je n'avais pas le cœur à me nourrir.

Ma mère avait été violée par un Blanc. Elle avait été pendue à cause d'un Blanc. J'avais vu sa langue pointer hors de sa bouche, pénis turgescent et violacé. Mon père adoptif s'était suicidé à cause d'un Blanc. En dépit de tout cela, j'envisageais de recommencer à vivre parmi eux, dans leur sein, sous leur coupe. Tout cela par goût effréné d'un mortel. Est-ce que ce n'était pas folie? Folie et trahison?

Je luttai contre moi-même cette nuit-là et encore sept nuits et sept jours. Au bout du compte, je m'avouai vaincue. Je ne souhaite à personne de vivre les tourments par lesquels je suis passée. Remords. Honte de soi. Peur panique.

Le dimanche suivant, j'entassai dans un panier caraïbe quelques robes de ma mère et trois jupons. Je calai avec une gaule la porte de ma case. Je libérai mes bêtes. Les poules et les pintades qui m'avaient nourrie de leurs œufs. La vache qui m'avait donné son lait. Le cochon que j'engraissais depuis un an sans jamais avoir eu le cœur de le tuer.

Je murmurai une interminable prière à l'intention des résidents de ce lieu que j'abandonnais.

Puis je pris le chemin de Carlisle Bay.

1. Marmite en terre.

3

Susanna Endicott était une petite femme d'une cinquantaine d'années, les cheveux grisonnants, partagés par une raie médiane et ramassés en un chignon si serré qu'il lui tirait en arrière la peau du front et des tempes. Dans ses yeux, couleur d'eau de mer, je pouvais lire toute la répulsion que je lui inspirais. Elle me fixait comme un objet dégoûtant :

— Tituba? D'où sort ce nom-là?

Je fis froidement :

— C'est mon père qui me l'a donné.

Elle devint pourpre :

— Baisse les yeux quand tu me parles.

J'obéis pour l'amour de John Indien. Elle poursuivit ;

— Es-tu chrétienne?

John Indien se hâta d'intervenir :

— Je vais lui apprendre les prières, maîtresse! Et je vais parler au curé de la paroisse de Bridgetown pour qu'elle reçoive le saint baptême dès que cela sera possible.

Susanna Endicott me fixa à nouveau :

— Tu nettoieras la maison. Une fois la semaine, tu récureras le plancher. Tu laveras le linge et tu le repasseras. Mais tu ne t'occuperas pas de la nourriture. Je ferai ma cuisine moi-même, car je ne supporte pas que vous autres nègres touchiez à mes aliments avec vos mains dont l'intérieur est décoloré et cireux.

Je regardai mes paumes. Mes paumes, grises et roses comme un coquillage marin.

Tandis que John Indien saluait ces phrases d'un grand éclat de rire, je demeurais abasourdie. Personne, jamais, ne m'avait parlé, humiliée ainsi!

— Allez, à présent!

John se mit à sautiller d'un pied sur l'autre et fit d'un ton geignard, câlin et humble à la fois, comme celui d'un enfant qui demande une faveur :

— Maîtresse, quand un nègre se décide à prendre une femme, est-ce qu'il ne mérite pas deux jours de repos? Hein, maîtresse?

Susanna Endicott cracha et à présent, ses yeux avaient la couleur de la mer par jour de grand vent :

— Belle femme que tu t'es choisie là et fasse le ciel que tu ne t'en repentes pas!

John éclata de rire à nouveau, laissant fuser entre deux notes perlées :

— Fasse le ciel! Fasse le ciel!

Susanna Endicott se radoucit brusquement :

— Décampe et reparais devant moi mardi.

John insista de la même manière comique et caricaturale :

— Deux jours, maîtresse! Deux jours!

Elle lâcha :

— Bon, tu as gagné! Comme toujours avec moi! Reparais mercredi. Mais n'oublie surtout pas que c'est jour de poste.

Il fit fièrement :

— L'ai-je jamais oublié?

Puis il se jeta à terre pour s'emparer de sa main et la baiser. Au lieu de se laisser faire, elle le frappa en travers du visage :

— Détale, moricaud!

Tout mon sang bouillait à l'intérieur de mon corps. John Indien qui savait ce que j'éprouvais, se dépêchait de m'entraîner quand la voix de Susanna nous cloua en terre :

— Eh bien, Tituba, tu ne me remercies pas?

John me serra les doigts à les broyer. Je parvins à articuler :

— Merci, maîtresse.

Susanna Endicott était la veuve d'un riche planteur, un de ceux qui les premiers avaient appris des Hollandais l'art d'extraire le sucre de la canne. À la mort de son mari, elle avait vendu la plantation et affranchi tous ses esclaves, car par un paradoxe que je ne comprends pas, si elle haïssait les nègres, elle était farouchement opposée à l'esclavage. Elle n'avait gardé près d'elle que John Indien qu'elle avait vu naître. Sa belle et vaste demeure de Carlisle Bay s'étendait au milieu d'un parc planté d'arbres au fond duquel s'élevait la case, assez pimpante, ma foi, de John Indien. Celle-ci était faite de clayonnages badigeonnés à la chaux et se parait d'une petite véranda aux piliers de laquelle était suspendu un hamac.

John Indien ferma la porte avec un loquet de bois et me prit dans ses bras, murmurant :

— Le devoir de l'esclave, c'est de survivre. Tu m'entends? C'est de survivre.

Ces propos me rappelèrent Man Yaya et des larmes se mirent à ruisseler le long de mes joues. John Indien les but une à une, poursuivant leur filet salé jusqu'à l'intérieur de ma bouche. Je hoquetai. Le chagrin, la honte que j'éprouvais de son comportement devant Susanna Endicott ne disparurent pas, mais se changèrent en une sorte de rage qui aiguillonna mon désir pour lui. Je le mordis sauvagement à la base du cou. Il éclata de son beau rire et s'écria :

— Viens, pouliche, que je te dompte.

Il me souleva de terre et m'emporta dans la chambre, plantée, forteresse inattendue et baroque, d'un lit à baldaquin. Me trouver sur ce lit que lui avait vraisemblablement donné Susanna Endicott, décupla ma fureur et nos premiers moments d'amour ressemblèrent à une lutte.

J'attendais beaucoup de ces heures-là. Je fus comblée.

Quand, rompue de fatigue, je me tournai sur le côté pour chercher le sommeil, j'entendis un soupir amer. Il s'agissait sans doute de ma mère, mais je refusai de communiquer avec elle.

Ces deux jours furent un enchantement. Ni autoritaire, ni bougon, John Indien était habitué à tout faire par lui-même et il me traita comme une déesse. Ce fut lui qui pétrit le pain de maïs, qui prépara le ragoût, qui coupa en tranches les avocats, les goyaves à chair rose et les papayes à faible saveur de pourriture. Il me servit au lit dans un coui, avec une cuiller qu'il avait sculptée et décorée de motifs triangulaires. Il se fit conteur, paradant au milieu d'un cercle imaginaire.

— Tim, tim, bois sèche! La cour dort?

Il défit mes cheveux et les coiffa à sa manière. Il frotta mon corps d'une huile de coco, parfumée d'Ylang-Ylang.

Mais ces deux jours ne durèrent que deux jours. Pas une heure de plus. Au matin du mercredi, Susanna Endicott tambourina à la porte et nous entendîmes sa voix de mégère :

— John Indien, est-ce que tu te souviens que c'est jour de poste? Tu es là à chauffer ta femme!

John sauta du lit.

Moi, je m'habillai plus lentement. Quand j'arrivai à la villa, Susanna Endicott prenait son petit déjeuner dans la cuisine. Un bol de gruau et une tranche de pain de blé noir. Elle me désigna un objet circulaire, fixé au mur et interrogea :

— Tu sais lire l'heure?

— L'heure?

— Oui, misérable, ceci est une pendule. Et tu dois commencer ton travail à six heures chaque matin!

Puis, elle me montra un seau, un balai et une brosse à récurer :

— Au travail!

La villa comptait douze pièces, plus un galetas dans lequel s'entassaient des malles de cuir contenant les habits de feu Joseph Endicott.

Apparemment cet homme avait aimé le beau linge.

Quand, vacillant d'épuisement, la robe souillée et trempée, je redescendis, Susanna Endicott prenait le thé avec ses amies, une demi-douzaine de femmes, pareilles à elle-même, la peau couleur de lait suri, les cheveux tirés en arrière et les pointes du châle nouées à hauteur de la ceinture. Elles me fixèrent avec effarement de leurs yeux multicolores :

— D'où sort-elle?

Susanna Endicott fit d'un ton de solennité parodique :

— C'est la compagne de John Indien!

Les femmes eurent la même exclamation et l'une d'entre elles protesta :

— Sous votre toit! M'est avis Susanna Endicott, que vous donnez trop de liberté à ce garçon! Vous oubliez que c'est un nègre!

Susanna Endicott eut un haussement d'épaules indulgent :

— Bon, je préfère qu'il ait ce qu'il lui faut à la maison plutôt qu'il coure à travers le pays et s'affaiblisse en versant sa semence!

— Est-elle chrétienne au moins?

— John Indien va lui apprendre ses prières.

— Et allez-vous les marier?

Ce qui me stupéfiait et me révoltait, ce n'était pas tant les propos qu'elles tenaient, que leur manière de faire. On aurait dit que je n'étais pas là, debout, au seuil de la pièce. Elles parlaient de moi, mais en même temps, elles m'ignoraient. Elles me rayaient de la carte des humains. J'étais un non-être. Un invisible. Plus invisible que les invisibles, car eux au moins détiennent un pouvoir que chacun redoute. Tituba, Tituba n'avait plus de réalité que celle que voulaient bien lui concéder ces femmes.

C'était atroce.

Tituba devenait laide, grossière, inférieure parce qu'elles en avaient décidé ainsi. Je sortis dans le jardin et j'entendis leurs remarques qui prouvaient combien, tout en feignant de m'ignorer, elles m'avaient examinée sous face et couture :

— Elle a un regard à vous retourner le sang.

— Des yeux de sorcière. Susanna Endicott, soyez prudente.

Je retournai vers ma case et, accablée, m'assis sur la véranda.

Au bout d'un moment, j'entendis un soupir. C'était à nouveau ma mère. Cette fois, je me tournai vers elle et fis avec férocité :

— Est-ce que tu n'as pas connu l'amour quand tu étais sur cette terre?

Elle hocha la tête.

— Moi, il ne m'a pas dégradée. Au contraire. L'amour de Yao m'a redonné respect et foi en moi-même.

Là-dessus, elle se lova tristement au pied d'un buisson de roses cayenne. Je demeurai immobile. Je n'avais que quelques gestes à faire. Me lever, prendre mon mince ballot de linge, tirer la porte derrière moi et reprendre le chemin de la rivière Ormonde. Hélas! j'en étais empêchée.

Les esclaves qui descendaient par fournées entières des négriers et que toute la bonne société de Bridgetown s'assemblait pour regarder, afin d'en railler en chœur la démarche, les traits et la posture, étaient bien plus libres que moi. Car ils n'avaient pas choisi leurs chaînes. Ils n'avaient pas marché, de leur plein gré, vers la mer somptueuse et démontée, pour se livrer aux trafiquants et offrir leurs dos à l'étampage.

Moi, c'était là ce que j'avais fait.

— Je crois en Dieu, le Père Tout-Puissant, Créateur du ciel et de la terre et en Jésus-Christ, son Fils unique, Notre Seigneur...

Je secouai frénétiquement la tête :

— John Indien, je ne peux répéter cela!

— Répète, mon amour! Ce qui compte pour l'esclave, c'est de survivre! Répète, ma reine. Tu t'imagines peut-être que j'y crois, moi, à leur histoire de Sainte Trinité? Un seul Dieu en trois personnes distinctes? Mais cela n'a pas d'importance. Il suffit de faire semblant. Répète!

— Je ne peux pas!

— Répète, mon amour, ma pouliche à la crinière de feuillage! Ce qui importe, n'est-ce pas que nous soyons deux dans ce grand lit, pareil à un radeau sur des rapides?

— Je ne sais pas! Je ne sais plus!

— Je te l'assure, mon amour, ma reine, que cela seul compte! Alors répète après moi!

John Indien joignit mes mains de force et je répétai après lui.

«Je crois en Dieu, le père Tout-Puissant, Créateur du ciel et de la terre...»

Mais ces paroles ne signifiaient rien pour moi. Cela n'avait rien de commun avec ce que Man Yaya m'avait appris.

Comme elle ne se fiait pas au sérieux de John Indien, Susanna Endicott avait entrepris de me faire réciter elle-même les leçons de catéchisme et de m'expliquer les paroles de son livre saint. Chaque après-midi, à quatre heures, je la trouvais les mains croisées sur un épais volume relié de cuir qu'elle n'ouvrait pas sans se signer et murmurer une courte prière. Je restais debout devant elle et m'efforçais de trouver mes mots.

Car je ne saurais expliquer l'effet que cette femme produisait sur moi. Elle me paralysait. Elle me terrifiait.

Sous son regard d'eau marine, je perdais mes moyens. Je n'étais plus que ce qu'elle voulait que je sois. Une grande bringue à la peau d'une couleur repoussante. J'avais beau appeler à la rescousse ceux qui m'aimaient, ils ne m'étaient d'aucun secours. Quand j'étais loin de Susanna Endicott, je me gourmandais, je me faisais des reproches et me jurais de lui résister lors de notre prochain tête-à-tête. J'imaginais même des réponses insolentes et narquoises que je pourrais offrir victorieusement à ses questions. Hélas! il suffisait que je me retrouve devant elle pour que toute ma superbe m'abandonne.

Ce jour-là, je poussai la porte de la cuisine où elle se tenait pour nos leçons et tout de suite, son regard, tranquillement, m'avertit qu'elle disposait d'une arme redoutable dont elle n'allait pas tarder à se servir. La leçon débuta cependant comme à l'ordinaire. J'entamai courageusement :

— Je crois en Dieu le père Tout-Puissant, Créateur...

Elle ne m'interrompit pas.

Elle me laissa bafouiller, bégayer, trébucher sur les syllabes glissantes de l'anglais. Comme ayant terminé ma récitation, je m'arrêtais aussi essoufflée que si j'avais remonté un morne en courant, elle me dit :

— N'es-tu pas la fille de cette Abena qui avait tué un planteur?

Je protestai :

— Elle ne l'a pas tué, maîtresse! Tout juste blessé!

Susanna Endicott eut un sourire qui signifiait que toutes ces arguties étaient de peu de poids et poursuivit :

— N'as-tu pas été élevée par une certaine négresse Nago, sorcière de son état et qui s'appelait Man Yaya?

Je bégayai :

— Sorcière! Sorcière! Elle soignait, guérissait!

Son sourire s'aiguisa et ses lèvres minces et décolorées palpitèrent :

— John Indien est-il au courant de tout cela?

Je parvins à rétorquer :

— Qu'y a-t-il à cacher là-dedans?

Elle rabaissa les yeux sur son livre. À ce moment, John Indien entra, portant le bois de la cuisine et me vit si défaite, qu'il le comprit, quelque chose de redoutable se préparait. Hélas! ce ne fut pas avant de longues heures que je pus me confier à lui :

— Elle sait! Elle sait qui je suis!

Son corps devint rigide et glacial comme celui d'un défunt de la veille. Il murmura :

— Que t'a-t-elle dit?

Je lui racontai toute l'affaire et il souffla, éperdu :

— Il n'y a pas un an, le gouverneur Dutton a fait brûler sur la place de Bridgetown, deux esclaves accusées d'avoir eu commerce avec Satan, car pour les Blancs, c'est là ce que veut dire être sorcière...!

Je protestai :

— Avec Satan! Avant de mettre le pied dans cette maison, j'ignorais jusqu'à ce nom.

Il ricana :

— Va le faire entendre au Tribunal!

— Au Tribunal?

La terreur de John Indien était telle que j'entendais son cœur battre au grand galop dans la pièce. Je lui intimai :

— Explique-moi!

— Tu ne connais pas les Blancs! Si elle arrive à leur faire croire que tu es une sorcière, ils dresseront un bûcher et te mettront par-dessus!

Cette nuit-là, pour la première fois depuis que nous vivions ensemble, John Indien ne me fit pas l'amour. Je me tordis, brûlante, à ses côtés, cherchant de la main, l'objet qui m'avait procuré tant de délices. Mais il me repoussa.

La nuit s'étira.

J'entendis le grand vent hurler, passant par-dessus la tête des palmiers. J'entendis la houle de la mer. J'entendis l'aboiement des chiens dressés à flairer les nègres rôdeurs. J'entendis le vacarme des coqs, annonciateur du jour. Puis, John Indien se leva et sans prononcer une parole, enferma dans ses vêtements ce corps qu'il m'avait refusé. Je fondis en larmes.

Quand je rentrai dans la cuisine pour entamer mes corvées matinales, Susanna Endicott était en grande conversation avec Betsey Ingersoll, la femme du pasteur. Elles parlaient de moi, je le savais, leurs têtes rapprochées à se toucher, au-dessus de la buée qui montait de leurs bols de gruau. John Indien avait raison. Un complot se tramait.

Au Tribunal, la parole d'un esclave, voire d'un nègre libre, ne comptait pas. Nous aurions beau nous égosiller et clamer que j'ignorais qui était Satan, personne ne nous prêterait attention.

C'est alors que je pris la décision de me protéger.

Sans plus tarder.

Je sortis dans la grande chaleur de trois heures de l'après-midi, mais je ne sentis pas les morsures du soleil. Je descendis dans le carré de terre, situé derrière la case de John Indien et m'abîmai en prières. Il n'y avait pas de place dans ce monde pour Susanna Endicott et moi. L'une de nous deux était de trop et ce n'était pas moi.

4

J'ai passé la nuit à t'appeler. Pourquoi arrives-tu seulement?

— J'étais à l'autre bout de l'île, en train de consoler une esclave dont le compagnon est mort sous la torture. Ils l'ont flagellé. Ils ont versé du piment sur ses plaies et puis, ils lui ont arraché le sexe.

Ce récit qui en d'autres temps m'aurait révoltée, me laissa indifférente. Je repris avec passion :

— Je veux qu'elle meure à petit feu, dans les souffrances les plus horribles, en sachant que c'est à cause de moi.

Man Yaya secoua la tête :

— Ne te laisse pas aller à l'esprit de vengeance. Utilise ton art pour servir les tiens et les soulager.

Je protestai :

— Mais, elle m'a déclaré la guerre! Elle veut m'enlever John Indien!

Man Yaya eut un rire triste :

— Tu le perdras de toute façon.

Je balbutiai :

— Comment cela?

Elle ne répondit pas, comme si elle ne voulait rien ajouter à ce qu'elle venait de laisser échapper. Me voyant bouleversée, ma mère qui assistait à l'entretien, fit à mi-voix :

— Belle perte que ce serait là, en vérité! Ce nègre-là t'en fera voir de toutes les couleurs.

Man Yaya lui lança un regard de reproche et elle se tut. Je choisis d'ignorer ses propos et me tournai vers Man Yaya, n'interrogeant qu'elle :

— Veux-tu m'aider?

Ma mère parla à nouveau :

— Vent et effronterie! Ce nègre n'est que vent et effronterie!

Finalement, Man Yaya haussa les épaules :

— Et que veux-tu que je fasse pour toi? Est-ce que je ne t'ai pas appris tout ce que je pouvais t'apprendre? Bientôt d'ailleurs, je ne pourrai rien pour toi!

Je me résignai à regarder la vérité en face et questionnai :

— Que veux-tu dire?

— Je serai si loin. Il me faudra tant de temps pour enjamber l'eau!
Et puis, ce sera si difficile!

— Pourquoi devras-tu enjamber l'eau?

Ma mère fondit en larmes. Surprenant! Cette femme qui, de son
vivant, m'avait traitée avec si peu de tendresse, devenait dans l'au-delà,
protectrice et presque abusive. Un peu exaspérée, je lui tournai résolu-
ment le dos et répétai :

— Man Yaya, pourquoi faudra-t-il que tu enjambes l'eau pour me voir?

Man Yaya ne répondit pas et je compris que malgré son affection pour
moi, ma condition de mortelle l'obligeait à une certaine réserve.

J'acceptai ce silence et revins à mes préoccupations antérieures :

— Je veux que Susanna Endicott meure!

Ma mère et Man Yaya se levèrent d'un même mouvement et la seconde fit avec une sorte de lassitude :

— Même si elle meurt, ton destin s'accomplira. Et tu auras vicié ton
cœur. Tu seras devenue pareille à eux, qui ne savent que tuer, détruire.
Frappe-la seulement d'une maladie incommode, humiliante!

Les deux formes s'éloignèrent et je demeurai seule à méditer sur la
conduite à tenir. Une maladie incommode et humiliante? Laquelle choisir?
Quand le crépuscule me ramena John Indien, je n'étais pas arrivée à une
conclusion. Il semblait guéri de ses frayeurs, mon homme, et même, il
m'apportait une surprise : un ruban de velours mauve acheté à un commerçant anglais qu'il fixa lui-même dans mes cheveux. Je me souvins des
propos négatifs de Man Yaya et d'Abena ma mère à son sujet et tins à me
rassurer :

— John Indien, m'aimes-tu?

Il roucoula :

— Plus que ma vie même. Plus que ce Dieu dont Susanna Endicott
nous rebat les oreilles! Mais je te crains aussi...

— Pourquoi me crains-tu?

— Parce que je te sais violente! Souvent je te vois comme un cyclone
ravageant l'île, couchant les cocotiers et élevant jusqu'au ciel une lame
d'un gris plombé.

— Tais-toi! Fais-moi l'amour!

Deux jours plus tard, Susanna Endicott fut prise d'une crampe violente alors qu'elle servait le thé à la femme du pasteur. Celle-ci eut à
peine le temps de sortir sur le devant de la porte pour héler John Indien
qui fendait du bois, qu'un ruisseau fétide dévalait le long des cuisses de
la matrone et formait un lac mousseux sur le plancher.

On fit venir le docteur Fox, homme de science qui avait étudié à
Oxford et publié un livre *Wonder of the Invisible World*. Le choix de ce doc-
teur-là n'était pas innocent. La maladie de Susanna Endicott était trop
soudaine pour ne pas éveiller la méfiance. La veille encore, le châle serré

autour de sa taille rigide, les cheveux couverts d'un béguin, elle apprenait le catéchisme aux enfants. La veille encore, elle marquait d'une croix bleue les œufs qu'elle envoyait John Indien vendre au marché. Peut-être aussi avait-elle déjà fait part autour d'elle des soupçons que je lui inspirais? Toujours est-il que Fox vint l'examiner des pieds à la tête. S'il fut repoussé par l'épouvantable puanteur qui s'élevait de sa couche, il n'en laissa rien paraître et resta près de trois heures enfermé avec elle. Quand il redescendit, je l'entendis jargonner avec le pasteur et quelques ouailles.

— Je n'ai trouvé en aucune secrète partie de son corps, têtons, grands ou petits, où le Démon l'aurait sucée. De même, je n'ai point trouvé tache rouge ou bleue, semblable à morsure de puce. Encore moins, marques insensibles qui, piquées, ne saigneraient pas. Aussi, ne puis-je apporter aucune preuve concluante.

Comme j'aurais aimé assister à la déconfiture de mon ennemie, nourrisson malpropre emmailloté de langes souillés! Mais sa porte ne s'entrouvrait que pour laisser passer, trotte-menu, une de ses fidèles amies, descendant ou montant plateau ou pot de chambre.

Le proverbe dit :

«Quand le chat n'est pas là, les rats donnent le bal!»

Le samedi qui suivit l'alitement de Susanna Endicott, John Indien donna le bal! Je savais bien qu'il n'était pas comme moi, créature morose et grandie dans la seule compagnie d'une vieillarde, mais je ne me doutais point qu'il comptait tant d'amis! Il en vint de partout, même des provinces reculées de Saint-Lucy et Saint-Philipp. Un esclave avait mis deux jours pour cheminer depuis Coblers Rock.

La haute chabine en madras calendé était du nombre des visiteurs. Elle se borna à me jeter un regard lumineux de rage sans s'approcher de moi, comme si elle avait compris qu'elle avait affaire à plus forte partie. Un des hommes avait subtilisé au magasin de son maître, un tonnelet de rhum que l'on ouvrit d'un coup de maillet. Après que deux ou trois gobelets eurent circulé de main en main, les esprits commencèrent à s'échauffer. Un Congo, pareil à une gaule de bois noueux, sauta sur une table et commença à hurler les devinettes :

— Écoutez-moi, nègres! Écoutez-moi bien! Je ne suis ni roi ni reine. Pourtant je fais trembler le monde?

L'assistance s'esclaffa :

— Rhum, rhum!

— Si petit que je suis, j'éclaire une case?

— Chandelle, chandelle!

— J'ai envoyé Matilda au pain. Le pain est arrivé avant Matilda?

— Coco, coco!

J'étais terrifiée, peu habituée à ces débordements bruyants et un peu écœurée par cette promiscuité. John Indien me prit le bras :

— Ne fais pas cette tête-là, sinon mes amis diront que tu fais la fière. Ils diront que ta peau est noire, mais que par-dessus tu portes masque blanc...

Je soufflai :

— Il ne s'agit pas de cela. Mais si quelqu'un entend votre raffût et vient voir ce qui se passe par ici?

Il rit :

— Et qu'importe? On s'attend à ce que les nègres se soûlent et dansent et fassent ripaille dès que leurs maîtres ont tourné le dos. Jouons à la perfection notre rôle de nègres.

Cela ne m'amusa pas, mais sans plus me prêter attention, il virevolta et se lança dans une mazurka endiablée.

Le clou de la partie se produisit quand des esclaves se faufilèrent à l'intérieur de la maison où Susanna Endicott mijotait dans son urine et en revinrent avec une brassée de vêtements ayant appartenu à feu son mari. Ils les enfilèrent, imitant les façons solennelles et pompeuses des hommes de son rang. L'un d'eux se noua un mouchoir autour du cou et feignit d'être un pasteur. Il fit mine d'ouvrir un livre, de le feuilleter et se mit à réciter sur un ton de prières une litanie d'obscénités. Tout le monde en rit aux larmes et John Indien, le premier. Ensuite, il sauta sur un tonneau et enfla la voix :

— Je vais vous marier, Tituba et John Indien. Que celui qui connaît un empêchement à cette union, s'avance et parle.

La haute chabine en madras calendé s'avança et leva la main :

— Moi, j'en connais un! John Indien m'a fait deux bâtards aussi semblables à lui qu'entre eux des demi-pennies. Et il m'avait promis le mariage.

La farce, on en convient, aurait pu tourner à l'aigre. Il n'en fut rien. Sous une nouvelle tempête de rires, le pasteur improvisé, ayant pris mine inspirée, déclara :

— En Afrique, d'où nous venons tous, chacun a droit à son comptant de femmes, à autant d'entre elles que ses bras peuvent étreindre. Va en paix, John Indien, et vis avec tes deux négresses.

Tout le monde applaudit et quelqu'un nous jeta, la chabine et moi, contre la poitrine de John Indien qui se mit à nous couvrir de baisers l'une et l'autre. Je feignis d'en rire, mais je dois dire que tout mon sang bouillait à l'intérieur de mon corps. La chabine s'envolant aux bras d'un autre danseur, me jeta :

— Les hommes, ma chère, c'est fait pour être partagés.

Je refusai de lui répondre et sortis sous la véranda.

La bacchanale dura jusqu'aux petites heures du matin. Chose étrange, personne ne vint nous commander le silence.

Deux jours plus tard, Susanna Endicott nous fit appeler, John Indien et moi. Elle était assise sur son lit, le dos appuyé contre ses oreillers, la peau déjà aussi jaune que son pissat, le visage émacié mais paisible. La fenêtre était ouverte, par égard pour l'odorat de ceux qui la visitaient et l'odeur purificatrice de la mer noyait toutes les vapeurs fétides. Elle me regarda bien en face et une fois de plus, je ne pus soutenir son regard. Elle fit, martelant chaque syllabe :

— Tituba, je sais que c'est toi qui, par sortilège, m'as mise en l'état où je suis. Tu es habile, assez pour abuser Fox et tous ceux qui apprennent leur science dans les livres. Mais moi, tu ne peux me tromper. Je voudrais te dire que tu triomphes aujourd'hui. Soit! Seulement, vois-tu, demain m'appartient et je me vengerai, ah! je me vengerai de toi!

John Indien commença à gémir, mais elle ne lui accorda aucune attention. Se tournant vers la cloison, elle nous signifia que l'entretien était terminé.

Au début de l'après-midi, un homme vint la voir, tel que je n'en avais jamais rencontré dans les rues de Bridgetown, ni nulle part ailleurs, à dire vrai! Grand, très grand, vêtu de noir de la tête aux pieds, le teint d'un blanc crayeux. Comme il s'apprêtait à monter l'escalier, ses yeux se posèrent sur moi, debout dans le demi-jour avec mon balai et mon seau et je manquai tomber à la renverse. J'ai déjà beaucoup parlé du regard de Susanna Endicott. Mais là! Imaginez des prunelles verdâtres et froides, astucieuses et retorses, créant le mal parce qu'elles le voyaient partout. C'était comme si on se trouvait en face d'un serpent ou de quelque reptile méchant, malfaisant. J'en fus tout de suite convaincue, ce Malin dont on nous rebattait les oreilles ne devait pas dévisager autrement les individus qu'il désirait égarer puis perdre.

Il fit et sa voix était pareille à son regard, froide et pénétrante :

— Négresse, qu'as-tu à me fixer ainsi?

Je détalai.

Ensuite, dès que j'eus retrouvé la force de me mouvoir, je courus vers John Indien qui affûtait des couteaux sous la véranda en fredonnant une biguine. Je me pressai contre lui, puis finalement bégayai :

— John Indien, je viens de rencontrer Satan!

Il haussa les épaules :

— Hé! voilà que tu parles comme une chrétienne à présent!

Puis réalisant mon trouble, il m'attira contre lui et fit tendrement :

— Satan n'est pas friand du jour et ce n'est pas dans la lumière du soleil que tu le verras marcher. Il aime la nuit...

Je vécus les heures suivantes dans l'angoisse.

Pour la première fois, je maudis mon impuissance. Car il manquait beaucoup à mon art pour qu'il soit complet, parfait. Man Yaya avait quitté trop tôt la terre des hommes pour avoir loisir de m'initier à un troisième degré de connaissance, le plus élevé, le plus complexe.

Si je pouvais communiquer avec les forces de l'invisible, et, avec leur appui, infléchir le présent, je ne savais pas déchiffrer les signes de l'avenir. Il demeurait pour moi un astre circulaire, couvert d'arbres touffus dont les troncs s'enchevêtraient au point que ni l'air ni la lumière ne pouvaient y circuler librement.

Je le sentais, de terribles dangers me menaçaient, mais j'étais incapable de les nommer, et je le savais, ni Abena ma mère ni Man Yaya ne pourraient intervenir pour m'éclairer.

Il y eut un cyclone cette nuit-là.

Je l'entendis venir de loin, gagner en force et en vigueur. Le fromager du jardin tenta de résister et vers minuit, y renonça, laissant tomber ses plus hautes branches dans un terrible fracas. Les bananiers, quant à eux, se couchèrent docilement et au matin, ce fut un spectacle de désolation peu commun.

Ce désordre naturel rendait plus effrayantes encore les menaces proférées par Susanna Endicott. Ne devrais-je pas tenter de défaire ce que j'avais fait, peut-être un peu trop hâtivement et guérir une matrone qui s'avérait coriace?

J'en étais là, à m'interroger sur la conduite à suivre, quand Betsey Ingersoll vint nous prévenir que la maîtresse nous demandait.

La mort dans l'âme, je parus devant la mégère. Je n'augurai rien de bon de ce sourire rusé qui étirait sa bouche incolore. Elle commença :

— Ma mort approche...

John Indien se crut tenu d'éclater en sanglots bruyants, mais elle continua sans lui prêter attention :

— Le devoir d'un maître en pareil cas est de songer à l'avenir de ceux dont Dieu lui a donné la charge : je veux dire ses enfants et ses esclaves. Je n'ai pas connu la joie d'être mère. Mais à vous, mes esclaves, j'ai trouvé un nouveau maître.

John Indien bégaya :

— Un nouveau maître, maîtresse!

— Oui, c'est un homme de Dieu qui aura souci de vos âmes. C'est un ministre du nom de Samuel Parris. Il avait tenté de faire du commerce ici, mais ses affaires n'ont pas marché. Aussi, il s'en va à Boston.

— À Boston, maîtresse?

— Oui, c'est dans les colonies d'Amérique. Préparez-vous à le suivre.

John Indien était effaré. Il appartenait à Susanna Endicott depuis son enfance. Elle lui avait appris à lire ses prières, à signer son nom. Il était convaincu qu'un jour ou l'autre, elle parlerait de son affranchissement.

Mais voilà qu'au lieu de cela, tout de go, elle lui annonçait qu'elle le vendait. Et à qui, Seigneur? À un inconnu qui allait traverser la mer pour chercher fortune en Amérique... En Amérique? Qui était jamais allé en Amérique?

Je comprenais, quant à moi, l'horrible calcul de Susanna Endicott. C'était moi et moi seule qui étais visée. C'était moi qu'elle exilait aux Amériques! Moi qu'elle séparait de ma terre natale, de ceux qui m'aimaient et dont la compagnie m'était nécessaire. Elle savait bien ce que je pouvais rétorquer. Elle n'ignorait pas la parade que je pouvais utiliser. Oui, je pouvais m'exclamer :

«Non, Susanna Endicott! Je suis la compagne de John Indien, mais vous ne m'avez pas achetée. Vous ne possédez aucun titre de propriété m'énumérant avec vos chaises, vos commodes, votre lit et vos édredons. Aussi donc, vous ne pouvez me vendre et le gentleman de Boston ne fera pas main basse sur mes trésors. »

Oui, mais si je parlais ainsi, je serais séparée de John Indien! Est-ce que Susanna Endicott n'excellait pas en cruauté et de nous deux, laquelle était la plus redoutable? Après tout, la maladie et la mort sont inscrites dans l'existence humaine et peut-être n'avais-je fait que précipiter leur irruption dans la vie de Susanna Endicott! Elle, que faisait-elle de mes jours? John Indien se prosterna, fit à quatre pattes le tour du lit. Rien n'y fit! Susanna Endicott demeura inflexible sous son baldaquin dont les rideaux écartés formaient comme un cadre aux replis de velours.

La mort dans l'âme, nous redescendîmes.

Dans la cuisine, devant le foyer où mijotait une soupe de légumes, le pasteur s'entretenait avec un homme. Celui-ci se détourna au bruit de nos pas et je reconnus dans un silence terrifié de tout mon être, l'inconnu qui m'avait tant effrayée la veille. Un horrible pressentiment m'envahit, que ses paroles, prononcées d'une voix égale et cependant coupante comme une hache, sans inflexion et cependant chargée d'une violence meurtrière vinrent confirmer :

— À genoux, râclures d'enfer! Je suis votre nouveau maître! Je m'appelle Samuel Parris. Demain, dès que le soleil aura ouvert les yeux, nous partirons à bord du brigantin *Blessing*. Ma femme, ma fille Betsey et Abigail, la pauvre nièce de ma femme que nous avons recueillie à la mort de ses parents, sont déjà à bord.

5

Le nouveau maître me fit agenouiller sur le pont du brigantin parmi les cordes, les tonneaux et les marins narquois et fit couler un filet d'eau glacée sur mon front. Puis il m'ordonna de me lever et je le suivis à l'arrière du navire où se tenait John Indien. Il nous commanda de nous agenouiller l'un à côté de l'autre. Il s'avança et son ombre nous couvrit, obscurcissant la lumière du soleil.

— John et Tituba Indien, je vous déclare unis par les sacrés liens du mariage pour vivre et rester en paix jusqu'à ce que la mort vous sépare.

John Indien bégaya :

— Amen!

Quant à moi, je ne pus prononcer une parole. Mes lèvres étaient soudées l'une à l'autre. Malgré la chaleur étouffante, j'avais froid. Une sueur glacée ruisselait entre mes omoplates comme si j'allais être prise par la malaria, le choléra ou la typhoïde. Je n'osais regarder dans la direction de Samuel Parris tant l'horreur qu'il me causait était immense. Autour de nous, la mer était bleu vif et la ligne ininterrompue de la côte, vert sombre.

6

Quelqu'un partageait l'effroi et la répugnance que m'inspirait Samuel Parris, je ne tardai pas à m'en apercevoir : sa femme Élizabeth.

C'était une jeune femme d'une étrange joliesse, dont les beaux cheveux blonds dissimulés sous un sévère béguin n'en moussaient pas moins comme un halo lumineux autour de sa tête. Elle était enveloppée de châles et de couvertures comme si elle grelottait malgré l'atmosphère tiède et confinée de la cabine. Elle me sourit et fit d'une voix aussi plaisante que l'eau de la rivière Ormonde :

— C'est toi, Tituba? Comme cela doit être cruel pour toi d'être séparée des tiens. De ton père, de ta mère, de ton peuple...

Cette compassion me surprit. Je fis doucement :

— Heureusement, j'ai John Indien.

Son visage délicat se révulsa :

— Bienheureuse si tu crois qu'un mari peut être un compagnon plaisant et si le contact de sa main ne te fait pas courir un frisson le long du dos!

Là, elle s'interrompit comme si elle en avait trop dit. J'interrogeai :

— Maîtresse, vous semblez mal portante! De quoi souffrez-vous?

Elle eut un rire sans joie :

— Plus de vingt médecins se sont succédés à mon chevet et n'ont pu trouver la cause de mon mal. Tout ce que je sais, c'est que mon existence est un martyre! Quand je suis debout, la tête me tourne. Je suis prise de nausées comme si je portais un enfant alors que le Ciel m'a fait la grâce de ne m'en donner qu'un. Parfois d'insupportables douleurs me parcourent le ventre. Mes menstrues sont un supplice et j'ai toujours les pieds pareils à deux blocs de glace.

Avec un soupir, elle se rejeta sur l'étroite couchette et remonta la couverture de laine rêche jusqu'à son cou. Je m'approchai et elle me fit signe de m'asseoir près d'elle, en murmurant :

— Que tu es belle, Tituba!

— Belle?

Je prononçai ce mot avec incrédulité, car le miroir que m'avaient tendu Susanna Endicott et Samuel Parris, m'avait persuadée du contraire.

Quelque chose se dénoua en moi et j'offris, mue par une irrésistible impulsion :

— Maîtresse, laisse-moi te soigner!

Elle sourit et me prit les mains :

— Tant d'autres ont essayé avant toi et n'y sont pas parvenus! Mais c'est vrai que tes mains sont douces. Douces comme des fleurs coupées.

Je raillai :

— Vous avez déjà vu des fleurs noires, vous?

Elle réfléchit un instant puis répondit :

— Non, mais s'il en existait, elles seraient pareilles à tes mains.

Je posai la main sur son front, paradoxalement glacé et moite de sueur. De quoi souffrait-elle? Je devinais que c'était l'esprit qui entraînait le corps comme d'ailleurs, dans la plupart des maux des hommes.

À ce moment, la porte s'ouvrit sous une poussée brutale et Samuel Parris entra. Je ne saurai dire qui, de maîtresse Parris ou de moi, fut la plus confuse, la plus terrifiée. La voix de Samuel Parris ne s'éleva pas d'un pouce. Le sang ne monta pas à son visage crayeux. Il dit simplement :

— Élizabeth, êtes-vous folle? Vous laissez cette négresse s'asseoir à côté de vous? Dehors Tituba, et vite!

J'obéis.

L'air froid du pont agit sur moi comme une réprimande. Quoi? Je laissais cet homme me traiter comme une bête sans mot dire? J'allais pour me raviser et retourner dans la cabine quand je croisai les regards de deux fillettes, affublées de longues robes noires sur lesquelles tranchaient d'étroits tabliers blancs et coiffées de béguins qui ne laissaient pas dépasser un brin de leurs chevelures. Je n'avais jamais vu d'enfants pareillement attifées. L'une était le portrait craché de la pauvre recluse que je venais de quitter. Elle interrogea :

— C'est toi, Tituba?

Je reconnus les gracieuses intonations de sa mère.

L'autre fillette de deux ou trois ans plus âgée, me fixait d'un air d'insupportable arrogance.

Je fis doucement :

— Êtes-vous les enfants Parris?

Ce fut la plus âgée des fillettes qui répondit :

— Elle est Betsey Parris. Je suis Abigail Williams, la nièce du pasteur.

Je n'ai pas eu d'enfance. L'ombre de la potence de ma mère a assombri toutes les années qui auraient dû être consacrées à l'insouciance et aux jeux. Pour des raisons sans nul doute différentes des miennes, je devinais que Betsey Parris et Abigail Williams étaient, elles aussi, privées de leur enfance, dépossédées à jamais de ce capital de légèreté et de douceur. Je devinai qu'on ne leur avait jamais chanté de berceuses, raconté de contes, empli l'imagination d'aventures magiques et bienfaisantes. J'éprouvai une profonde pitié pour elles, pour la petite Betsey surtout, si charmante et désarmée. Je lui dis :

— Venez, je vais vous mettre au lit. Vous avez l'air bien fatiguée.

L'autre fillette, Abigail, s'interposa vivement :

— Qu'est-ce que vous chantez là? Elle n'a pas encore dit ses prières. Vous voulez donc que mon oncle la fouette?

Je haussai les épaules et continuai ma marche.

John Indien était assis à l'arrière du pont, au milieu d'un cercle de marins admiratifs auxquels il débitait je ne sais quelles sornettes. Chose étrange, John Indien qui avait pleuré toutes les larmes de son corps quand les contours de notre Barbade bien-aimée s'étaient effacés dans la brume, était déjà consolé. Il effectuait mille corvées pour les marins et ainsi, se procurait des pièces avec lesquelles il se mêlait à leurs jeux et buvait de leur rhum. Pour l'heure, il leur apprenait une vieille chanson d'esclaves et entonnait de sa voix juste :

«Mougué, eh, mougué eh :
Coq-là chanté cokiyoko...»

Ah! que cet homme que mon corps s'était choisi était frivole! Mais peut-être ne l'aurais-je pas aimé s'il avait été fait lui aussi d'une chagrine étoffe de deuil comme celle dans laquelle j'avais été coupée.

Quand il me vit approcher, il vint en hâte vers moi, laissant en plan le chœur de ses élèves qui protesta bruyamment. Il me prit les bras et chuchota :

— Bien étrange homme que notre nouveau maître! Un commerçant raté qui sur le tard, recommence sa vie où il l'avait laissée...

Je l'interrompis :

— Je n'ai nullement le cœur à écouter des ragots.

Nous fîmes le tour du pont et nous nous abritâmes derrière une pile de fûts de sucre de canne qui faisaient voile vers le port de Boston. La lune était levée et cet astre timide égalait en clarté celui du jour. Je me serrai contre John Indien et nos mains cherchaient nos corps quand un pas lourd ébranla le bois des planchers et des fûts. C'était Samuel Parris. À la vue de notre posture, un peu de sang filtra sous ses joues blêmes et il cracha comme un venin :

— Il est certain que la couleur de votre peau est le signe de votre damnation, cependant tant que vous serez sous mon toit, vous vous comporterez en chrétiens! Venez faire les prières!

Nous obéîmes.

Maîtresse Parris et les deux fillettes, Abigail et Betsey, étaient déjà à genoux dans l'une des cabines. Le maître se tint debout, leva les yeux vers le plafond et commença de bramer. Je ne distinguai pas grand-chose de ce discours, à l'exception des mots déjà tant de fois entendus : péché, mal,

Malin, Satan, démon... Le moment le plus pénible fut celui de la confession. Chacun dut avouer à haute voix ses péchés du jour et j'entendis les pauvres enfants bégayer :

— J'ai regardé John Indien danser sur le pont.

— J'ai ôté mon béguin et laissé le soleil caresser mes cheveux.

À sa manière habituelle, John Indien confessa toutes sortes de clowneries et se tira d'affaire puisque le maître se borna à lui dire :

— Le Seigneur te pardonne, John Indien! Va et ne pèche plus!

Quand vint mon tour, une sorte de rage m'envahit qui n'était sans doute que l'autre face de la peur que m'inspirait Samuel Parris et je fis d'une voix ferme :

— Pourquoi me confesser? Ce qui se passe dans ma tête et dans mon cœur ne regarde que moi.

Il me frappa.

Sa main, sèche et coupante, vint heurter ma bouche et l'ensanglanta. À la vue de ce filet rouge, maîtresse Parris retrouva des forces, se redressa et fit avec fureur :

— Samuel, vous n'avez pas le droit...!

Il la frappa à son tour. Elle saigna, elle aussi. Ce sang scella notre alliance. Quelquefois une terre aride et désolée donne une fleur au suave coloris qui embaume et illumine le paysage autour d'elle. Je ne peux comparer qu'à cela l'amitié qui ne tarda pas à m'unir à maîtresse Parris et à la petite Betsey. Ensemble, nous inventâmes mille ruses pour nous retrouver en l'absence de ce démon qu'était le révérend Parris. Je peignais leurs longs cheveux blonds, qui, une fois libérés du carcan des tresses et des chignons, leur tombaient jusqu'aux chevilles. Je frottais d'une huile dont Man Yaya m'avait confié le secret leurs peaux malsaines et blafardes qui peu à peu, se doraient sous mes mains.

Un jour où je la massais, je m'enhardis à interroger maîtresse Parris :

— Que dit votre rigide époux devant cette transformation de votre corps?

Elle éclata de rire :

— Ma pauvre Tituba, comment veux-tu qu'il s'en aperçoive?

Je levai les yeux au ciel :

— J'aurais pensé que nul n'est mieux placé que lui pour le faire!

Elle rit plus fort :

— Si tu savais! Il me prend sans ôter ni mes vêtements ni les siens, pressé d'en finir avec cet acte odieux.

Je protestai :

— Odieux? Pour moi, c'est le plus bel acte du monde.

Elle repoussa ma main tandis que je lui expliquais :

— Oui, n'est-ce pas celui qui perpétue la vie?

Ses yeux s'emplirent d'horreur :

— Tais-toi, tais-toi! C'est l'héritage de Satan en nous.

Elle semblait si bouleversée que je n'insistai pas. Généralement, mes entretiens avec maîtresse Parris ne prenaient pas ce tour. Elle tirait du plaisir aux contes qui ravissaient Betsey : ceux d'Ananse l'araignée, des gens gagés, des soukougnans, de la bête à Man Hibé qui caracole sur son cheval à trois pattes. Elle m'écoutait avec la même ferveur que sa fille, ses beaux yeux noisette piquetés des étoiles du bonheur et questionnait :

— Cela peut-il se faire, Tituba? Un être humain peut-il abandonner sa peau et se promener en esprit à des lieues de distance?

J'acquiesçais.

— Oui, cela se peut!

Elle insistait :

— Sans doute faut-il un manche à balai pour se déplacer?

Je riais aux éclats :

— Quelle sotte idée avez-vous là? Que voulez-vous que l'on fasse d'un manche à balai!

Elle restait perplexe.

Je n'aimais pas quand la jeune Abigail venait troubler mes tête-à-tête avec Betsey. Il y avait dans cette enfant quelque chose qui me mettait profondément mal à l'aise. Sa manière de m'écouter, de me regarder comme si j'étais un objet épouvantable et cependant attirant! D'une manière autoritaire, elle demandait des précisions sur tout :

— Quelles sont les paroles que les gens gagés doivent prononcer avant d'abandonner leur peau?

— Comment les soukougnans font-ils pour boire le sang de leurs victimes?

Je lui fournissais des réponses évasives. En vérité, je craignais qu'elle ne raconte ces entretiens à son oncle, Samuel Parris et que la lueur de plaisir qu'ils mettaient dans notre vie ne s'éteigne. Elle n'en fit rien. Il y avait en elle une faculté de dissimulation extraordinaire. Jamais, lors des prières du soir, elle ne fit allusion à ce qui, aux yeux de Parris aurait semblé des péchés inexpiables. Elle se bornait à confesser :

— Je me suis tenue sur le pont pour que les embruns m'arrosent.

— J'ai jeté dans la mer la moitié de mon gruau.

Et Samuel Parris l'absolvait :

— Va Abigail Williams, ne pèche plus!

Peu à peu, par égard pour Betsey, je l'acceptai dans notre intimité.

Un matin, comme je servais à maîtresse Parris un peu de thé que son estomac tolérait mieux que le gruau, elle me dit doucement :

— Ne conte pas toutes ces histoires aux enfants! Cela les fait rêver et le rêve n'est pas bon!

Je haussai les épaules :

— Pourquoi le rêve ne serait-il pas bon? N'est-il pas meilleur que la réalité?

Elle ne répondit pas et resta un long moment silencieuse. Au bout d'un instant, elle reprit :

— Tituba, ne penses-tu pas que c'est malédiction d'être femme?

Je me fâchai :

— Maîtresse Parris, vous ne parlez que malédiction! Quoi de plus beau qu'un corps de femme! Surtout quand le désir d'un homme l'anoblit...

Elle cria :

— Tais-toi! Tais-toi!

Ce fut notre seule querelle. Véritablement, je n'en compris pas la cause.

Un matin, nous arrivâmes à Boston.

Je dis que c'était le matin, pourtant la couleur du jour ne l'indiquait en rien. Un voile grisâtre tombait du ciel et enveloppait dans ses plis la forêt de mats des navires, les piles de marchandises à quai, la silhouette massive des entrepôts. Un vent glacial soufflait et John Indien, comme moi, grelottions dans nos habits de coton. En dépit de leurs châles, maîtresse Parris et les enfants faisaient de même. Seul le maître se tenait tête haute, sous son chapeau à larges bords noirs, pareil à un spectre dans la lumière sale et brouillée. Nous descendîmes à quai, John Indien succombant sous le poids des bagages cependant que Samuel Parris daignait inviter sa femme à s'appuyer sur son bras. Moi, je pris les petites filles par la main.

Je n'aurais jamais pu imaginer qu'existait une ville telle que Boston, peuplée de maisons aussi hautes, d'une foule aussi nombreuse piétinant les rues pavées, encombrées de carrioles traînées par des bœufs ou des chevaux. J'aperçus de nombreux visages de la couleur du mien et je compris que, là aussi, les enfants d'Afrique payaient leur tribut au malheur.

Samuel Parris semblait connaître parfaitement les lieux car, pas une fois, il ne s'arrêta pour demander son chemin. Trempés jusqu'aux os, nous arrivâmes enfin devant une maison de bois d'un étage dont la façade était enjolivée par un entrelacs de poutres plus claires. Samuel Parris lâcha le bras de sa femme et fit, comme s'il s'agissait de la plus formidable des demeures :

— C'est là!

L'endroit sentait le renfermé et l'humide. Au bruit de nos pas, deux rats détalèrent tandis qu'un chat noir qui somnolait dans la cendre et la poussière, se leva paresseusement et passa dans la pièce voisine. Je ne saurais décrire l'effet que ce malheureux chat noir produisit sur les enfants aussi bien que sur Élizabeth et Samuel Parris. Ce dernier se précipita sur son livre de prières et se mit à réciter une interminable oraison. Quand il se fut un peu calmé, il se redressa et se mit à donner des ordres :

— Tituba, nettoie cette pièce. Ensuite prépare les lits. John Indien, viens avec moi acheter du bois!

John Indien, une fois de plus, affecta ces manières que je détestais si fort :

— Sortir, maître! Avec ce vent et cette pluie! Vous voulez donc dépenser bientôt de l'argent pour les planches de mon cercueil?

Sans mot dire, Samuel Parris détacha la large cape de drap noir qu'il portait et la lui jeta.

À peine les deux hommes étaient-ils sortis qu'Abigail interrogeait d'une voix haletante :

— Ma tante, c'était le Malin, n'est-ce pas?

Le visage d'Élizabeth Parris se convulsa :

— Tais-toi!

J'interrogeai, intriguée :

— Mais de quoi parlez-vous?

— Du chat! Du chat noir!

— Qu'allez-vous chercher là? Ce n'était qu'une bête, à qui notre arrivée a causé bien de l'émoi! Pourquoi parlez-vous sans cesse du Malin? Les invisibles autour de nous ne nous tourmentent que si nous les provoquons. Et sûrement à un âge comme le vôtre, cela n'est pas à redouter!

Abigail souffla :

— Menteuse! Pauvre et ignorante négresse! Le Malin nous tourmente tous. Nous sommes tous sa proie. Nous serons tous damnés, n'est-ce pas, ma tante?

Quand je vis l'effet que cette conversation produisait sur maîtresse Parris et surtout sur la pauvre Betsey, je l'interrompis rapidement.

Fut-ce l'effet de cet entretien ou du froid qui régnait dans la maison en dépit du feu allumé par John Indien, cette nuit-là, la santé de maîtresse Parris empira. Samuel Parris vint me réveiller vers minuit :

— Je crois qu'elle va passer!

Aucune émotion dans sa voix. Le ton d'un constat!

Mourir, ma pauvre douce Élizabeth? Et laisser les enfants seules avec son monstre de mari? Mourir, mon agneau tourmenté, sans avoir appris que la mort n'est qu'une porte que les initiés savent tenir grande ouverte? Je me précipitai à bas du lit, dans ma hâte de lui porter secours. Mais Samuel Parris m'arrêta :

— Habille-toi!

Pauvre homme qui, au lit de mort de sa femme, songeait à la décence!

Jusqu'alors, je n'avais fait appel à aucun élément surnaturel pour soigner Élizabeth Parris. Je me bornais à la tenir au chaud, à lui faire avaler force boissons brûlantes. La seule liberté que je m'étais permise avait consisté à glisser un peu de rhum dans ses tisanes. Cette nuit-là, je décidai d'avoir recours à mon talent.

Pourtant il me manquait les éléments nécessaires à la pratique de mon art. Les arbres-reposoirs des invisibles. Les condiments de leurs mets favoris. Les plantes et les racines de la guérison.

Dans ce pays inconnu et inclément, qu'allais-je faire?

Je décidai d'user de subterfuges.

Un érable dont le feuillage virait au rouge fit office de fromager. Des feuilles de houx acérées et luisantes, remplacèrent les herbes de Guinée. Des fleurs jaunes et sans parfum se substituèrent au salapertuis, panacée de tous les maux du corps et qui ne pousse qu'à mi-hauteur des mornes. Mes prières firent le reste.

Au matin, les couleurs revinrent aux joues de maîtresse Élizabeth Parris. Elle réclama un peu d'eau à boire. Vers le milieu de la journée, elle parvint à s'alimenter. Le soir venu, elle s'endormit comme un nouveau-né.

Trois jours plus tard, elle m'adressait un sourire frileux comme le soleil à travers les lucarnes :

— Merci, Tituba! Tu m'as sauvé la vie!

7

Nous demeurâmes un an à Boston, car Samuel Parris attendait que ses coreligionnaires, les Puritains, lui offrent une paroisse. Hélas! les propositions n'affluaient pas! Cela tenait, je crois, à la personnalité de Parris. Si fanatiques et sombres que fussent ceux qui partageaient sa foi, ils l'étaient cependant moins que lui et sa haute silhouette encolérée, la réprimande et l'exhortation à la bouche, effrayait. Le peu d'économies qu'il avait ramenées de son incursion dans le monde du commerce à la Barbade, fondit comme chandelle et nous nous trouvâmes dans les pires difficultés. Parfois, nous n'avions à manger de tout le jour que des pommes séchées. Nous n'avions pas de bois pour le chauffage et nous grelottions.

C'est alors que John Indien trouva à se louer dans une taverne dénommée *The Black Horse*. Il avait pour tâche d'entretenir le feu dans les énormes cheminées devant lesquelles les clients se chauffaient, de balayer, de vider les déchets. Il me revenait aux premières lueurs du jour, puant le brandy ou le stout, mais des reliefs de nourriture dissimulés dans ses vêtements. Il me racontait d'une voix traînante et endormie :

— Ma reine, si tu savais la vie qui se mène dans cette ville de Boston, à deux pas des censeurs d'Église comme notre Samuel Parris, tu n'en croirais pas tes yeux ni tes oreilles. Putes, marins, un anneau à l'oreille, capitaines aux cheveux gras sous leurs chapeaux à trois cornes et même, gentilshommes connaisseurs de la Bible avec femme et enfants au foyer. Tout ce monde se soûle, jure, fornique. Oh! Tituba, tu ne peux comprendre l'hypocrisie du monde des Blancs!

Je le mettais au lit qu'il bavardait encore.

Étant donné son humeur, il ne tarda pas à se faire de nombreux amis et il me rapportait leurs conversations. Il m'apprit que la Traite s'intensifiait. C'est par milliers que les nôtres étaient arrachés d'Afrique. Il m'apprit que nous n'étions pas le seul peuple que les Blancs réduisaient en esclavage mais qu'ils asservissaient aussi les Indiens, premiers habitants de l'Amérique comme de notre chère Barbade.

Je l'écoutais avec stupeur et révolte :

— Au *Black Horse*, travaillent deux Indiens. Tu verrais comme on les traite. Ils m'ont raconté comment ils ont été dépossédés de leurs terres, comment les Blancs ont décimé leurs troupeaux et ont répandu parmi eux «l'eau de feu» qui en peu de temps conduit un homme à sa tombe. Ah! les Blancs!

Ces histoires me rendaient perplexe et je tentais de comprendre :

— C'est peut-être parce qu'ils ont fait tant de mal à tous leurs semblables, à ceux-là parce qu'ils ont la peau noire, à ceux-là parce qu'ils l'ont rouge, qu'ils ont si fort le sentiment d'être damnés?

John était bien incapable de répondre à ces interrogations qui d'ailleurs ne lui effleuraient pas l'esprit. De nous tous, il était certainement le moins malheureux!

Il est certain que Samuel Parris ne me confiait pas ses pensées, mais à le voir, enfermé dans la maison comme bête en cage, priant interminablement ou feuilletant son livre redoutable, il m'était aisé d'en deviner le cours! Sa présence constante agissait sur nous comme potion amère. Plus de furtifs et tendres échanges, plus de contes racontés en vitesse, plus de chansons fredonnées en sourdine! Au lieu de cela, il se mit en tête d'apprendre ses lettres à Betsey et se servit d'un formidable syllabaire :

A— Dans la chute d'Adam
Nous sommes tous entraînés.
B— Seule la Bible
Peut sauver nos vies.
C— Le Chat joue
Mais après écorche...

Et ainsi de suite! La pauvre Betsey, déjà si fragile et impressionnable, pâlissait et frissonnait.

Ce ne fut qu'à partir de la mi-avril, quand le temps s'éclaircit, qu'il prit l'habitude de sortir après le déjeuner pour une courte promenade. J'en profitais pour entraîner les enfants dans le jardinet qui s'étendait derrière la maison et alors, quels jeux! quelles rondes endiablées! J'ôtais le hideux béguin qui leur faisait figure de vieilles, je dénouais leur ceinture afin que leur sang s'échauffe et que la saine rosée de la sueur inonde leurs petits corps. Debout au seuil de la porte, Élizabeth Parris me recommandait faiblement :

— Attention, Tituba! Qu'elles ne dansent pas! Qu'elles ne dansent pas!

Pourtant la minute d'après, elle se contredisait et battait la mesure avec emportement devant nos entrechats.

Je fus autorisée à conduire les petites jusqu'au Long Wharf où nous regardions les bateaux et la mer. De l'autre côté de cette étendue liquide, un point : la Barbade.

Il est étrange, l'amour du pays! Nous le portons en nous comme notre sang, comme nos organes. Et il suffit que nous soyons séparés de notre terre, pour ressentir une douleur qui sourd du plus profond de nous-mêmes sans jamais se ralentir. Je revoyais la plantation de Darnell Davis, la hautaine Habitation et ses colonnades au sommet du morne, les rues cases-nègres, grouillantes de souffrances et d'animation, enfants au ventre ballonné, femmes vieillies avant l'heure, hommes mutilés, et ce cadre sans joie que j'avais perdu me devenait précieux tandis que des larmes coulaient sur mes joues.

Les enfants, quant à elles, insensibles à mon humeur, jouaient dans les flaques d'eau salée, se poussaient, tombaient à la renverse parmi les cordages et je ne pouvais m'empêcher d'imaginer la tête que ferait Samuel Parris s'il assistait à pareilles scènes. Toute leur vitalité réprimée jour après jour, heure après heure, exsudait et c'était comme si ce Malin que l'on redoutait tant les avait enfin possédées. Abigail était des deux la plus déchaînée, la plus violente et je m'émerveillais une fois de plus de son don de dissimulation. Dès notre retour à la maison, ne serait-elle pas muette et rigide au point de perfection devant son oncle! Ne répéterait-elle pas après lui les paroles de leur Livre sacré? Ses moindres gestes ne seraient-ils pas empreints de réserve et de componction?

Un après-midi, en revenant du Long Wharf, nous fûmes témoins d'un spectacle dont la terrible impression ne s'est jamais dissipée en moi. Nous débouchions de Front Street quand nous vîmes la place, située entre la prison, le Tribunal et la maison de réunion, noire de monde. Il allait y avoir une exécution. La foule se pressait donc aux pieds de l'estrade surélevée sur laquelle était dressée la potence. Autour d'elle s'agitaient des hommes sinistres, coiffés de chapeaux à larges bords. En nous approchant, nous nous aperçûmes qu'une femme, une vieille femme, se tenait debout, une corde autour du cou. Brusquement, un des hommes écarta la pièce de bois sur laquelle ses pieds reposaient. Son corps se tendit comme un arc. On entendit un cri effroyable et sa tête retomba sur le côté.

Moi-même, je hurlai et tombai à genoux au milieu de la foule excitée, curieuse, presque joyeuse.

C'était comme si j'avais été condamnée à revivre l'exécution de ma mère! Non, ce n'était pas une vieille femme qui se balançait là! C'était Abena dans la fleur de son âge et la beauté de ses formes! Oui, c'était elle et j'avais à nouveau six ans! Et la vie était à recommencer depuis ce moment-là!

Je hurlai et plus je hurlais, plus j'éprouvais le désir de hurler. De hurler ma souffrance, ma révolte, mon impuissante colère. Quel était ce monde qui avait fait de moi une esclave, une orpheline, une paria? Quel était ce monde qui me séparait des miens? Qui m'obligeait à vivre parmi des gens qui ne parlaient pas ma langue, qui ne partageaient pas ma religion, dans un pays malgracieux, peu avenant?

Betsey se précipita contre moi, m'enserrant de ses bras fluets :

— Tais-toi! Oh, tais-toi, Tituba!

Abigail qui, quant à elle, avait fureté parmi la foule, quémandant çà et là des explications, revint vers nous et dit froidement :

— Oui, tais-toi! Elle n'a que ce qu'elle mérite, car c'est une sorcière. Elle avait ensorcelé les enfants d'une honorable famille!

Je parvins à me relever et à retrouver le chemin de la maison. Toute la ville ne parlait que de cette exécution. Ceux qui avaient vu, racontaient à ceux qui n'avaient pas vu comment la femme Glover avait hurlé en voyant la mort, comme un chien hurle à la lune, comment son âme s'était échappée sous la forme d'une chauve-souris cependant qu'une purée nauséabonde, preuve de la vilenie de son être, descendait le long des sarments de ses jambes. Moi, je n'avais rien vu de tel. J'avais assisté à un spectacle de totale barbarie.

Ce fut peu après cela que je m'aperçus que je portais un enfant et que je décidai de le tuer.

Dans ma triste existence, à part les baisers volés à Betsey et les secrets échangés avec Élizabeth Parris, les seuls moments de bonheur étaient ceux que je passais avec John Indien.

Crotté, grelottant de froid, ivre de fatigue, chaque nuit, mon homme me faisait l'amour. Comme nous dormions dans un réduit contigu à la chambre à coucher de maître et maîtresse Parris, nous devions veiller à n'émettre aucun soupir, aucune plainte qui pouvaient révéler la nature de nos activités. Paradoxalement, nos furieux échanges n'en gagnaient que plus de saveur.

Pour une esclave, la maternité n'est pas un bonheur. Elle revient à expulser dans un monde de servitude et d'abjection, un petit innocent dont il lui sera impossible de changer la destinée. Pendant toute mon enfance, j'avais vu des esclaves assassiner leurs nouveau-nés en plantant une longue épine dans l'œuf encore gélatineux de leur tête, en sectionnant avec une lame empoisonnée leur ligament ombilical ou encore, en les abandonnant de nuit dans un lieu parcouru par des esprits irrités. Pendant toute mon enfance, j'avais entendu des esclaves échanger les recettes des potions, des lavements, des injections qui stérilisent à jamais les matrices et les transforment en tombeaux tapissés de suaires écarlates.

À la Barbade, dans un environnement dont chaque plante m'était familière, je n'aurais eu aucun mal à me débarrasser d'un fruit encombrant. Mais ici, à Boston, comment faire?

Moins d'une demi-lieue après la sortie de Boston s'élevaient d'épaisses forêts que je décidai d'explorer. Un après-midi, je parvins à me glisser hors de la maison, laissant Betsey aux prises avec son terrifiant syllabaire et Abigail, les doigts occupés à une tapisserie, mais l'esprit visiblement ailleurs, à côté de maîtresse Parris.

Une fois dehors, je m'aperçus à ma surprise, qu'il y avait une grâce dans ces climats. Les arbres longtemps squelettiques et pareils à de tristes fuseaux, s'ornaient de bourgeons. Des fleurs parsemaient les prés, verdoyants à l'infini comme une mer tranquille. Comme je m'apprêtais à entrer dans la forêt, un homme, silhouette noire et rigide sur un cheval, le visage noyé dans l'ombre de son chapeau, me héla :

— Hé, négresse! Est-ce que tu n'as pas peur des Indiens?

Les Indiens? Je les redoutais moins ces «sauvages» que les êtres civilisés parmi lesquels je vivais qui pendaient les vieillardes aux arbres.

Je me penchais sur un buisson odorant qui ressemblait fort à la citronnelle aux vertus multiples quand je m'entendis appeler par mon nom :

— Tituba!

Je sursautai. C'était une vieille femme au visage informe comme une miche de pain et néanmoins assez plaisant. Je m'étonnai :

— Comment sais-tu mon nom?

Elle eut un sourire mystérieux :

— Je t'ai vu naître!

Mon étonnement grandit :

— Viens-tu de la Barbade?

Son sourire s'accentua :

— Moi, je n'ai jamais quitté Boston. Je suis arrivée avec les premiers Pélerins et depuis, je ne les ai pas quittés. Bon, assez bavardé! Si tu t'attardes trop, Samuel Parris s'apercevra que tu es sortie et tu passeras un mauvais quart d'heure!

Je tins bon :

— Je ne te connais pas. Qu'est-ce que tu veux de moi?

Elle se mit à trottiner vers l'intérieur de la forêt et comme je demeurais immobile, elle se détourna et me jeta :

— Ne fais pas la bête : je suis une amie de Man Yaya! Mon nom est Judah White!

La vieille Judah m'indiqua le nom de chaque plante avec ses propriétés. J'ai noté là dans ma tête quelques-unes des recettes qu'elle me révéla :

Pour se débarrasser des verrues, frotter leur emplacement avec un crapaud vivant jusqu'à ce que la peau de l'animal les absorbe.

Pendant l'hiver, pour prévenir les ennuis causés par le froid, boire des infusions de ciguë. (Attention, le jus est mortel et peut être utilisé à d'autres fins.)

Pour éviter l'arthrite, porter à l'annulaire de la main gauche un anneau fait de pomme de terre crue.

Toutes les blessures peuvent être soignées par des emplâtres de feuilles de choux et les ampoules par la purée de navet cru.

En cas de bronchite aiguë, placer la peau d'un chat noir sur la poitrine du malade.

Rage de dent : si possible mâcher des feuilles de tabac. Faire de même en cas de maux d'oreille.

Pour toutes les diarrhées : trois fois par jour, des infusions de mûres.

Je rentrai à Boston un peu réconfortée, ayant appris à voir des amis dans des bêtes auxquelles auparavant je n'aurais jamais prêté attention : le chat au pelage noir, la chouette, la coccinelle et le merle moqueur.

Je repassais dans ma tête les propos de Judah : «Sans nous, que serait le monde? Hein? que serait-il? Les hommes nous haïssent et pourtant nous leur donnons les outils sans lesquels leur vie serait triste et bornée. Grâce à nous, ils peuvent modifier le présent, parfois, lire dans l'avenir. Grâce à nous, ils peuvent espérer. Tituba, nous sommes le sel de la terre.»

Cette nuit-là, un flot de sang noir charroya mon enfant au-dehors de ma matrice. Je le vis battre des bras comme un têtard éperdu et je fondis en larmes. John Indien que je n'avais pas mis dans la confidence, et qui croyait à un nouveau coup du sort, pleura aussi. Il est vrai qu'il était à moitié soûl ayant vidé force chopes de stout avec les marins qui fréquentaient la taverne du *Black Horse*.

— Ma reine! Voici que notre bâton de vieillesse se casse! Sur quoi allons-nous nous appuyer quand nous aurons chacun une bosse sur le dos dans ce pays sans été?

Je me remis difficilement du meurtre de mon enfant. Je savais que j'avais agi pour le mieux. Pourtant l'image de ce petit visage dont je ne connaîtrai jamais les contours réels venait me hanter. Par une étrange aberration, il me semblait que le cri qu'avait poussé la femme Glover en s'engageant dans le corridor de la mort, venait des entrailles de mon enfant, supplicié par la même société, condamné par les mêmes juges. Betsey et Élizabeth Parris, s'apercevant de mon état d'âme, redoublaient d'attentions et de douceurs qui, en d'autres temps, n'auraient pas manqué d'attirer l'attention de Samuel Parris. Or il se trouvait qu'il était constamment enveloppé d'une humeur de plus en plus sombre, car les choses allaient de mal en pis. Le seul argent qui entrait dans la maison était celui que gagnait John Indien en faisant ronfler le feu des cheminées du *Black Horse*. Aussi nous mourions littéralement de faim. Le visage des enfants s'amenuisait et elles flottaient dans leurs vêtements.

On entra dans l'été.

Le soleil vint illuminer les toits gris, les toits bleus de Boston. Il suspendit des feuilles aux branches des arbres. Il planta de longues aiguilles de feu dans l'eau de la mer. Malgré la tristesse de nos vies, il fit danser le sang dans nos veines.

À quelques semaines de là, Samuel Parris nous annonça d'une voix morose qu'il avait accepté l'offre d'une paroisse et que nous allions partir pour le village de Salem. À vingt miles environ de Boston. John Indien qui, comme à l'accoutumée, était au courant de tout, m'expliqua pourquoi Samuel Parris semblait si peu enthousiaste. Le village de Salem avait fort mauvaise réputation dans la Bay Colony. À deux reprises, deux ministres, le Révérend James Bayley et le Révérend George Burroughs, avaient été chassés par l'hostilité d'une large partie des paroissiens qui refusaient de subvenir à leur entretien. Le salaire annuel de 66 livres était une pitance, surtout que le bois n'était pas fourni et que les hivers étaient rigoureux dans la forêt. Enfin, tout aux alentours de Salem, vivaient des Indiens, farouches et barbares, résolus à faire un scalp de toutes les têtes qui s'aventuraient trop près.

— Notre maître n'a pas fini ses études...

— Études?

— Oui, de théologie, pour devenir pasteur. Néanmoins, il voudrait qu'on le traite comme le Révérend Increase Mather ou comme John Cotton lui-même.

— Qui sont ces gens?

Là, John Indien se troubla :

— Je ne sais pas, ma toute belle! J'entends seulement citer leurs noms.

Nous passâmes encore de longues semaines à Boston. J'eus le temps de me faire un pense-bête des principales recommandations de Judah White :

Avant d'occuper une maison ou aussitôt après l'avoir occupée, poser aux angles de chaque pièce, des branches de gui et des feuilles de marjolaine. Balayer la poussière de l'ouest à l'est et la brûler soigneusement avant d'en répandre les cendres au-dehors. Asperger les sols de la main gauche d'urine fraîche.

Au coucher du soleil, faire brûler des brindilles de populara indica mêlées de gros sel.

Plus important, préparer son jardin et y réunir tous les simples nécessaires. À défaut, les faire pousser dans des caissons remplis de terre. Ne pas manquer de cracher dessus quatre fois au réveil.

Je ne cache pas que, dans bien des cas, tout cela me semblait puéril. Aux Antilles, notre science est plus noble et s'appuie davantage sur les forces que sur les choses. Mais enfin, comme me le recommandait Man Yaya : «Si tu arrives au pays des culs-de-jatte, traîne-toi par terre!»

8

Complainte pour mon enfant perdu :

«La pierre de lune est tombée dans l'eau
Dans l'eau de la rivière
Et mes doigts n'ont pu la repêcher,
Pauvre de moi!
La pierre de lune est tombée.
Assise sur la roche au bord de la rivière
Je pleurais et je me lamentais.
Oh! pierre douce et brillante,
Tu luis au fond de l'eau.
Le chasseur vint à passer.
Avec ses flèches et son carquois
Belle, Belle, pourquoi pleures-tu?
Je pleure, car ma pierre de lune
Gît au fond de l'eau.
Belle, Belle, si ce n'est que cela,
Je vais t'aider.
Mais le chasseur plongea et se noya.»

J'appris cette complainte à Betsey et nous la fredonnions en sourdine pendant nos rares tête-à-tête. Sa jolie petite voix, tendre et plaintive, accompagnait à merveille la mienne.

Un jour, à ma surprise, j'entendis Abigail la chantonner aussi! Je voulus gronder Betsey, lui recommander de garder pour elle les choses que je lui apprenais. Puis cette fois encore, je me ravisai. Abigail n'était-elle pas sa seule compagne de jeux? Et n'était-elle pas une enfant? Une enfant ne peut être dangereuse.

9

Le village de Salem, qu'il ne faut surtout pas confondre avec la ville du même nom qui m'apparut assez pimpante, était découpé dans la forêt, comme une plaque de calvitie dans une chevelure embroussaillée.

Samuel Parris avait loué trois chevaux et une carriole et nous faisions assez piteuse figure! Heureusement, personne n'était là pour nous accueillir. À cette heure, les hommes devaient être aux champs où les femmes leur avaient porté des rafraîchissements et de la nourriture. Samuel Parris nous désigna la maison de réunion, énorme bâtisse dont la porte monumentale était faite de poutres assemblées et nous continuâmes notre route. Combien d'habitants pouvait compter Salem? À peine deux mille assurément et venant de Boston, le lieu semblait vraiment être un trou. Des vaches traversèrent nonchalamment la rue principale, faisant tinter les clochettes suspendues à leur cou et je m'aperçus avec surprise que des bouts de chiffon rouge étaient fixés à leurs cornes. D'un enclos s'élevait l'odeur fétide d'une demi-douzaine de porcs qui se vautraient dans une fange noirâtre.

Nous arrivâmes devant la maison qui nous était réservée. Elle se tenait un peu de guingois au milieu d'un immense jardin, entièrement envahi de mauvaise herbe. Deux érables noirs la flanquaient comme des cierges et il se dégageait d'elle comme une hostilité repoussante. Samuel Parris aida à descendre de cheval sa pauvre femme que le voyage avait considérablement éprouvée. Je posai sur le sol ma petite Betsey cependant qu'Abigail sans attendre aucun secours, sautait par terre et se précipitait vers la porte d'entrée. Samuel Parris l'arrêta au vol et tonna :

— Pas de cela, Abigail! Le démon est-il entré en toi?

Malgré mon peu de sympathie pour Abigail, le cœur me manqua devant l'effet que cette phrase produisit sur elle.

L'intérieur de la maison était à l'image de l'extérieur. Sombre et peu amène. Cependant une main attentionnée avait allumé du feu dans chaque cheminée et les flammes dévoraient allègrement des pièces de bois. Élizabeth Parris interrogea :

— Combien de chambres y a-t-il? Tituba, va donc voir celles qui ont la meilleure exposition!

À cela, Samuel Parris trouva également à redire. Écrasant Elizabeth du poids de son regard, il laissa tomber :

— La seule chambre bien exposée n'est-elle pas le cercueil à l'ombre duquel chacun de nous reposera un jour?

Puis il tomba à genoux pour remercier le Seigneur de nous avoir protégés des loups et des autres bêtes féroces qui infestaient les forêts nous séparant de Boston. Cette interminable prière se finissait enfin quand la porte d'entrée s'ouvrit avec une plainte qui nous fit tous sursauter. Une petite femme tristement fagotée à la mode puritaine, mais le visage souriant se glissa dans la pièce :

— Je suis Sœur Mary Sibley. C'est moi qui vous ai fait du feu. Je vous ai aussi laissé dans la cuisine un morceau de bœuf, des carottes, des navets et une douzaine d'œufs.

Samuel Parris la remercia à peine et enchaîna :

— Est-ce vous, une femme, qui représentez la congrégation?

Mary Sibley sourit :

— Le quatrième commandement nous ordonne de travailler et de verser la sueur de notre front. Les hommes sont aux champs. Dès leur retour, Deacon Ingersoll, Sergent Thomas Putnam, Capitaine Walcott et quelques autres encore, viendront vous saluer.

Là-dessus, je me dirigeai vers la cuisine, pensant aux pauvres estomacs des enfants, afin de préparer le morceau de bœuf salé que Sœur Mary Sibley avait eu la bonne idée d'apporter. Au bout d'un moment, elle vint me rejoindre et me dévisagea :

— Comment Samuel Parris peut-il avoir à son service un nègre et une négresse?

Il y avait plus de naïve curiosité dans sa voix que de méchanceté. Aussi fis-je légèrement :

— N'est-ce pas à lui qu'il faut poser la question?

Elle resta un moment silencieuse, puis conclut :

— C'est bizarre, d'un ministre!

Au bout d'un moment, elle repartit à la charge :

— Qu'elle est pâle, Élizabeth Parris! De quoi souffre-t-elle?

Je fis :

— Nul ne connaît exactement son mal!

— Il est à craindre que le séjour dans cette maison ne lui fasse pas de bien!

Elle baissa la voix :

— Deux femmes sont mortes dans le lit de la chambre du dessus. Mary Bayley, la femme du premier pasteur de cette paroisse. Judah Burroughs aussi, la femme du deuxième pasteur.

Malgré moi, j'eus une exclamation d'inquiétude. Car je n'ignorais pas combien des défunts mal apaisés peuvent troubler les vivants. Ne faudrait-il pas que je fasse une cérémonie de purification et offre à ces pauvres âmes de quoi se satisfaire? Heureusement, la maison s'entourait d'un grand jardin où je pourrais aller et venir à mon aise. Mary Sibley suivit la direction de mon regard et fit d'une voix troublée :

— Ah oui ! les chats! Il y en a partout à Salem. On ne cesse d'en tuer!

Une véritable horde de chats se poursuivaient en effet dans l'herbe. Ils miaulaient, se couchaient sur le dos, élevant des pattes nerveuses, terminées par des griffes acérées. Quelques semaines auparavant, je n'aurais rien trouvé de surnaturel à ce spectacle. À présent, instruite par la bonne Judah White, je compris que les esprits de l'endroit me saluaient. Qu'ils sont enfantins les hommes à peau blanche pour choisir de manifester leurs pouvoirs au travers d'animaux comme le chat! Nous autres, nous préférons des animaux d'une autre envergure : le serpent, par exemple, reptile superbe aux sombres anneaux!

Dès l'instant de mon entrée à Salem, je sentis que je n'y serais jamais heureuse. Je sentis que ma vie y connaîtrait des épreuves terribles et que des événements d'une douleur inouïe feraient blanchir tous les cheveux de ma tête!

Quand le soir tomba, les hommes revinrent des champs et la maison s'emplit de visiteurs. Anne Putnam et son mari Thomas, un colosse de dix pieds de haut, leur fille Anne, qui, tout de suite, se mit à chuchoter dans les coins avec Abigail, Sarah Houlton, John et Élizabeth Proctor et tant d'autres dont je ne saurais citer les noms. Je sentis que c'était la curiosité plus que la sympathie qui poussait tous ces gens et qu'ils venaient juger, soupeser le ministre afin de savoir le rôle qu'il jouerait dans la vie du village. Samuel Parris ne s'aperçut de rien et se montra tel qu'il était à l'ordinaire : odieux! Il se plaignit que l'on n'ait pas coupé en prévision de sa venue de hautes piles de bois que l'on aurait entassées dans sa grange. Il se plaignit que la maison soit vétuste, que l'herbe du jardin soit à hauteur de genoux et que des grenouilles mènent leur vacarme jusque sous ses fenêtres.

Notre installation à Salem fut néanmoins cause d'un bonheur que je ne savais pas devoir être éphémère. La maison était si vaste que chacun pouvait y avoir sa chambre. John Indien et moi, nous pûmes nous réfugier sous les toits dans une pièce assez vilaine et mansardée dont le plafond était soutenu par un entrelacs de poutres vermoulues. Dans cette solitude, nous pûmes à nouveau nous aimer sans frein, sans mesure, sans craindre d'être entendus.

Dans ce moment de grand abandon, je ne pus m'empêcher de souffler :

— John Indien, j'ai peur!

Il me caressa l'épaule :

— Que deviendra le monde si nos femmes ont peur? Il s'effondrera le monde! Sa voûte tombera et les étoiles qui le constellent, se mêleront à la poussière des routes! Toi, peur? Et de quoi?

— Du demain qui nous attend...

— Dors, ma princesse! Le demain qui nous attend a le sourire du nouveau-né.

Le second bonheur fut que, pris par les devoirs de sa charge, Samuel Parris fut toujours par monts et par vaux. À peine le voyait-on pour les prières du matin et du soir. Quand il était à la maison, il était entouré d'hommes avec lesquels il discutait âprement de matières qui ne sonnaient pas religieuses :

— Les 66 livres de mon salaire proviennent des contributions des habitants du village et sont proportionnelles à la superficie de leurs terres.

— Le bois de chauffage doit m'être fourni.

— Le jour du Sabbat, les contributions doivent être versées en papiers... etc.

Et derrière son dos, la vie reprenait ses droits.

Désormais, j'eus ma cuisine pleine de fillettes.

Je ne les aimais pas toutes. Surtout je n'aimais pas Anne Putnam et la petite servante à peu près de son âge qui l'accompagnait partout, Mercy Lewis. Il y avait dans ces deux gamines quelque chose qui me faisait douter de la pureté de l'enfance. Après tout, peut-être les enfants ne sont ils pas à l'abri des frustrations et des prurits de l'âge adulte? En tout cas, Anne et Mercy me remettaient irrésistiblement en mémoire les discours de Samuel Parris sur la présence du Malin en chacun de nous. Il en était de même avec Abigail. Je ne doutais pas de la violence qu'il y avait en elle, du pouvoir de son imagination de donner un tour particulier aux moindres incidents qui émaillent le jour et de cette haine, non, le mot n'est pas trop fort, qu'elle portait au monde des adultes comme si elle ne lui pardonnait pas de bâtir un cercueil à sa jeunesse.

Aussi si je ne les aimais pas toutes, je les plaignais avec leur teint cireux, leurs corps si riches de promesses, mais mutilés comme ces arbres que des jardiniers s'efforceraient de nanifier! Par contraste, nos enfances de petites esclaves pourtant si amères, semblaient lumineuses, éclairées du soleil des jeux, des randonnées, des vagabondages en commun. Nous faisions flotter des radeaux d'écorce de canne à sucre sur les torrents. Nous faisions griller des poissons roses et jaunes sur des croisillons de bois vert. Nous dansions. Et c'était cette pitié contre laquelle je ne pouvais me défendre qui me faisait tolérer ces enfants autour de moi, qui me poussait à les égayer. Je n'avais de cesse que si j'étais parvenue à faire l'une ou l'autre éclater d'un grand rire et suffoquer :

— Tituba, Oh, Tituba!

Leurs histoires favorites étaient celles des gens gagés. Elles s'asseyaient en rond autour de moi et je respirais l'odeur aigre de leurs corps lavés avec parcimonie. Elles m'assourdissaient de questions :

— Tituba, penses-tu qu'il y ait des gens gagés à Salem ?

J'acquiesçais avec un rire :

— Oui, je crois bien que Sarah Good en est une !

Sarah Good était une femme jeune encore, mais fracassée et à moitié mendiante que les enfants redoutaient à cause de la pipe puante qu'elle avait toujours fichée entre les dents et des paroles confuses qu'elle ne cessait de grommeler, comme si elle débitait des litanies, compréhensibles pour elle seule. À part cela, le cœur sur la main, du moins le croyais-je ! Les enfants piaillaient :

— Tu crois cela, Tituba ! Et Sarah Osburne, en est-elle une aussi ?

Sarah Osburne était une vieillarde, non point mendiante celle-là, aisée au contraire, propriétaire d'une belle maison aux panneaux de chêne, qui avait à son discrédit je ne sais quelle faute commise dans son jeune temps.

Je prenais une grande respiration et faisais mine de réfléchir, en les laissant mariner dans le jus de leur curiosité, avant de déclarer sentencieusement :

— Peut-être !

Abigail insistait :

— Les as-tu vues l'une et l'autre avec leur chair toute écorchée, voler dans l'air ? Et Élizabeth Proctor, l'as-tu vue ? L'as-tu vue ?

Je me faisais sévère, car maîtresse Proctor était une des meilleures femmes du village, la seule qui ait eu à cœur de m'entretenir de l'esclavage, du pays d'où je venais et de ses habitants.

— Vous savez bien que je plaisante, Abigail !

Et je renvoyais tout ce monde. Quand nous demeurions seules, Betsey et moi, celle-là aussi me demandait de sa voix fluette :

— Tituba, les gens gagés existent-ils ? Existent-ils vraiment ?

Je la prenais dans mes bras :

— Et qu'importe ? Ne suis-je pas là pour vous protéger s'ils essaient de vous faire du mal ?

Elle me fixait dans les yeux et au fond de ses prunelles dansait une ombre que je m'efforçais de dissiper :

— Tituba sait les paroles qui guérissent de tous les maux, qui pansent toutes les blessures, qui dénouent tous les nœuds ! Est-ce que vous ne savez pas cela ?

Elle restait coite et le tremblement de son corps s'accentuait, en dépit de mes propos rassurants. Je la serrais plus fort contre moi et son cœur battait des ailes désespérément comme un oiseau en cage tandis que je répétais :

— Tituba peut tout. Tituba sait tout. Tituba voit tout.

Bientôt le cercle des fillettes s'élargit. Sous l'impulsion d'Abigail, une série de grandes bringues dont les seins tendaient les sarraux et dont, j'en suis sûre, le sang rougissait déjà les cuisses par intervalles, se pressa dans ma cuisine. Je ne les aimais pas du tout. Ni Mary Walcott, ni Élizabeth Booth, ni Susanna Sheldon. Leurs yeux charriaient tout le mépris de leurs parents pour ceux de notre race. En même temps, elles avaient besoin de moi pour épicer l'insipide brouet de leurs vies. Alors, au lieu de me solliciter, elles m'ordonnaient :

— Tituba, chante-nous une chanson!

— Tituba, raconte-nous une histoire. Non, nous n'avons que faire de celle-là. Raconte-nous celle des gens gagés!

Un jour, les choses se gâtèrent. La grosse Mary Walcott tournoyait autour de moi et finit par me dire :

— Tituba, est-ce vrai que tu sais tout, que tu vois tout, que tu peux tout? Tu es donc une sorcière?

Je me fâchai tout net :

— N'employez pas des mots dont vous ignorez le sens. Savez-vous seulement ce qu'est une sorcière?

Anne Putnam intervint :

— Pour sûr que nous le savons! C'est quelqu'un qui a fait un pacte avec Satan. Mary a raison; êtes-vous sorcière, Tituba? Je crois bien que oui.

C'en était trop! Je chassai toutes ces jeunes vipères de ma cuisine et les poursuivis jusque dans la rue :

— Je ne veux plus vous revoir auprès de moi. Jamais. Jamais.

Quand elles se furent égaillées, j'attirai la petite Betsey et grondai :

— Pourquoi répétez-vous tout ce que je vous raconte? Vous voyez bien que c'est mal interprété?

L'enfant devint écarlate et se roula en boule contre moi :

— Pardon, Tituba! Je ne leur dirai plus rien.

Depuis que nous étions à Salem, elle changeait, Betsey! Elle devenait nerveuse, irritable, toujours à pleurer pour un oui ou un non, à fixer le vide de ses prunelles écarquillées, aussi larges que des pièces d'un demi-penny! Je finis par m'inquiéter. Sur cette nature fragile, les esprits des deux défuntes trépassées au premier étage dans on ne savait trop quelles conditions, n'agissaient-ils pas? Ne fallait-il pas protéger l'enfant comme j'avais protégé la mère?

Ah non, rien ne me plaisait dans le cadre de ma nouvelle vie! De jour en jour mes appréhensions se fortifiaient et devenaient pesantes comme un fardeau que je ne pouvais jamais déposer. Je me couchais avec lui. Il s'étendait sur moi par-dessus le corps musculeux de John Indien. Au matin, il alourdissait mon pas dans l'escalier et ralentissait mes mains quand je préparais le fade gruau du petit déjeuner.

Je n'étais plus moi-même.

Pour tenter de me réconforter, j'usai d'un remède. Je remplissais un bol d'eau que je plaçais près de la fenêtre de façon à pouvoir le regarder tout en tournant et virant dans ma cuisine et j'y enfermais ma Barbade. Je parvenais à l'y faire tenir tout entière avec la houle des champs de canne à sucre prolongeant celle des vagues de la mer, les cocotiers penchés du bord de mer et les amandiers-pays tout chargés de fruits rouges ou vert sombre. Si je distinguais mal les hommes, je distinguais les mornes, les cases, les moulins à sucre et les cabrouets à bœufs que fouettaient des mains invisibles. Je distinguais les habitations et les cimetières des maîtres. Tout cela se mouvait dans le plus grand silence au fond de l'eau de mon bocal, mais cette présence me réchauffait le cœur.

Parfois Abigail, Betsey, maîtresse Parris me surprenaient dans cette contemplation et s'étonnaient :

— Mais que regardes-tu, Tituba?

Maintes fois, je fus tentée de partager mon secret avec Betsey et maîtresse Parris, qui je le savais, regrettaient aussi vivement la Barbade. Toujours, je me ravisais, mue par une prudence nouvellement acquise que me dictait mon environnement. Et puis, je me le demandais, leur regret et leur nostalgie pouvaient-ils se comparer aux miens? Ce qu'elles regrettaient, c'était la douceur d'une vie plus facile, d'une vie de Blanches, servies, entourées par des esclaves attentionnés. Même si maître Parris avait fini par perdre tout son bien et toutes ses espérances, les jours qu'elles y avaient coulés, avaient été faits de luxe et de volupté. Moi, qu'est-ce que je regrettais? Les bonheurs ténus de l'esclave. Les miettes qui tombent du pain aride de ses jours et dont il fait des douceurs. Les instants fugaces des jeux interdits.

Nous n'appartenions pas au même monde, maîtresse Parris, Betsey et moi, et toute l'affection que j'éprouvais pour elles, ne pouvait changer ce fait-là. Au début de décembre, comme les absences et les étourderies de Betsey dépassaient la mesure (ne devenait-elle pas incapable de réciter le credo, recevant, on le comprend aisément, des raclées de Samuel Parris?), je décidai de lui donner un bain démarré.

Je lui fis jurer le secret et, à la tombée de la nuit, je la plongeai jusqu'au cou dans un liquide auquel j'avais donné toutes les propriétés du liquide amniotique. Il ne m'avait pas fallu moins de quatre jours, travaillant dans les difficiles conditions de l'exil, pour y parvenir. Mais j'étais fière du résultat que j'avais obtenu. Plongeant Betsey dans ce bain brûlant, il me semblait que les mêmes mains qui avaient donné la mort peu de temps auparavant, donnaient la vie et que je me lavais du meurtre de mon enfant. Je lui fis répéter les paroles rituelles avant de maintenir sa tête sous l'eau, puis de l'en retirer brusquement, suffocante, les yeux noyés de larmes. Ensuite, j'enveloppai son corps écarlate d'une vaste couverture avant de la ramener dans son lit. Elle s'endormit comme une masse, d'un sommeil qu'elle n'avait pas connu depuis longtemps, car, depuis des nuits, elle m'appelait à maintes reprises de sa petite voix plaintive :

«Tituba, Tituba! Viens!»

Peu avant minuit, alors que j'étais sûre de ne rencontrer âme qui vive par les rues, je sortis jeter l'eau du bain démarré à un carrefour ainsi qu'il est recommandé.

Comme la nuit change selon les pays que l'on habite! Chez nous, la nuit est un ventre à l'ombre duquel on redevient sans force et tremblant, mais paradoxalement, les sens déliés, prompts à saisir les moindres chuchotements des êtres et des choses. À Salem, la nuit était un mur noir d'hostilité contre lequel j'allais me cognant. Des bêtes tapies dans les arbres obscurs hululaient méchamment à mon passage tandis que mille regards malveillants me poursuivaient. Je croisai la forme familière d'un chat noir. Chose étrange, celui-là qui aurait dû me saluer d'une parole de réconfort, miaula rageusement et arqua son dos sous la lune.

Je marchai d'un bon pas jusqu'au carrefour de Dobbin. Une fois là, je posai le seau que je portais en équilibre sur ma tête et doucement, précautionneusement, je répandis son contenu sur le sol blanchi de givre. Au moment où la dernière goutte de liquide s'infiltrait dans la terre, j'entendis comme un froissement dans l'herbe des talus. Je sus que Man Yaya et Abena ma mère n'étaient pas loin. Pourtant, cette fois encore, elles ne m'apparurent pas et je dus me contenter de deviner leur présence silencieuse.

Bientôt, l'hiver acheva d'encercler Salem. La neige atteignit l'appui des fenêtres. Chaque matin, je luttais contre elle à grands coups d'eau chaude et de sel. Néanmoins, j'avais beau faire, elle avait toujours le dernier mot. Bientôt le soleil ne daigna plus se lever. Les jours se traînèrent dans une sombre angoisse.

10

Je n'avais pas pris la pleine mesure des ravages que causait la religion de Samuel Parris ni même compris sa vraie nature avant de vivre à Salem. Imaginez une étroite communauté d'hommes et de femmes, écrasés par la présence du Malin parmi eux et cherchant à le traquer dans toutes ses manifestations. Une vache qui mourait, un enfant qui avait des convulsions, une jeune fille qui tardait à connaître son flot menstruel et c'était matière à spéculations infinies. Qui, s'étant lié par un pacte avec le terrible ennemi, avait provoqué ces catastrophes? N'était-ce pas la faute de Bridget Bishop qui n'était point apparue à la maison de réunion deux dimanches d'affilée? Non, n'était-ce pas plutôt celle de Gilles Corey qu'on avait vu nourrir une bête errante l'après-midi du jour du Sabbat? Moi-même, je m'empoisonnais à cette atmosphère délétère et je me surprenais, pour un oui pour un non, à réciter des litanies protectrices ou à accomplir des gestes de purification. J'avais, en outre, des raisons très précises d'être troublée. À Bridgetown, Susanna Endicott m'avait déjà appris qu'à ses yeux, ma couleur était signe de mon intimité avec le Malin. De cela cependant, je pouvais sourire comme des élucubrations d'une mégère rendue encore plus amère par la solitude et l'approche de la vieillesse. À Salem, cette conviction était partagée par tous.

Il y avait deux ou trois serviteurs noirs dans les parages, échoués là je ne sais trop comment et tous, nous étions non pas simplement des maudits, mais des émissaires visibles de Satan. Aussi, l'on venait furtivement nous trouver pour tenter d'assouvir d'inavouables désirs de vengeance, se libérer de haines et de rancœurs insoupçonnables et s'efforcer de faire mal par tous les moyens. Tel que l'on croyait un époux dévoué ne rêvait que de la mort de sa femme! Telle que l'on croyait la plus fidèle des épouses était prête à vendre l'âme de ses enfants pour en supprimer le père. Le voisin voulait l'extermination de la voisine, le frère, de la sœur. Il n'était pas jusqu'aux enfants qui ne souhaitaient en finir, de la manière la plus douloureuse qui soit, avec l'un ou l'autre de leurs parents. Et c'était l'odeur fétide de tous ces crimes qui ne cherchaient qu'à être commis, qui achevait de faire de moi une autre femme. Et j'avais beau fixer l'eau bleue de mon bocal en me reportant par la pensée sur les rives de la rivière Ormonde, quelque chose en moi se défaisait lentement et sûrement.

Oui, je devenais une autre femme. Une étrangère à moi-même.

Un fait acheva de me transformer. Pressé sans doute par des besoins d'argent et dans l'impossibilité de s'acheter une monture, Samuel Parris loua John Indien à Deacon Ingersoll afin qu'il l'aide dans les travaux des champs. John Indien ne revint donc dormir avec moi que le samedi, veille du Sabbat où Dieu ordonne le repos même aux nègres. Nuit après nuit donc, je me roulais en boule sous une couverture trop mince dans une pièce sans feu, haletant du désir d'un absent. Très souvent, quand il me revenait, John Indien, malgré sa robuste constitution qui jusqu'alors avait fait mon bonheur, était si épuisé d'avoir labouré comme une bête qu'il s'endormait, le nez à peine posé sur mon sein. Je caressais ses cheveux rêches et bouclés, pleine de pitié et de révolte contre notre sort!

Qui, qui a fait le monde?

Dans mon impuissance et mon désespoir, je me mis à caresser l'idée de me venger. Mais comment? J'échafaudais des plans que je rejetais au lever du jour pour recommencer de les considérer à la tombée de la nuit. Je ne mangeais plus guère. Je ne buvais plus. J'allais comme un corps sans âme, enveloppée dans mon châle de mauvaise laine, suivie par un ou deux chats noirs, envoyés sans doute par la bonne Judah White, pour me rappeler que je n'étais pas tout à fait seule. Pas étonnant que les habitants de Salem me redoutent, j'avais l'air redoutable!

Redoutable et hideuse! Mes cheveux, que je ne peignais plus, formaient comme une crinière autour de ma tête. Mes joues se creusaient et ma bouche éclatait impudique, tendue à craquer sur mes gencives boursouflées.

Quand John Indien était auprès de moi, il se plaignait doucement :

— Tu te négliges, ma femme! Autrefois, tu étais une prairie où je paissais. À présent, les hautes herbes de ton pubis, les touffés de tes aisselles me rebutent presque!

— Pardonne-moi, John Indien et continue de m'aimer, même si je ne vaux plus rien.

Je pris l'habitude d'aller à grands pas à travers la forêt, car fatiguant mon corps, il me semblait que je fatiguais aussi mon esprit et ainsi trouverais un peu de sommeil. La neige blanchissait les sentiers et les arbres aux branches noueuses pareils à des squelettes. Un jour, entrant dans une clairière, j'eus l'impression d'aborder à une prison dont les parois de marbre se resserraient autour de moi. J'apercevais le ciel blanc nacré par un étroit orifice au-dessus de ma tête et il me semblait que ma vie allait finir là, enveloppée de ce suaire étincelant. Alors, mon esprit pourrait-il retrouver le chemin de la Barbade? Et même s'il y parvenait, serait-il condamné à errer, impuissant et sans voix comme Man Yaya et Abena ma mère? Je me rappelai leurs propos : «Tu seras si loin et il faudra tant de temps pour enjamber l'eau!»

Ah! j'aurais dû les presser de questions! J'aurais dû les forcer à enfreindre leurs règles et à me révéler ce que je ne savais pas deviner! Car cette pensée ne cessait de me lanciner : si mon corps suivait la loi de l'espèce, mon esprit délivré reprendrait-il le chemin du pays natal?

J'aborde à la terre que j'ai perdue. Je reviens vers la hideur désertée de ses plaies. Je la reconnais à son odeur. Odeur de sueur, de souffrance et de labeur. Mais paradoxalement odeur forte et chaude qui me réconforte.

Une ou deux fois, errant par la forêt, je rencontrai des habitants du village qui se penchaient maladroitement sur des herbes et des plantes avec des mines furtives qui révélaient les desseins de leurs cœurs. Cela m'amusait fort. L'art de nuire est complexe. S'il s'appuie sur la connaissance des plantes, celle-ci doit être associée à un pouvoir d'agir sur des forces, évanescentes comme l'air, d'abord rebelles et qu'il s'agit de conjurer. Ne se déclare pas sorcière qui veut!

Un jour, comme je m'étais assise à même la terre brillante de givre, en resserrant autour de moi les plis de ma jupe, je vis surgir d'entre les arbres une petite silhouette affolée et familière. C'était celle de Sarah, l'esclave noire de Joseph Henderson. À ma vue, elle eut un mouvement pour fuir, puis se ravisant, s'approcha.

J'ai déjà dit que les Noirs ne manquaient pas à Salem, taillables et corvéables à merci, plus mal traités que les animaux dont souvent ils avaient la charge.

Joseph Henderson qui venait lui-même de Rowley avait épousé une fille de la famille Putnam, la plus considérable du village. Peut-être ce mariage avait-il été un calcul. En tout cas, il s'était révélé peu payant. Pour de sordides raisons, le couple n'avait pas reçu les domaines qu'il espérait et végétait dans la misère. À cause de cela peut-être, maîtresse Priscilla Henderson était toujours la première à franchir le seuil de la maison de réunion, la première à entonner les prières et la plus enragée à battre sa servante. Personne ne s'étonnait plus des bosses qui agrémentaient le visage de Sarah ni de la persistante odeur de l'ail avec lequel elle tentait de les soigner. Elle se laissa tomber à côté de moi et me jeta :

— Tituba, aide-moi!

Je pris la menotte, calleuse et rigide comme bois mal raboté et questionnai :

— Comment puis-je t'aider?

Son regard vacilla :

— Chacun sait que tes dons sont grands. Aide-moi à me débarrasser d'elle.

Je demeurai un moment silencieuse, puis secouai la tête :

— Je ne peux pas faire ce que ton cœur n'ose même pas formuler. Celle qui m'a communiqué sa science, m'a appris à guérir, à apaiser plus qu'à faire du tort. Une fois où, comme toi, je rêvais du pire, elle m'a mise en garde : «Ne deviens pas comme eux qui ne savent que faire le mal!»

Elle haussa ses épaules chétives sous le méchant châle qui les couvrait :

— L'enseignement doit s'adapter aux sociétés. Tu n'es plus à la Barbade, parmi nos malheureux frères et sœurs. Tu es parmi des monstres qui veulent nous détruire.

En entendant cela, je me demandai si c'était bien la petite Sarah qui parlait ainsi ou si ce n'était pas l'écho de mes pensées les plus secrètes qui résonnait dans le grand silence de la forêt. Me venger. Nous venger. Moi, John Indien, Mary Black, Sarah et tous les autres. Déchaîner l'incendie, la tempête. Teindre en écarlate le blanc linceul de la neige.

Je fis d'une voix troublée :

— Ne parle pas comme cela, Sarah! Viens me voir dans ma cuisine. Je ne manque pas de pommes séchées si tu as faim.

Elle se leva et le mépris de son regard me brûla comme un acide.

Je rentrai sans me hâter au village. Sarah ne me transmettait-elle pas quelque avis de l'invisible et ne ferais-je pas mieux de passer trois nuits en prière, appelant de toutes mes forces :

«Enjambez l'eau, ô mes pères!
Enjambez l'eau, ô mes mères!
Je suis si seule dans ce lointain pays!
Enjambez l'eau!»

Plongée dans ces angoissantes réflexions, je passais sans m'arrêter devant la maison de maîtresse Rebecca Nurse quand je m'entendis appeler par mon nom. Maîtresse Rebecca Nurse marchait sur ses soixante et onze ans et, femme plus percluse de maux que celle-là, je n'en ai jamais vu. Parfois ses jambes enflaient tellement qu'elle ne pouvait point les bouger d'un pouce et qu'elle demeurait échouée au milieu de son lit comme ces baleines que l'on aperçoit parfois au large des négriers. Plus d'une fois, ses enfants avaient fait appel à moi et j'étais toujours parvenue à la soulager. Ce jour-là, son vieux visage me parut moins ravaudé et elle me sourit :

— Donne-moi le bras, Tituba, que je fasse quelques pas avec toi.

J'obéis. Nous descendîmes le long de la rue qui menait au centre du village, encore éclairée par un pâle soleil. J'étais retombée dans mon terrible dilemme quand j'entendis Rebecca Nurse marmonner :

— Tituba, ne peux-tu les punir? Ce sont encore ces Houlton qui ont négligé d'attacher leurs cochons. Aussi une fois de plus, ils ont saccagé notre potager.

Je fus un instant sans comprendre. Ensuite je réalisai ce qu'elle attendait de moi. La colère me prit et je lâchai son bras, la laissant plantée de guingois devant une clôture.

Ah non! ils ne me rendraient pas pareille à eux! Je ne céderai pas. Je ne ferai pas le mal!

À quelques jours de là, Betsey tomba malade.

Je n'en fus pas surprise. Je l'avais pas mal négligée au cours des récentes semaines, égoïstement repliée sur moi et mon mal être. Je ne sais même plus si le matin, je récitais une prière à son intention et si je lui faisais avaler une potion de santé. À vrai dire, je ne la voyais plus guère. Elle passait le plus clair de son temps avec Anne Putnam, Mercy Lewis, Mary Walcott et les autres qui, chassées de ma cuisine, s'enfermaient désormais au premier étage pour se livrer à toutes sortes de jeux dont je n'ignorais pas le caractère trouble. Un jour, Abigail m'avait montré un jeu de tarots qu'elle s'était procuré Dieu sait comment et m'avait interrogée :

— Crois-tu qu'on puisse lire dans l'avenir avec cela?

J'avais haussé les épaules :

— Ma pauvre Abigail, ce ne sont pas des bouts de carton colorié qui pourraient y suffire.

Elle avait alors brandi sa main à la paume bombée et à peine rosée où le dessin des lignes s'inscrivait en creux :

— Et là, là, peut-on lire dans l'avenir?

J'avais haussé les épaules sans répondre.

Oui, je savais que la bande des fillettes se livrait à des jeux dangereux. Mais je fermais les yeux. Toutes ces âneries, ces chuchotements, ces fous rires ne les vengeaient-ils pas de la terrible quotidienneté de leur existence?

«Dans le péché d'Adam
 Nous sombrons tous...»
«La souillure est à notre front
 Nous ne pouvons l'effacer», etc.

Au moins pendant quelques heures, elles redevenaient libres et légères.

Un soir donc, après le souper, Betsey glissa raide par terre et resta étendue, les bras en croix, les prunelles révulsées, un rictus découvrant ses dents de lait. Je me précipitai pour la secourir. À peine ma main avait-elle effleuré son bras cependant, qu'elle se rétracta et poussa un hurlement. Je demeurai interdite. Maîtresse Parris se précipita alors et la serra contre elle, s'oubliant jusqu'à la couvrir de baisers.

Je retournai à ma cuisine.

Quand la nuit fut venue et que chacun se fut retiré dans sa chambre, j'attendis prudemment quelques instants avant de redescendre à pas de malfaiteur l'escalier de bois. Retenant mon souffle, j'entrebâillai la porte de Betsey, mais à ma surprise, la chambre était vide comme si ses parents, pour la protéger de quelque mal inconnu, l'avaient prise avec eux.

Je ne pus m'empêcher de revoir l'expression du regard que m'avait lancé maîtresse Parris. Le mal inconnu qui frappait Betsey ne pouvait venir que de moi.

Ingratitude des mères!

Depuis que nous avions quitté Bridgetown, je n'avais pas cessé d'être à la dévotion de maîtresse Parris et de Betsey. J'avais guetté leurs moindres éternuements, arrêté leurs premières quintes de toux. J'avais parfumé leurs gruaux, épicé leurs brouets. J'étais sortie par grand vent leur chercher une livre de mélasse. J'avais bravé la neige pour quelques épis de maïs.

Or en un clin d'œil, tout cela était oublié et je devenais une ennemie. Peut être en vérité n'avais-je jamais cessé de l'être et maîtresse Parris jalousait-elle les liens qui m'unissaient à sa fille?

Si j'avais été moins troublée, j'aurais tenté de faire usage de ma raison et de comprendre cette volte-face. Élizabeth Parris vivait depuis des mois dans l'atmosphère délétère de Salem parmi des gens qui me considéraient comme l'agent de Satan et ne se privaient pas de le dire, s'étonnant qu'avec John Indien, je sois tolérée dans une maison chrétienne. Il est probable que pareilles pensées aient pu la contaminer à son tour, même si dans un premier temps, elle les avait repoussées avec force. Mais j'étais bien incapable de prendre des distances avec la douleur que je ressentais. Torturée, je remontai à ma chambre et me mis au lit avec ma solitude et mon chagrin. La nuit se passa.

Le lendemain, je descendis la première comme à l'accoutumée pour préparer le petit déjeuner. Il y avait de beaux œufs frais pondus et je les battais en neige pour en faire une omelette quand j'entendis la famille prendre place autour de la table pour les prières quotidiennes. La voix de Samuel Parris s'éleva :

— Tituba!

Chaque matin, il m'appelait ainsi. Mais qu'en cet instant-là, sa voix résonnait, particulière et menaçante! Je m'avançai sans hâte.

À peine me fus-je encadrée dans l'embrasure de la porte, resserrant autour de moi les pans de mon châle car le feu, récemment allumé, fumait encore sans donner de chaleur, que ma petite Betsey sauta de son siège et se roulant par terre, se mit à hurler.

Ces cris n'avaient rien d'humain.

Chaque année, en prévision de la Noël, les esclaves avaient coutume d'engraisser un porc qu'ils mettaient à mort deux jours avant le repas du réveillon afin que sa chair se débarrasse dans une marinade de citron et de feuilles de bois d'Inde, de toutes ses impuretés. On égorgeait l'animal au lever du jour, puis on le pendait par les pieds aux branches d'un calebassier. Tandis que son sang s'écoulait, d'abord à gros bouillons, puis de plus en plus lentement, il hurlait. Des cris rauques, insupportables que brusquement le silence de la mort venait coiffer.

C'est ainsi que criait Betsey. Comme si soudain ce corps d'enfant s'était mué en celui d'un vil animal qu'un pouvoir monstrueux habitait.

Abigail resta d'abord debout, visiblement interdite. Puis son regard auquel rien n'échappait, alla du visage accusateur de Samuel Parris à celui, à peine moins terrifiant, de maîtresse Parris, puis au mien qui devait exprimer le désarroi le plus total. Elle sembla comprendre de quoi il s'agissait et alors, comme un téméraire qui se jette dans une mare sans savoir ce que sa surface verdâtre recouvre, elle sauta à bas de son siège et se roulant par terre, commença à hurler de même manière.

Ce hideux concert dura quelques minutes. Puis les deux enfants semblèrent tomber en catalepsie. Samuel Parris dit alors :

— Tituba, que leur as-tu fait?

J'aurais aimé lui répondre par un éclat de rire de souverain mépris avant de retourner dans ma cuisine. Au lieu de cela, je restai fichée en terre, épouvantée, fixant les deux fillettes, sans pouvoir prononcer une parole. Finalement maîtresse Parris prononça d'une voix geignarde :

— Tu vois l'effet de tes sortilèges!

Alors là, je bondis :

— Maîtresse Parris, quand vous étiez malade, qui vous a soignée? Dans le taudis de Boston où vous avez failli passer, qui a fait briller sur votre tête le soleil de la guérison? N'est-ce pas moi, et alors parliez-vous de sortilèges?

Samuel Parris pivota sur lui-même comme un fauve qui découvre une autre proie et tonna :

— Élizabeth Parris, parlez en clair! Vous aussi, vous êtes-vous prêtée à ces jeux avec Satan?

La pauvre créature chancela avant de glisser à genoux aux pieds de son mari :

— Pardonnez-moi, Samuel Parris, je ne savais pas ce que je faisais!

J'ignore de quoi Samuel Parris se serait rendu coupable à son endroit si, à ce moment, Betsey et Abigail n'étaient pas sorties de leurs transes pour se remettre à hurler de plus belle comme des damnées.

Des coups ne tardèrent pas à résonner contre le bois de la porte d'entrée, frappés par les poings de nos voisins ameutés. Le visage de Samuel Parris se transfigura. Posant un doigt en travers de ses lèvres, il se saisit des deux enfants ainsi que de fagots de bois et les porta au premier. Au bout d'un moment, maîtresse Parris se composa un maintien et ouvrit la porte aux curieux, balbutiant des propos rassurants :

— Ce n'est rien, ce n'est rien. Ce matin, maître Parris a décidé de corriger ses filles.

Les nouvelles venues acquiescèrent bruyamment :

— M'est avis que c'est là, chose qui devrait être faite plus souvent!

Maîtresse Sheldon dont la fille Susanna ne manquait pas de s'enfermer quotidiennement avec Abigail, émit la première note discordante :

— Ça résonne comme les enfants Goodwin. Pourvu qu'elles n'aient pas été ensorcelées!

Parlant ainsi, on s'en doute, elle me fixait de son pâle regard cruel. Maîtresse Parris parvint à faire grincer un rire :

— Qu'allez-vous chercher là, maîtresse Sheldon? Est-ce que vous ignorez que l'enfant est comme le pain qu'il faut pétrir? Et croyez-moi, Samuel Parris est un bon boulanger!

Tout le monde s'esclaffa. Moi, je retournai à ma cuisine. Avec un peu de réflexion, les choses m'apparaissaient clairement. Volontairement ou involontairement, consciemment ou inconsciemment, quelque chose, quelqu'un, avait dressé Betsey contre moi, car dans l'affaire, je le croyais, Abigail n'était qu'une comparse, habile à flairer le parti à tirer d'un bon rôle. Il fallait regagner la confiance de l'enfant, ce à quoi je ne doutais pas de parvenir si je me trouvais seule avec elle.

Il fallait ensuite que je me protège, ce que j'avais trop tardé à faire! Il fallait que je rende coup pour coup. Que je réclame œil pour œil. Les vieilles leçons humanitaires de Man Yaya n'étaient plus de mise. Ceux qui m'entouraient étaient aussi féroces que les loups qui hurlaient à la mort dans les forêts de Boston et moi, je devais devenir pareille à eux.

Il y avait cependant une chose que j'ignorais : la méchanceté est un don reçu en naissant. Il ne s'acquiert pas. Ceux d'entre nous qui ne sont pas venus au monde, armés d'ergots et de crocs, partent perdants dans tous les combats.

11

— Je te regarde, ma femme rompue, depuis ces années que nous sommes ensemble et je me dis que tu ne comprends pas ce monde de Blancs parmi lequel nous vivons. Tu fais des exceptions. Tu crois que quelques-uns d'entre eux peuvent nous estimer, nous aimer. Comme tu te trompes! Il faut haïr sans discernement.

— Cela te va bien, John Indien, de me parler ainsi! Toi qui es pareil à une marionnette entre leurs mains. Je tire ce fil-là, toi, tu tires...

— Je porte un masque, ma femme aux abois! Peint aux couleurs qu'ils désirent. Les yeux rouges et globuleux? «Oui, maître!». La bouche lippue et violacée? «Oui, maîtresse!». Le nez épaté comme un crapaud? «À votre bon plaisir, messieurs-mesdames!». Et là-derrière, je suis moi, libre, John Indien! Je te regardais sucer cette petite Betsey comme un bonbon au miel et je me disais : «Faites qu'elle ne soit pas déçue!»

— Tu crois donc qu'elle ne m'aimait pas?

— Nous sommes des nègres, Tituba! Le monde entier travaille à notre perte!

Je me rencognai contre le flanc de John Indien, car ces paroles qu'il prononçait, étaient par trop cruelles. Finalement, je balbutiai :

— Que va-t-il se passer à présent?

Il réfléchit :

— Samuel Parris est plus soucieux que quiconque que ne se répande pas dans Salem, le bruit que ses filles sont ensorcelées. Il va faire venir le Dr Griggs en espérant qu'il s'agit là d'une maladie commune et ordinaire. Les choses ne se gâteront entièrement que si le malheureux docteur ne peut les soigner!

Je gémis :

— John Indien, Betsey ne peut être malade. Je l'ai protégée de tout...

Il m'interrompit :

— Voilà bien le malheur! Tu voulais la protéger. Elle en racontait le détail — ô en toute innocence, je le crois d'abord — à Abigail et à sa compagnie de petites garces qui en faisaient du poison! Hélas! elle en a été la première empoisonnée!

Je fondis en larmes. John Indien ne me consola pas, disant au contraire d'une voix rude :

— Te souviens-tu que tu es la fille d'Abena?

Cette phrase me rendit quelque peu à moi-même.

Par l'étroite lucarne, le jour filtrait, sale comme un torchon. Il fallait se lever, vaquer à la quotidienneté des choses.

Samuel Parris, déjà debout, se préparait à se rendre à la maison de réunion puisque c'était jour du Sabbat. Son chapeau noir lui mangeait la moitié du front, réduisant son visage à un triangle aux lignes rigides. Il se tourna vers moi :

— Tituba, je n'accuse pas sans preuves. Aussi je réserve mon jugement. Mais, si demain, le docteur Griggs conclut à l'influence du Malin, je te montrerai l'homme que je suis.

Je ricanai :

— Qu'appelez-vous des preuves?

Il continua à me fixer :

Je te ferai confesser ce que tu as fait à mes enfants et je te ferai pendre par le cou. Quel beau fruit, les arbres du Massachussets porteront!

À ce moment, maîtresse Parris et les deux fillettes entrèrent dans la pièce, Abigail tenant entre ses mains le livre des prières.

Celle-ci tomba la première et commença de hurler. Un instant, Betsey demeura debout, le visage écarlate, hésitant, me sembla-t-il, entre l'affection et la terreur. Puis elle tomba à côté d'Abigail.

Je hurlai à mon tour :

— Arrêtez, arrêtez! Vous le savez bien, Betsey, Abigail, que je ne vous ai jamais fait de mal! Vous surtout, Betsey! Tout ce que je voulais, c'était vous faire du bien!

Samuel Parris marcha sur moi, et la force de sa haine était telle que je chancelai, comme si elle m'avait frappée :

— Explique-toi! Tu en as trop dit. Que leur as-tu fait?

Cette fois encore, je fus sauvée par la troupe des voisins, ameutés comme la veille par tout ce vacarme. Ils formèrent un cercle respectueux et muet d'horreur autour des enfants qui continuaient d'être prises des convulsions les plus indécentes. John Indien qui était desendu à son tour, sans mot dire, alla chercher un seau d'eau dans la cuisine et vlan! le lança sur nos petites démentes. Cela les calma. Elles se levèrent, ruisselantes, presque contrites. En procession, nous prîmes le chemin de la maison de réunion.

Le tumulte recommença au moment de prendre place dans notre banc de prières. John Indien avait coutume d'y entrer le premier, moi la deuxième et ainsi, maîtresse Parris et moi encadrions les fillettes. Quand ce fut au tour d'Abigail de s'avancer pour finir par s'agenouiller à côté de moi, elle s'arrêta, fit un bond en arrière qui la projeta jusque dans l'allée centrale et donna de la voix.

Imaginez le service du dimanche à Salem! Ils étaient tous là, John Putnam, le vendeur de rhum, Thomas Putnam, le sergent et Anne, sa femme, Gilles Corey et sa femme Martha, leurs filles et les époux de leurs filles, Johanna Chibum, Nathaniel Ingersoll, John Proctor et Élizabeth... et d'autres, d'autres encore! Et je reconnaissais aussi les visages aux yeux brillants d'excitation des fillettes et adolescentes, compagnes des jeux dangereux d'Abigail et de Betsey. Comme elles brûlaient d'envie de se jeter par terre, elles aussi, attirant les regards de toute une assemblée! Je le sentais, elles n'auraient de cesse qu'elles n'entrent, elles aussi, dans la danse!

Cette fois-là, Abigail fut seule à se contorsionner et à mener chahut. Betsey ne l'imita pas. Aussi, au bout d'un moment, elle se tut et demeura prostrée, les cheveux à moitié échappés du béguin. John Indien se leva, sortit du banc et la prenant dans ses bras, la ramena à la maison. Le reste du service se passa sans incident.

Je confesse que je suis naïve. J'en étais convaincue, même une race scélérate et criminelle peut produire des individus sensibles et bons, tout comme un arbre rabougri peut porter des fruits généreux. Je croyais à l'affection de Betsey, passagèrement égarée par je ne savais qui, mais que je ne désespérais pas de reconquérir. Je profitai donc d'un moment où maîtresse Parris était descendue répondre au flot des curieux venant prendre des nouvelles des enfants pour monter jusqu'à sa chambre.

Elle était assise contre la fenêtre, les doigts immobiles sur sa tapisserie et dans le crépuscule, son petit visage était empreint d'une telle expression que mon cœur se serra. Au bruit de mon pas, elle releva la tête et aussitôt, sa bouche s'arrondit pour laisser fuser un cri. Je me précipitai et la bâillonnai de la main. Elle me mordit si cruellement que le sang gicla et nous restâmes à nous regarder tandis que lentement un ruisseau écarlate se formait sur le plancher.

Je fis aussi doucement que je pus, malgré ma douleur :

— Betsey, qui vous a montée contre moi?

Elle secoua la tête :

— Personne, personne.

J'insistai :

— Est-ce Abigail?

Elle continua de secouer la tête, de plus en plus convulsivement :

— Non, non, elles m'ont seulement dit que ce que me faisiez était mal!

Je fis sur le même ton :

— Pourquoi leur en parliez-vous? Est-ce que je ne vous avais pas dit que cela devait rester un secret entre nous?

— Je ne pouvais pas, je ne pouvais pas! Toutes ces choses que vous me faisiez!

— Est-ce que je ne vous avais pas expliqué que c'était pour votre bien?

Sa lèvre supérieure se retroussa en un laid rictus qui découvrit ses gencives maladives :

— Vous, faire du bien? Vous êtes une négresse, Tituba! Vous ne pouvez que faire du mal. Vous êtes le Mal!

Ces paroles, je les avais déjà entendues ou bien j'en avais lu la substance dans les regards. Mais je n'avais jamais imaginé qu'elles tomberaient d'une bouche qui m'était si chère! Je demeurai sans voix. Betsey siffla, pareille au vert mamba[1] des îles :

— Ce bain que vous m'avez fait prendre, que contenait-il? Le sang d'un nouveau-né que vous aviez fait mourir par malice?

Je fus assommée.

— Ce chat que vous nourrissiez chaque matin? C'était Lui, n'est-ce pas?

Je commençai de pleurer.

— Quand vous partiez dans la forêt? C'était pour les rencontrer, les autres, vos pareilles et danser avec elles, n'est-ce pas?

Je trouvai la force de me retirer de la pièce.

Je traversai la salle à manger, pleine de matrones excitées et bavardes et me retirai dans ma cuisine. Quelqu'un avait fait disparaître le bocal dans lequel je contemplais les contours de ma Barbade et je m'assis, raidie par le chagrin, sur un escabeau. Comme j'étais là, tassée sur moi-même, Mary Sibley vint me trouver. Je n'éprouvais pas plus de sympathie pour elle que pour la majorité des femmes du village. Pourtant j'avoue qu'une fois ou deux, elle m'avait parlé avec assez de compassion du sort fait aux Noirs par les hommes à peau blanche. Elle me prit par le bras :

— Écoute, Tituba! Bientôt la meute des loups se jettera sur toi, te déchirera, te dépècera et se hâtera de se pourlécher les babines avant que le sang ne caille et perde sa saveur. Tu dois te défendre et prouver que ces enfants ne sont pas ensorcelées.

Je fus surprise et fis, me méfiant de cette sollicitude inattendue :

— J'aimerais bien en être capable. Malheureusement, je n'en connais pas le moyen.

Elle baissa la voix :

— Tu es bien la seule à l'ignorer. Il suffit de leur faire un gâteau. La différence c'est, qu'au lieu d'en pétrir la farine avec de l'eau, tu y mêleras de l'urine. Puis, une fois qu'il aura été cuit au four, tu le donneras à manger...

Je l'interrompis :

1. Serpent venimeux.

— Maîtresse Sibley, malgré tout le respect que je vous dois, allez raconter ces sornettes ailleurs!

Elle pirouetta vers John Indien qui entrait à ce moment précis :

— Sait-elle, sait-elle ce que l'on fait aux sorcières? Je m'efforce de l'aider et la voilà qui me rit au nez!

John Indien se mit à rouler des yeux de droite et de gauche et prononça d'une voix larmoyante :

— Oh oui! maîtresse Sibley! Aidez-moi! Aidez la pauvre Tituba et le pauvre John Indien.

Mais, moi, je tins bon :

— Vos sornettes, maîtresse Sibley, allez les raconter ailleurs!

Elle sortit, fort offensée, suivie de John Indien qui s'efforçait vainement de la calmer. Vers la fin du jour, celles-là que j'avais chassées de ma cuisine, y entrèrent à la queue leu leu. Au grand complet. Anne Putnam. Mary Walcott. Élizabeth Hubbard. Mary Warren. Mercy Lewis. Élizabeth Booth. Susanna Sheldon. Sarah Churchill. Et je compris qu'elles venaient me narguer. Qu'elles venaient se repaître du spectacle de ma déconfiture. Oh, ce n'en était encore que le début! Je tomberai bien plus bas. Je me ferai bien plus mal. Et dans cette anticipation heureuse, leurs yeux luisaient de cruauté. Elles en devenaient presque belles dans leurs accoutrements informes! Elles en devenaient presque désirables, Mary Walcott avec ses fesses en forme de malle des Indes, Mary Warren avec ses seins en poires tôt flétries. Élizabeth Hubbard avec ses dents pareilles à pierres meulières lui sortant en dehors de la bouche.

Cette nuit-là, je rêvai de Susanna Endicott et je me rappelai ses paroles :

— De mon vivant comme de ma mort, je te poursuivrai!

Était-ce donc sa vengeance? Était-elle morte et enterrée au cimetière de Bridgetown? Sa maison avait-elle été vendue au plus offrant et son bien distribué aux pauvres comme elle le souhaitait?

Était-ce donc sa vengeance?

John Indien était retourné chez Deacon Ingersoll et mon lit était vide et froid comme la tombe que d'aucuns me creusaient. J'écartai le rideau et j'aperçus la lune, assise en amazone au milieu du ciel. Une écharpe de nuages se noua autour de son cou et le ciel aux alentours devint couleur d'encre.

Je frissonnai et me recouchai.

Peu avant minuit, ma porte s'ouvrit et je me trouvais dans un tel état d'excitation et d'angoisse que d'un bond, je m'assis sur mon séant. C'était Samuel Parris. Il ne prononça pas une parole et resta debout dans la pénombre, ses lèvres marmottant des prières que je ne pouvais deviner. Pendant un temps qui me sembla infini, sa silhouette longiligne demeura immobile adossée à la cloison. Puis il se retira comme il était venu et je pus croire que j'avais rêvé. De lui aussi.

Au matin, le sommeil finit par me prendre dans ses mains bienfaisantes. Il fut attentionné avec moi. Il m'offrit une promenade à travers les mornes de ma Barbade. Je revis la case où j'avais passé des jours heureux, dans cette solitude qui, je m'en apercevais à présent, est le bienfait le plus haut. Elle n'avait pas changé ma case! À peine un peu plus bancale. À peine un peu plus moussue. La tonnelle de pomme liane était chargée de fruits. Le calebassier exhibait des rotondités, pareilles à ventre de femme enceinte. La rivière Ormonde gazouillait comme un nouveau-né.

Pays, pays perdu? Pourrais-je jamais te retrouver?

12

Le Dr Griggs et moi entretenions d'excellentes relations. Il savait que j'avais fait merveille en soignant les langueurs de maîtresse Parris et que c'était grâce à moi qu'elle était capable de chanter les psaumes le dimanche à la maison de réunion. Il savait aussi que j'avais guéri les toux et les bronchites des fillettes. Même une fois, il était venu me demander un emplâtre pour une mauvaise plaie que son fils s'était faite à la cheville.

Jusqu'alors, il ne semblait pas trouver malice à mes talents. Pourtant, ce matin-là, quand il poussa la porte de Samuel Parris, il évita de me regarder et je compris qu'il s'apprêtait à rallier le camp de mes accusateurs. Il monta l'escalier qui menait au premier étage et sur le palier, je l'entendis conférer à voix assourdie avec maître et maîtresse Parris. Au bout d'un moment, la voix de Samuel Parris retentit :

— Tituba, il faut que tu sois présente.

J'obéis.

Betsey et Abigail se trouvaient dans la chambre de leurs parents, assises l'une à côté de l'autre sur le vaste lit recouvert d'un édredon. Je ne fus pas sitôt entrée dans la pièce qu'avec un bel ensemble, elles plongèrent par terre en poussant des cris d'orfraie. Le Dr Griggs ne se laissa pas démonter. Il posa sur une table une série de gros livres reliés de cuir, qu'il ouvrit à des pages soigneusement annotées et se mit à lire avec le plus grand sérieux. Puis il se tourna vers maîtresse Parris et lui ordonna :

— Déshabillez-les!

La malheureuse sembla effarée et je me rappelai ses confidences à propos de son mari : «Ma pauvre Tituba, il me prend sans ôter ni ses vêtements ni les miens!»

Ces gens-là ne supportaient pas la nudité, même d'un enfant!

Le Dr Griggs répéta d'un ton qui ne souffrait ni atermoiement, ni contradictions :

— Déshabillez-les!

Elle dut s'exécuter.

Je passe sur la difficulté qu'elle eut à dénuder des fillettes qui ne demeuraient pas plus immobiles que des vers de terre coupés en deux et qui hurlaient comme des écorchées vives! Elle arriva tout de même à ses fins et les corps des fillettes apparurent, celui de Betsey parfaitement enfantin, celui d'Abigail, guetté par l'adolescence avec la vilaine toison du pubis et les auréoles rosâtres des mamelons. Le Dr Griggs les examina soigneusement en dépit des épithètes abominables dont Abigail l'abreuvait, car elle s'était mise à scander ses hurlements des plus viles injures. Finalement, il se tourna vers Samuel Parris et fit avec componction :

— Je ne constate ni désordre de la rate et du foie, ni congestion de la bile, ni échauffement du sang. Je ne constate en un mot aucune cause physique. Je dois conclure : la main du Malin est bien sur elles.

Ces mots furent salués d'un tonnerre de jappements, de feulements, de rugissements. Haussant la voix pour dominer le tumulte, le Dr Griggs poursuivit :

— Mais je ne suis qu'un humble praticien de campagne. Faites appel, pour l'amour de la plus grande vérité, à des confrères plus savants que moi.

Là-dessus, il ramassa ses livres et s'en alla.

Brusquement, il fit silence dans la chambre comme si Abigail et Betsey réalisaient l'énormité de ce qui venait d'être proféré. Puis Betsey éclata en sanglots pitoyables dans lesquels semblaient entrer la peur, le remords et une infinie lassitude.

Samuel Parris me rejoignit sur le palier et, d'une bourrade, m'envoya heurter la cloison. Puis il marcha sur moi et me prit aux épaules. Je ne m'étais pas rendu compte qu'il était si fort, les mains pareilles aux serres des oiseaux de proie, et je n'avais jamais respiré d'aussi près l'odeur peu soignée de son corps. Il martela :

— Tituba, s'il est prouvé que c'est bien toi qui as ensorcelé mes enfants, je te le répète, je te ferai pendre!

J'eus la force de protester :

— Pourquoi est-ce à moi que vous songez dès qu'il s'agit de sortilèges? Pourquoi ne pensez-vous pas à vos voisines? Mary Sibley semble en connaître un bout là-dessus! Interrogez-la!

Car je commençais à me conduire comme une bête aux abois qui mord et griffe qui elle peut!

Le visage de Samuel Parris devint rigide, la bouche réduite à un mince trait sanguinolent. Il relâcha son étreinte :

— Mary Sibley?

Pourtant, il était écrit qu'il n'aurait pas d'explication avec elle, du moins en ce moment, car une meute de mégères entra en vociférant dans la pièce du bas. Le mal courait et avait atteint d'autres fillettes du village. L'une après l'autre, Anne Putnam, Mercy Lewis, Mary Walcott étaient tombées sous ce qu'on avait décidé d'appeler l'emprise du Malin.

Du nord au sud de Salem, par-dessus les prisons de bois de ses maisons, par-dessus ses enclos à bestiaux, ses champs de genièvre et de marguerites s'élevait un tumulte informe de voix. Voix des «possédées». Voix des parents terrifiés. Voix des serviteurs ou des proches tentant de porter secours. Samuel Parris sembla très las :

— Demain, j'irai à Boston chercher conseil auprès des autorités.

Qu'avais-je à perdre?

Relevant ma jupe sur ces socques de bois qui me mettaient les pieds en sang, je courus chez Anne et Thomas Putnam. Thomas Putnam était sans contredit un des hommes les plus fortunés de Salem. Ce colosse, formidable avec son chapeau d'un mètre de circonférence et sa cape de lourd drap anglais, formait un fier contraste avec sa femme, que tout bas, chacun s'accordait à reconnaître comme folle. À plus d'une reprise, leur fille, la petite Anne m'avait parlé du désir qu'avait sa mère de s'entretenir avec moi de visions qu'elle avait.

— Quelles visions?

— Elle voit certains rôtir en Enfer!

On comprend qu'après pareils propos, j'avais préféré éviter tout contact avec Anne Putnam!

Dans la foule qui encombrait le rez-de-chaussée des Putnam, personne ne me prêta attention et je pus, à loisir, observer les caracoles de la petite Anne. À un moment, elle se dressa, pointa le doigt vers le mur et fit d'un ton théâtral :

— Là, là, je le vois avec son nez pareil à un bec d'aigle, ses yeux comme des boules de feu et tout son corps couvert de longs poils. Là, là, je le vois!

À quoi se serait-on attendu? À voir cette foule d'adultes lui rire au nez avant de consoler ses éventuelles frayeurs d'enfant? Au lieu de cela, l'assistance se rua dans toutes les directions, tomba à genoux, récitant psaumes et prières. La seule à poser les poings sur les hanches et à rejeter la tête en arrière pour hennir moqueusement fut Sarah Good. Elle alla jusqu'à ajouter :

— Qu'attendez-vous pour aller danser avec lui? S'il y a ses créatures dans cette pièce, m'est avis que vous en êtes une!

Puis prenant sa petite Dorcas par la main, elle se retira. J'aurais dû en faire autant. Car dans le mouvement que produisit ce départ suivant ces paroles railleuses, chacun regarda son voisin et l'on me découvrit dans l'encoignure où je m'étais réfugiée.

Ce fut maîtresse Pope qui me lança la première pierre :

— Belle recrue que Samuel Parris nous a ramenée là! En vérité, il n'est pas parvenu à faire pousser de l'or et s'est rabattu sur ce figuier maudit!

Maîtresse Pope était une femme sans mari comme il y en avait tant à Salem et qui passait le plus clair de son temps à colporter de maison en maison un plein panier de ragots. Elle savait toujours pourquoi tel nouveau-né était trépassé, pourquoi le ventre de telle épousée demeurait une outre vide... et en général, tout le monde la fuyait. Néanmoins, cette fois elle fit l'unanimité. Maîtresse Huntchinson lui emboîta le pas et ramassa le second caillou :

— Dès qu'il est apparu dans le village avec ces faces de deuil dans son bagage, j'ai compris qu'il avait ouvert la porte du malheur! Et à présent, le malheur est sur nous.

Qu'aurais-je pu dire pour ma défense?

À ma surprise, maîtresse Élizabeth Proctor qui observait tout cela avec la plus grande affliction, osa élever la voix :

— Gardez-vous de condamner avant même que ce soit l'heure de juger! Nous ne savons pas s'il s'agit d'ensorcellement...

Dix voix couvrirent la sienne :

— Que si! Que si! Le Dr Griggs l'a reconnu!

Maîtresse Proctor haussa courageusement les épaules :

— Eh bien! N'a-t-on jamais vu un médecin se tromper? N'est-ce pas ce même Griggs qui a couché au cimetière la femme de Nathaniel Bayley en soignant sa gorge quand son sang était empoisonné?

Je lui dis :

— Ne prenez pas tant de peine pour moi, maîtresse Proctor! Bave de crapaud n'a jamais diminué parfum de rose!

C'est sûr, j'aurais pu choisir meilleure comparaison et mes ennemies ne manquèrent pas de s'en apercevoir, s'esclaffant :

— C'est qui la rose? C'est toi? C'est toi? Ma pauvre Tituba, tu te trompes, oui, tu te trompes sur ta couleur.

Même si Man Yaya et Abena ma mère ne me parlaient plus, je les devinais assurément autour de moi à tel moment ou à tel autre. Souvent le matin, une ombre frêle s'agrippait aux rideaux de ma chambre avant de venir se lover au pied de mon lit et de me communiquer, impalpable qu'elle était, une surprenante chaleur. Je reconnaissais alors Abena à la fragrance de chèvrefeuille qui se répandait dans mon misérable réduit. L'odeur de Man Yaya était plus forte, presque poivrée, plus insidieuse aussi. Man Yaya ne me transmettait pas de chaleur, mais donnait à mon esprit une sorte d'agilité, la conviction qu'en fin de compte, rien ne parviendrait à me détruire. Si l'on veut schématiser sommairement, on dira que Man Yaya m'apportait l'espoir et Abena ma mère, la tendresse. Néanmoins, on conviendra que devant les graves dangers qui me menaçaient, j'aie eu besoin d'une communication plus étroite. De mots. Rien parfois ne vaut les mots. Souvent menteurs, souvent traîtres, ils n'en demeurent pas moins des baumes irremplaçables.

Dans un petit enclos, derrière notre maison, j'élevais de la volaille pour laquelle John Indien m'avait bâti un poulailler. J'en avais souvent sacrifié à mes chers invisibles. Pour l'heure cependant, j'avais besoin d'autres messagers. Deux maisons plus loin, la vieille maîtresse Huntchinson se vantait de son troupeau de moutons, d'une bête surtout, à la robe immaculée, le front marqué d'une étoile. Au lever du jour, quand le clairon qui annonçait à tous les habitants de Salem qu'il était grand temps d'honorer leur dieu par le travail avait retenti, un berger, dont elle louait les services, suivi de deux ou trois chiens, prenait le chemin du pâturage communal situé au bout du village. Maîtresse Huntchinson avait même eu quelques mauvaises querelles, car elle refusait de payer les taxes de pâturage. C'était cela, Salem! Une communauté où l'on pillait, trichait, volait en se drapant derrière le manteau du nom de Dieu. Et la Loi avait beau marquer les voleurs d'un B[1], fouetter, couper des oreilles, arracher des langues, les crimes proliféraient!

Tout cela pour expliquer que je n'eus aucun scrupule à voler une voleuse!

Je détachai la corde de l'enclos et me glissai parmi les bêtes somnolentes, rapidement inquiètes. Je saisis le mouton. Il commença par résister sous ma main, s'arc-boutant fermement en arrière. Pourtant j'étais la plus forte et il dut me suivre.

Je l'entraînai à l'orée de la forêt.

Un bref instant, nous restâmes à nous regarder, lui la victime, moi, le bourreau mais tremblante, le suppliant de me pardonner et d'emporter mes prières à la pointe sacrificielle de son sang. Puis je lui tranchai le cou d'un geste net, sans bavures. Il tomba à genoux tandis que la terre autour de mes pieds s'humidifiait. J'oignis mon front de ce sang frais. Ensuite, j'éviscérai la bête, sans prêter attention à cette puanteur d'organes et d'excréments. Je fis quatre parts égales de sa chair que je présentai aux quatre points cardinaux avant de les laisser en offrande aux miens.

Après quoi, je demeurai prostrée tandis que prières et incantations se bousculaient dans ma tête. Allaient-elles enfin me parler, celles dont je tirais ma vie? J'avais besoin d'elles. Je n'avais plus ma terre. Je n'avais que mon homme. J'avais dû tuer mon enfant. Alors, j'avais besoin d'elles, d'elles qui m'avaient fait naître. Un temps que je ne saurais mesurer, se passa. Puis, il se fit un bruit dans les fourrés. Man Yaya et Abena ma mère étaient devant moi. Allaient-elles enfin rompre ce silence sur lequel nous butions comme un mur? Mon cœur battait à tout rompre.

Finalement, Man Yaya parla :

---

1. Pour *burglary* (vol, en anglais).

— Ne t'affole pas, Tituba! Tu le sais, la déveine, c'est la sœur jumelle du nègre! Elle naît avec lui, elle se couche avec lui, elle lui dispute le même sein flétri. Elle mange la morue de son coui. Pourtant, il résiste, le nègre! Et ceux qui veulent le voir disparaître de la surface de la terre, en seront pour leurs frais. De tous, tu seras la seule à survivre!

Je suppliai :

— Est-ce que je retournerai à la Barbade?

Man Yaya haussa les épaules et fit seulement :

— Est-ce que c'est une question, celle-là?

Puis avec un léger signe de la main, elle disparut. Abena ma mère s'attarda plus longtemps, émettant son quota habituel de soupirs. Enfin, elle disparut à son tour, sans m'avoir apporté d'autres éclaircissements.

Je me relevai quelque peu rassérénée. Malgré le froid, des mouches attirées par l'odeur du sang et de la viande fraîche, commençaient à tourbillonner. Je retournai au village où déjà les clairons du réveil résonnaient. Je ne me doutais pas que j'avais passé tant de temps en prières. Sarah Huntchinson venait d'être tirée du lit par son berger qui s'était aperçu de la disparition de la pièce maîtresse du troupeau et, les cheveux hâtivement enfoncés dans son béguin, elle hurlait sa colère :

— Un jour, la vengeance de Dieu va s'abattre sur les habitants de Salem comme celle de Dieu sur les habitants de Sodome et comme à Sodome, il ne se trouvera pas dix justes pour épargner à la ville le châtiment suprême. Voleurs, caverne de voleurs!

Je poussai l'hypocrisie jusqu'à m'arrêter comme si je compatissais à son émotion et baissant la voix, elle m'attira dans un coin de son jardin :

— Aide-moi, Tituba, à retrouver celui qui m'a fait du tort et punis-le! Que son premier-né, s'il en a un, périsse de quelque chose qui ressemble à la petite vérole. S'il n'en a pas encore, fais que sa femme ne lui en porte jamais! Car tu le peux, je le sais. On dit partout qu'il n'y a pas sorcière plus redoutable que toi!

Je la regardai droit dans les yeux, pleine de la fugitive arrogance que m'avaient insufflée Man Yaya et Abena ma mère et articulai :

— Les plus redoutables ne sont pas celles que l'on nomme. Vous avez assez vécu, maîtresse Huntchinson, pour savoir qu'il ne faut pas écouter les on-dit!

Elle rit méchamment :

— Te voilà bien raisonneuse, ma négresse! Tu ne raisonneras pas tant quand tu te balanceras au bout d'une corde.

Frissonnant malgré moi, je rentrai à la maison.

On s'étonnera peut-être que je tremble à l'idée de la mort. Mais c'est là l'ambiguïté de mes pareilles. Nous possédons un corps mortel et par conséquent nous sommes la proie de toutes les angoisses qui assaillent les êtres du commun. Comme eux, nous redoutons la souffrance. Comme eux, la terrible antichambre qui termine la vie terrestre nous effraie. Nous avons beau savoir que ses portes s'écarteront devant nous pour une autre forme d'existence, éternelle, celle-là, nous suffoquons d'angoisse. Pour ramener la paix dans mon cœur et mon esprit, je dus me répéter les paroles de Man Yaya :

— De tous, tu seras la seule qui survivra!

(Suite du roman à la page 101.)

4   Action et structure

Maryse Condé parle de la structuration de son roman en ces termes : *On n'est pas très maître de la structure. Le livre s'écrit et la structure est dictée à l'écrivain au fur et à mesure que le livre s'écrit. Quand on arrive au bout d'une idée, le chapitre s'arrête. On ne décide pas de faire un chapitre court ou un chapitre long, c'est en fonction de ce qu'on a voulu montrer. Le chapitre se termine là ou bien il continue.*

PFAFF, F. (1993). *Entretiens avec Maryse Condé*, Paris, Karthala, p. 98.

L'auteure a placé en exergue à son roman les deux phrases suivantes qui nous révèlent les relations qui s'établissent entre l'auteure et son personnage : *Tituba et moi, avons vécu en étroite intimité pendant un an. C'est au cours de nos interminables conversations qu'elle m'a dit ces choses qu'elle n'avait confiées à personne* (p. 13).

Pour en savoir plus long à ce sujet et pour découvrir le point de vue de l'auteure, voici ses propos : *L'esprit de Tituba ne m'est pas venu. Ce texte est un clin d'œil. Ceci dit, il y a toujours un rapport entre les gens sur lesquels on écrit et l'écrivain. L'inspiration «surnaturelle» existe puisqu'on a soudain envie d'écrire à propos d'une créature totalement imaginaire qu'on n'arrive jamais à rencontrer, qui n'existe pas, que l'on n'a vue nulle part. On ne sait pas très bien pourquoi on a envie d'écrire subitement à propos de tel personnage. L'acte d'écrire est surnaturel en lui-même.*

PFAFF, F. (1993). *Entretiens avec Maryse Condé*, Paris, Karthala, p. 89.

On peut séparer le roman en quatre grandes sections. Voici des suggestions de pistes de lecture :

Première partie : À la Barbade (p. 19 à 48), 30 pages.
Qui est Tituba? Une sorcière ou une enfant comme tant d'autres?
Deuxième partie : Aux États-Unis 1, Boston et Salem (p. 49 à 94), 46 pages.
Tituba est-elle victime du puritanisme dans les colonies d'Amérique?
Troisième partie : Aux États-Unis 2, Ipswich et Salem (p. 103 à 150 et p. 185), 49 pages.
Quel est le sort réservé à Tituba en tant que sorcière? Une vie libre sans problème, ou une vie d'enfer faite d'emprisonnement et de tortures?
Quatrième partie : De retour à la Barbade (p. 186 à 220), 35 pages.
Que fait Tituba à son retour à la Barbade? Accepte-t-elle docilement son sort de paria ou s'engage-t-elle ouvertement dans l'action révolutionnaire?

5 Personnages et valeurs

Le roman présente une cinquantaine de personnages qu'on peut regrouper en dominateurs/dominés, maîtres/esclaves, oppresseurs/opprimés. Un monde manichéen, bien sûr, mais pas totalement toutefois. Au fil du récit, on voit se côtoyer les bons et les mauvais, mais ils ne sont pas tout d'une seule pièce. Condé a apporté des nuances dans la description de ses personnages, ce qui les rend vraisemblables. Ainsi, Tituba n'est pas totalement bonne pas plus que John Indien n'est totalement lâche.

Certains personnages de Condé ont une force à la fois primitive et spirituelle, sans qu'on puisse les qualifier de personnages exceptionnels. Tituba est le personnage central du roman, mais elle n'agit pas en héroïne. Elle est poète à ses heures, amoureuse et sensuelle, philanthrope, téméraire, parfois violente, soumise et révoltée, naïve et vengeresse. Par exemple, elle n'hésitera pas à accuser Sarah Osborne et Sarah Good, et elle se vengera de sa maîtresse Susanna Endicott, qui la méprise et lui veut du mal. Au-delà de la mort, elle se vengera du planteur Errin qui l'a fait exécuter aux côtés d'Iphigene.

Plusieurs fois, Tituba aurait aimé se venger des Blancs, mais elle en a toujours été empêchée par Man Yaya qui lui enseignait de faire le bien plutôt que le mal, ce mal représenté par les Blancs auxquels il ne fallait pas ressembler. À la fin du roman, Tituba devient une héroïne épique selon les mots mêmes de l'auteure puisqu'elle retrouve le «monde de l'esprit et rejoint les invisibles».

PFAFF, F. (1993). *Entretiens avec Maryse Condé*, Paris, Karthala, p. 90.

Du début à la fin du roman, il y a évolution du sens de la liberté chez Tituba. En effet, au commencement, Tituba croit qu'elle peut tout obtenir parce qu'elle est la protégée de Man Yaya, puis cette dernière lui fait comprendre qu'elle ne peut changer le monde tel qu'il est actuellement, fait de maîtres blancs et d'esclaves noirs. Tituba prend conscience de cette triste réalité de servitude, mais la rejette de toutes ses forces au point de refuser de mettre au monde un enfant dans de telles conditions. Elle luttera toute sa vie pour que triomphe la liberté : la sienne et celle de ses compatriotes. Cette liberté individuelle qu'elle revendique se changera en rébellion contre les maîtres blancs. À la fin du roman, Tituba meurt, enceinte, pour la libération de son peuple. Au-delà de la mort, Tituba poursuit, aux côtés d'Iphigene, son rêve de libération des Noirs de la Barbade.

Maryse Condé n'idéalise pas John Indien, au contraire. Elle nous le montre comme le nègre qui refuse sa condition d'esclave, tout comme Tituba, mais qui est prêt à toutes les bassesses pour survivre. Il sait «hurler avec les loups» et c'est cette attitude qui le sauvera des tortures et des mauvais coups. Il réussira même à avoir une liaison avec une Blanche, maîtresse Porter, une veuve riche. Il est le personnage qui sert de faire-valoir à Tituba. John Indien est collaborateur des maîtres blancs. Voici les propos de Maryse Condé à son sujet : *Il y a certainement une critique des mâles noirs personnifiés par John Indien. Les écrivaines noires sont coutumières du fait.* (Voir Entrevue avec Maryse Condé p. 9.)

Les invisibles, qui ont un aspect matériel pour Tituba, forment un groupe à part. Ils sont ses alliés sur la terre. Condé ne croit pas aux pouvoirs occultes, mais elle dit que ces croyances sont encore assez vivaces aux Antilles et en Afrique : *Toute la culture négro-africaine repose sur la croyance aux esprits. En Afrique, aux Antilles, au Brésil...* (Voir Entrevue avec Maryse Condé p. 8.)

Par contre, un des personnages du roman, Iphigene, par opposition à Tituba, ne croit pas aux prières et aux incantations faites aux invisibles. Dans le roman, Iphigene dit à Tituba : *L'avenir appartient à ceux qui savent le façonner et crois-moi, ils n'y parviennent pas par des incantations et des sacrifices d'animaux. Ils y parviennent par des actes.* (p. 206)

On peut regrouper ainsi les personnages du roman :

- Personnage central : Tituba, victime révoltée;
- Personnage servant de faire-valoir à Tituba : John Indien;
- Personnages dominateurs : les Blancs (maîtres, maîtresses, pasteurs, population puritaine en général);
- Personnages dominés :
  – les sorcières de Salem (Sarah Good, Sarah Osborne, Mary Walcott, Élizabeth Hubbard, Mercy Lewis, Mary Warren, Susanna Sheldon, Sarah Churchill);
  – les fillettes ensorcelées (Betsey, Abigail et les autres du village);
  – les Noirs de la Barbade, de Boston et de Salem;
  – les Juifs et les Indiens;
  – les femmes blanches libérées ou féministes avant la lettre, comme Hester;
  – les femmes soumises comme Jennifer Davis et Élizabeth Parris.
- Personnages invisibles : Abena, Yao, Man Yaya;
- Une classe à part : les invisibles (Abena, Yao, Man Yaya ainsi que Tituba et Iphigene dans l'épilogue).

6 Temps et espace

6.1 Le temps

L'action romanesque dure une trentaine d'années (1668-1698) et raconte essentiellement la vie de Tituba. Les dates données ici sont approximatives puisqu'on décèle un flottement de plus ou moins deux ans. L'action couvre une période d'une trentaine d'années; l'âge de Tituba est une transposition importante de Maryse Condé puisqu'elle transforme la vieille femme en une jeune femme, certes vieillie prématurément par sa condition d'esclave et sa condamnation, mais assez jeune pour mourir enceinte de Christopher.

On peut répartir les faits marquants de la vie de Tituba autour des étapes suivantes : l'enfance et l'adolescence, la rencontre de John Indien, le service chez Parris, le procès et la prison, le service chez Cohen, le retour à la Barbade et la mort. (Voir tableau p. 99.)

6.2 L'espace

Maryse Condé inscrit l'action romanesque dans des lieux réels : la Barbade, le lieu de l'enfance et de l'adolescence, ainsi que Boston et Salem où il lui fallait situer la vie de la sorcière condamnée. Pour paraphraser Aimé Césaire dans le *Cahier du retour au pays natal* (1947), la Barbade retrouvée sera aussi le retour au pays natal de Tituba.

La rivière Ormonde, lieu fictif inventé par l'auteure, représente, pour Tituba, une vie calme et heureuse, libre.

Pour Tituba, l'Amérique, c'est évidemment l'esclavage et le procès des sorcières. Le mépris de Parris et de ses congénères pour sa couleur, sa religion, en un mot sa culture, est une forme de violence symbolique comparable à l'enfermement et à la torture. Il est symptomatique de constater que c'est un paria comme elle qui lui donne la liberté, une fois cependant que comme elle, il a tout perdu. On peut penser que Maryse Condé veut nous faire découvrir que les pratiques religieuses de ces puritains du XVIIe siècle étaient bien plus cruelles que celles que l'on reprochait aux esclaves.

Pour Tituba, l'Amérique est aussi le lieu où sont vécus l'exil et le pays perdu. En somme, l'Amérique est l'occasion de la découverte de l'amour du pays et de ses racines : la Barbade. Il faut lire, dans ce sens, la belle page consacrée au bol d'eau comme substitut de la Barbade en allée (p. 72).

Malgré la laideur de la ville de Bridgetown, Tituba est heureuse de revoir son île, sa nature luxuriante, son parfum, sa musique. Elle retrouve ses plantes et ses habiletés de guérisseuse. Si elle ne peut rendre Christopher invincible, elle sauve quand même Iphigene. Au-delà de la mort par pendaison, elle se prolonge en Samantha, échappant en quelque sorte aux contraintes du temps et de l'espace.

Le temps et l'espace dans *Tituba*

Faits marquants	Lieu	Temps réel	Espace narratif	
Enfance et adolescence	Barbade rivière Ormonde	14 ans 1668-1682	9 pages p. 19-27	B
Rencontre de John Indien; servante de maîtresse Endicott	Bridgetown Carlisle Bay	4 ans 1682-1686	21 pages p. 28-48	B
Esclave de Samuel Parris	Boston Salem	5 ans 1686-1691	46 pages p. 49-94	A
Procès et prison	Ipswich Salem	17 mois 1692-1693	35 pages p. 101-135	A
Servante de Cohen; émancipation	Salem	3 ou 5 ans 1693-1696	16 pages p. 136-150 et p. 185	A
Retour à la Barbade	Belle-Plaine rivière Ormonde	quelques mois	28 pages p. 186-213	B
Mort de Tituba	au-delà du temps et de l'espace		4 pages p. 217-220	B

A = Amérique (Boston, Salem, Ipswich) **B** = Barbade

II

1

Pareils à trois grands oiseaux de proie, les ministres prirent place dans la salle à manger. L'un venait de la paroisse de Beverley, deux de la ville de Salem. Ils étendirent leurs jambes osseuses vers le feu qui brillait âpre et clair dans la cheminée. Puis ils firent rôtir la paume de leurs mains. Finalement, l'un d'entre eux, le plus jeune, Samuel Allen leva les yeux vers Samuel Parris et demanda :

— Où sont les enfants?

Samuel Parris répondit :

— Elles attendent au premier étage.

— Sont-elles au complet?

Samuel Parris hocha la tête :

— J'ai demandé à leurs parents de les conduire ici de bon matin. Eux-mêmes attendent dans la maison de réunion en priant le Seigneur.

Les trois ministres se levèrent :

— Faisons de même, car la tâche qui nous incombe exige l'assistance de Dieu!

Samuel Parris ouvrit son livre et commença sur ce ton déclamatoire et passionné qu'il affectionnait :

«Ainsi parle l'Éternel
Le ciel est mon trône
Et la terre mon marchepied.
Quelle maison pourriez-vous me bâtir,
Et quel lieu me donnerez-vous pour demeure?
Toutes ces choses, ma main les a faites...»

Il lut ainsi pendant de bonnes minutes, puis il referma son livre et dit :

— Isaïe. Chapitre 66.

Ce fut Édouard Payson de Beverley qui ordonna :

— Faites-les descendre!

Comme Samuel Parris sortait en hâte, il se tourna vers moi et dit avec une surprenante bonté :

— Si tu es innocente, tu n'as rien à craindre!

Je fis d'une voix que j'aurais voulu assurée, mais qui sonnait tremblante et rocailleuse :

— Je suis innocente.

Déjà, les enfants entraient dans la pièce. Samuel Parris n'avait pas dit la vérité en prétendant qu'elles étaient au complet, car il n'y avait là que Betsey, Abigail, Anne Putnam. Puis je compris qu'il avait sélectionné les plus jeunes des possédées, comme on les appelait, les plus pitoyables, celles dont des cœurs de père et d'époux n'auraient d'autre désir que de soulager les souffrances, d'abréger les tortures.

Je pensai, à part moi, qu'à l'exception de Betsey, diaphane et les yeux lumineux de terreur, Abigail et Anne ne m'avaient jamais paru en meilleure forme, la première surtout avec l'air matois d'un chat qui voit s'apprêter un festin d'oiseaux sans défense.

Je savais certes que j'étais visée, mais je ne pourrai jamais décrire l'impression que je ressentis. Rage. Désir de tuer. Douleur, douleur surtout. J'étais la pauvre sotte qui avait réchauffé des vipères dans son sein, qui avait offert son téton à leurs gueules triangulaires, plantées de langues bifides. J'étais flouée. Rançonnée comme un galion aux flancs lourds de perles de Venise. Un pirate espagnol me passait sa lame au travers du corps.

Édouard Payson, étant le plus âgé des quatre hommes, déjà les cheveux grisonnants et la peau flétrie, posa la question :

— Dites-nous, pour que nous tentions de vous soulager, qui, qui vous tourmente?

Et elles firent avec une hésitation calculée pour donner plus de poids à leurs propos :

— C'est Tituba!

Dans le tumulte de mes sentiments, je les entendis avancer d'autres noms dont je ne compris pas pourquoi ils étaient juxtaposés au mien :

— C'est Sarah Good! C'est Sarah Osborne!

Sarah Good, Sarah Osborne et moi n'avions pas échangé une parole de trop depuis que nous vivions à Salem. Tout au plus, m'était-il arrivé de donner à Dorcas Good un bout de tarte aux pommes ou à la citrouille quand elle passait sous ma fenêtre avec ses airs d'enfant mal nourrie.

Pareils à trois grands oiseaux de proie, les hommes pénétrèrent dans ma chambre. Ils avaient enfilé des cagoules de couleur noire, percées seulement de trous pour les yeux et la buée de leurs bouches traversait le tissu. Ils firent rapidement le tour de mon lit. Deux se saisirent de mes bras pendant que le troisième ligotait mes jambes, si serré que je criai de douleur. Puis l'un d'entre eux parla et je reconnus la voix de Samuel Parris :

— Qu'au moins quelque chose de bon sorte de l'Enfer que tu as déchaîné. Il nous serait facile de t'abattre. Personne dans ce village ne lèverait le petit doigt et les magistrats de Boston ont d'autres chats à fouetter. C'est d'ailleurs ce que nous ferons si tu ne nous obéis pas. Car, Tituba, tu ne mérites pas la corde pour te pendre!

Je balbutiai :

— Que voulez-vous de moi?

L'un d'eux s'assit sur le bord de mon lit et se penchant sur moi à me toucher, martela :

— Quand tu paraîtras devant le Tribunal, confesse que cela est ton œuvre.

Je hurlai :

— Jamais! Jamais!

Le coup m'atteignit en travers de la bouche et elle pissa le sang.

— Confesse que cela est ton œuvre, mais que tu n'as pas agi seule et dénonce tes complices! Good et Osborne, puis les autres!

— Je n'ai pas de complice puisque je n'ai rien fait!

L'un des hommes se mit carrément à cheval sur moi et commença de me marteler le visage de ses poings, durs comme pierres. Un autre releva ma jupe et enfonça un bâton taillé en pointe dans la partie la plus sensible de mon corps en raillant :

— Prends, prends, c'est la bite de John Indien!

Quand je ne fus plus qu'un tas de souffrances, ils s'arrêtèrent et l'un des trois reprit la parole :

— Tu n'es pas la seule créature de l'Antéchrist dans Salem. Il y en a d'autres dont tu vas donner les noms devant les juges. Écoute!

Je commençai à comprendre où ils voulaient en venir. Je fis d'une voix mourante :

— Vos enfants n'ont-elles pas nommé mes soi-disant complices? Que voulez-vous que j'ajoute à leurs propos?

Ils rirent :

— Ce sont, comme tu le dis, propos d'enfants, fort incomplets! Bientôt nous leur apprendrons à ne pas omettre l'essentiel! Et c'est toi qui ouvriras le chapitre!

Je secouai la tête :

— Jamais! Jamais!

Alors, de nouveau, ils s'acharnèrent sur moi et il me sembla que le bâton taillé me remontait jusqu'à la gorge. Néanmoins, je tins bon et râlai :

— Jamais! Jamais!

Ils se concertèrent, puis la porte grinça et une voix appela doucement :

— Tituba!

C'était John Indien. Les trois oiseaux de proie le poussèrent en avant :

— Explique-lui, toi qui parais moins borné!

Ils se retirèrent et il ne demeura dans la pièce que notre douleur et l'odeur de mon humiliation!

John Indien me prit contre lui et quelle douceur c'était de retrouver l'abri de ses bras! Avec son mouchoir, il s'efforça d'éponger le sang de mes plaies. Il rabattit ma jupe sur mes cuisses outragées et je sentis ses larmes sur ma peau.

— Femme, ma femme torturée! Encore une fois, tu te trompes sur l'essentiel! L'essentiel, c'est de demeurer en vie! S'ils te demandent de dénoncer, dénonce! La moitié des habitants de Salem, s'il leur chante!

Ce monde n'est pas le nôtre et s'ils veulent l'embraser, il importe seulement que nous soyons à l'abri des flammes! Dénonce, dénonce tous ceux qu'ils te souffleront!

Je le repoussai :

— John Indien, ils veulent que je confesse mes fautes. Or, je ne suis pas coupable!

Il haussa les épaules et me reprit dans ses bras, me berçant comme un enfant récalcitrant :

— Coupable? Mais oui, tu l'es, tu le seras toujours à leurs yeux. Il s'agit que tu te gardes en vie pour toi, pour moi... pour nos enfants à naître!

— John Indien, ne parle pas de nos enfants, car je n'enfanterai jamais dans ce monde sans lumière!

Il ne releva pas cette exclamation et reprit :

— Dénonce, ma femme violée! Et ainsi paradoxalement en feignant de leur obéir, venge-toi, venge-moi... Livre au pillage comme l'Éternel, leurs montagnes, leurs champs, leurs biens, leurs trésors.

Pareils à trois grands oiseaux de proie, les hommes de la police du village se saisirent de Sarah Good, de Sarah Osborne et de moi. Oh, ils n'avaient pas de raison de se vanter de leur exploit, car aucune entre nous ne leur opposa de résistance. Sarah Good plaçant ses poignets dans les chaînes, demanda seulement :

— Qui prendra soin de Dorcas?

Maître et maîtresse Proctor qui assistaient à la scène s'avancèrent, le cœur pris de pitié :

— Va en paix! Nous la prendrons avec les nôtres.

En entendant cela, il se fit une rumeur dans la foule comme si tous étaient d'avis que l'enfant d'une sorcière ne doit pas être mêlée à des enfants sains. Il s'en trouva aussitôt pour se demander si maître et maîtresse Proctor n'entretenaient pas quelque douteuse relation avec Sarah Good et pour se rappeler que selon leur servante, Mary Warren, Élizabeth Proctor plantait d'épingles des poupées de cire qu'elle enfermait dans des placards. Les hommes de police nous chargèrent donc les chevilles et les poignets de chaînes si lourdes que nous pouvions à peine les traîner et nous prîmes le chemin de la prison d'Ipswich.

Nous étions en février, le mois le plus froid d'une année qui s'avérait sans grâce. La foule s'amassa le long de la rue principale de Salem pour nous voir partir, les hommes de police allant en tête, montés sur leurs chevaux et nous, pataugeant dans la neige mêlée de boue des chemins.

Au milieu de toute cette désolation, s'élevait, surprenant, le chant des oiseaux se poursuivant de branche en branche dans l'air couleur de glace.

Moi, je me rappelai les paroles de John Indien et je comprenais à présent leur profonde sagesse. Naïve, qui croyait qu'il suffisait de clamer son innocence pour la prouver! Naïve, qui ignorait que faire le bien à des méchants ou à des faibles revient à faire le mal! Oui, j'allais me venger. J'allais dénoncer et du haut de cette puissance qu'ils me conféraient, j'allais déchaîner la tempête, creuser la mer de vagues aussi hautes que des murailles, déraciner les arbres, lancer en l'air comme des fétus de paille, les poutres maîtresses des maisons et des hangars.

Qui voulaient-ils que je nomme?

Attention! je ne me contenterais pas de nommer les malheureuses qui cheminaient avec moi dans la gadoue. Je frapperais fort. Je frapperais à la tête. Et voilà que dans l'extrême dénuement où je me trouvais, le sentiment de mon pouvoir m'enivrait! Ah oui, mon John Indien avait raison. Cette vengeance à laquelle j'avais souvent rêvé, m'appartenait et de par leur propre volonté!

Ipswich se trouvait à une dizaine de miles de Salem et nous y arrivâmes juste avant la tombée de la nuit. La geôle était pleine de criminels, meurtriers, voleurs en tout genre dont la terre du Massachussetts était aussi fertile que ses eaux en poissons. Un homme de police au visage rouge comme une pomme à force de vider chope sur chope de rhum, inscrivit nos noms sur son livre, puis consulta un tableau derrière lui.

— Plus qu'une cellule de libre, sorcières! Vous pourrez donc tenir vos réunions en toute impunité! Voilà que Satan est avec vous!

Ses acolytes lui lancèrent un regard de reproche : plaisante-t-on avec pareil sujet? Quant à lui, perché sur la crête dansante de l'alcool, il ne leur prêta aucune attention.

On nous entassa l'une contre l'autre, et je dus respirer la puanteur de la pipe de Sarah Good tandis que Sarah Osborne terrifiée ne cessait de dire ses prières d'un ton lugubre. Vers minuit, une clameur nous éveilla :

— Elle me tient, elle me tient! Lâche-moi, créature de Satan!

C'était Sarah Osborne, les yeux à moitié hors de la tête. Qui pointait-elle du doigt? Moi, bien évidemment! Je me tournai vers Sarah Good pour la prendre à témoin de l'audace et de l'hypocrisie de notre compagne. Commençait-elle à préparer sa défense à mes dépens? Or ne voilà-t-il pas que celle-ci se mit à crier à son tour, en me fixant de ses yeux porcins :

— Elle me tient, elle me tient! Lâche-moi, créature de Satan!

L'homme de police aux joues rouges, complètement rond à présent, calma cet infernal charivari en me tirant de la cellule à grands coups de pied. Finalement, il m'enchaîna à un crochet placé dans un corridor.

Le vent aigre de la nuit soufflait par toutes les serrures.

2

Nous demeurâmes une semaine en prison en attendant que s'achèvent les préparatifs de notre comparution devant le Tribunal à Salem. Et là, une fois de plus, malgré mes récents déboires et le souvenir des recommandations de John Indien, je me laissai prendre au piège de l'apparente amitié. Comme je grelottais et perdais mon sang dans le corridor où j'étais enchaînée, une femme passa la main à travers les barreaux de sa cellule et arrêta un des hommes de police .

— Ici, il y a place pour deux. Fais entrer cette pauvre créature!

La femme qui avait parlé ainsi était jeune, pas plus de vingt-trois ans, belle. Elle avait, sans modestie rejeté le béguin et montrait une luxuriante chevelure, noire comme l'aile d'un corbeau, qui aux yeux de certains devait à elle seule symboliser le péché et appeler le châtiment. De même, ses yeux étaient noirs, pas gris couleur d'eau sale, pas verts couleur de méchanceté, noirs comme l'ombre bienfaisante de la nuit. Elle alla chercher l'eau d'une cruche et s'agenouillant, s'efforça de laver les tumeurs de mon visage. Tout en s'activant ainsi, elle parlait comme pour elle-même, sans peut-être attendre de réponse.

— Quelle couleur magnifique a sa peau et comme elle peut sous ce couvert, dissimuler ses sentiments! Peur, angoisse, fureur, dégoût! Moi, je n'y suis jamais parvenue et les mouvements de mon sang m'ont toujours trahie!

J'arrêtai le va-et-vient de sa main :

— Maîtresse...

— Ne m'appelle pas «maîtresse».

— Comment vous nommerai-je alors?

— Mais par mon nom : Hester! Et toi quel est le tien?

— Tituba.

— Tituba?

Elle répéta cela avec ravissement :

— D'où te vient-il?

— Mon père me l'a donné à ma naissance!

— Ton père?

Sa lèvre eut un rictus d'irritation :

— Tu portes le nom qu'un homme t'a donné?

Dans mon étonnement, je fus un instant sans répondre, puis je répliquai :

— N'en est-il pas de même pour toute femme ? D'abord le nom de son père, ensuite, celui de son mari?

Elle fit songeuse :

— J'espérais qu'au moins certaines sociétés échappaient à cette loi. La tienne, par exemple!

Ce fut à mon tour d'être songeuse :

— Peut-être en Afrique d'où nous venons, il en était ainsi. Mais nous ne savons plus rien de l'Afrique et elle ne nous importe plus.

Comme elle allait de long en large dans l'étroite cellule, je m'aperçus qu'elle était enceinte. J'étais encore plongée dans le saisissement, quand elle revint vers moi et interrogea avec douceur :

— J'ai entendu qu'ils t'appelaient «sorcière». Que te reprochent-ils?

Emportée cette fois encore par la sympathie que cette inconnue m'inspirait, je me mis en tête de lui expliquer :

— Pourquoi dans votre société...

Elle m'interrompit sauvagement :

— Ce n'est pas ma société. N'en suis-je pas bannie comme toi? Enfermée entre ces murs?

Je corrigeai :

— ... dans cette société, donne-t-on à la fonction de «sorcière» une connotation malfaisante? La «sorcière» si nous devons employer ce mot, corrige, redresse, console, guérit...

Elle m'interrompit d'un éclat de rire :

— Alors, tu n'as pas lu Cotton Mather!

Et elle se gonfla la poitrine en prenant un air solennel :

— «Les sorcières font des choses étranges et maléfiques. Elles ne peuvent pas faire de vrais miracles qui ne peuvent être accomplis que par les Élus et les Ambassadeurs du Seigneur.»

Je ris à mon tour et demandai :

— Qui est ce Cotton Mather?

Elle ne répondit pas à ma question, mais au lieu de cela, me prit le visage entre les paumes :

— Tu ne peux pas avoir fait de mal Tituba! De cela, je suis sûre, tu es trop belle! Même s'ils t'accusaient tous, moi, je soutiendrais ton innocence!

Émue au-delà de toute expression, je m'enhardis à lui caresser le visage et murmurai :

— Toi aussi, tu es belle, Hester! De quoi t'accusent-ils?

Elle dit rapidement :

— D'adultère!

110

Je la regardai avec épouvante, car je savais la gravité de l'offense aux yeux des Puritains. Elle poursuivit :

— Et pendant que je croupis ici, celui qui m'a planté cet enfant dans le ventre va et vient librement.

Je soufflai :

— Pourquoi ne le dénonces-tu pas?

Elle pirouetta sur elle-même :

— Ah! tu ne sais pas le plaisir de la vengeance!

— De la vengeance? J'avoue que je ne te suis pas!

Elle fit avec une sauvage passion :

— De nous deux, crois-moi, je ne suis pas la plus à plaindre. Du moins, s'il a une conscience, ce qu'on peut attendre d'un homme de Dieu.

J'étais de plus en plus perplexe. Elle dut s'en apercevoir, car elle vint s'asseoir à côté de moi sur le bat-flanc crasseux :

— Il faut peut-être que je commence par le commencement si je veux que tu comprennes quelque chose à mon histoire.

Elle prit une profonde inspiration et moi, j'étais suspendue à ses lèvres :

— Dans les flancs du *Mayflower*, le premier navire qui ait abordé sur cette côte, il y avait mes deux ancêtres, le père de mon père et celui de ma mère, deux farouches «Séparatistes» qui venaient faire éclore le royaume du Vrai Dieu. Tu sais combien pareils projets sont dangereux et je passerai sur la férocité avec laquelle leurs descendants ont été élevés. Grâce à cela, ils ont produit une flopée de Révérends qui lisaient dans le texte Cicéron, Caton, Ovide, Virgile...

Je l'interrompis :

— Je n'ai jamais entendu parler de ces gens-là!

Elle leva les yeux au ciel :

— Grand bien te fasse! Moi, j'avais le malheur d'appartenir à une famille qui croyait à l'égalité des sexes et, à l'âge où l'on joue sainement à la poupée, mon père me faisait réciter mes classiques! Où en étais-je? Ah, oui! À seize ans, on m'a mariée à un Révérend, ami de ma famille qui avait enterré trois épouses et cinq enfants. L'odeur de sa bouche était telle que, pour mon bonheur, je m'évanouissais dès qu'il se penchait sur moi. Tout mon être se refusait à lui, pourtant il m'a fait quatre enfants qu'il a plu au Seigneur d'enlever à la terre — au Seigneur et à moi aussi! car il m'était impossible d'aimer les rejetons d'un homme que je haïssais. Je ne te cacherai pas, Tituba, que le nombre de potions, décoctions, purgatifs et laxatifs que j'ai pris pendant mes grossesses a aidé à cet heureux aboutissement.

Je murmurai pour moi-même :

— Moi aussi, j'ai dû tuer mon enfant!

— Heureusement, il y a un peu plus d'un an, il est parti pour Genève conférer avec d'autres Calvinistes sur ce problème des Élus et c'est alors... C'est alors...

Elle s'interrompit et je compris que malgré ses rodomontades, elle aimait encore son bourreau. Elle reprit :

— La beauté chez un homme a quelque chose d'indécent. Tituba, les hommes ne devraient pas être beaux! Deux générations d'Élus stigmatisant la Chair et le Plaisir avaient donné naissance à cet être qui faisait irrésistiblement penser au plaisir de la chair. Nous commençâmes par nous rencontrer sous prétexte de discuter du piétisme allemand. Puis nous nous retrouvâmes dans son lit pour faire l'amour et voilà où j'en suis!

Elle entoura son ventre de ses mains. Je demandai :

— Qu'est-ce qui va se passer?

Elle haussa les épaules :

— Je ne sais pas!... Je crois qu'on attend le retour de mon mari pour statuer sur mon sort.

J'insistai :

— Quelle peine risques-tu?

Elle se leva :

— On ne lapide plus les femmes adultères. Je crois qu'elles portent sur la poitrine une lettre écarlate!

Ce fut à mon tour de hausser les épaules :

— Si ce n'est que cela!

Mais j'eus honte de ma légèreté quand je vis l'expression de son visage. Cette créature aussi bonne que belle, souffrait le martyre. C'était, cette fois encore, une victime que l'on traitait en coupable! Les femmes sont-elles condamnées à cela dans ce monde? Je cherchai quelque moyen de lui redonner espoir et soufflai :

— N'es-tu pas enceinte? Il faut vivre pour ton enfant.

Elle secoua fermement la tête :

— Il faut simplement qu'elle meure avec moi. Je l'ai déjà préparée à cela, la nuit quand nous nous entretenons. Tu sais, elle nous écoute en ce moment. Elle vient de frapper à la porte de mon ventre pour attirer mon attention. Tu sais ce qu'elle désire? Que tu nous racontes une histoire! Une histoire de ton pays! Fais-lui plaisir, Tituba!

Calant la tête contre cette douce élévation de chair, ce morne de vie, afin que le petit être qu'il abritait fut tout près de mes lèvres, je commençai de raconter un conte et les paroles empruntées au rituel aimé, toujours présent, vinrent illuminer notre triste enclos :

— Tim tim, bois sèche!
— La cour dort?
— Non, la cour ne dort pas!
— Si la cour ne dort pas, alors qu'elle écoute, qu'elle écoute cette histoire, mon histoire. Au temps longtemps, quand le diable avait encore ses culottes courtes, découvrant des genoux noueux et

bosselés de cicatrices, vivait dans le village du Wagabaha, au sommet d'un morne tout pointu, une jeune fille qui n'avait ni père ni mère. Un cyclone avait emporté la case de ses parents et miracle, l'avait laissée, bébé flottant dans son berceau comme Moïse sur les eaux. Elle était seule et triste. Un jour comme elle prenait sa place dans son banc à l'église, elle vit debout non loin de la chaire, un grand nègre, vêtu de drill blanc, sous un chapeau de paille à ruban de couleur noire. Mon Dieu, pourquoi les femmes ne peuvent-elles se passer des hommes? Pourquoi? Pourquoi?

— Père défunt, mère défunte, il me faut cet homme, sinon j'en mourrai!

— Sais-tu à propos s'il est bon, s'il est mauvais, si seulement c'est un humain, si c'est le sang qui irrigue ses veines? Peut-être est-ce quelque humeur malodorante et visqueuse qui afflue jusqu'à son cœur?

— Père défunt, mère défunte, il me le faut sinon j'en mourrai!

— Bon, si tu le veux, tu l'auras!

Et la jeune fille quitta sa case, sa solitude, pour l'inconnu en habit de drill et tout doucement sa vie devint un enfer. Ne pouvons-nous garder nos filles des hommes?

Là, Hester m'interrompit, consciente de l'angoisse de ma voix :

— Quelle histoire me racontes-tu là, Tituba? N'est-ce pas la tienne? Dis-moi? dis-moi?

Mais quelque chose me retint de me confier.

Hester m'apprit à préparer ma déposition.

Parlez d'une fille de Révérend pour en savoir un bout sur Satan! N'avait-elle pas rompu le pain avec lui depuis l'enfance? Ne s'était-il pas vautré sur son édredon dans sa chambre sans feu en la fixant de ses prunelles jaunâtres? N'avait-il pas miaulé dans tous les chats noirs? Coassé dans les grenouilles? Et même fait la ronde dans les souris grises?

— Fais-leur peur, Tituba! Donne-leur-en pour leur argent! Décris-le sous la forme d'un bouc avec un nez en forme de bec d'aigle, un corps tout couvert de longs poils noirs et, attachée à la taille, une ceinture de têtes de scorpions. Qu'ils tremblent, qu'ils frémissent, qu'ils se pâment! Qu'ils dansent au son de sa flûte, perçue dans le lointain! Décris-leur les réunions de sorcières, chacune arrivant sur son balai, les mâchoires dégoulinantes de désir à la pensée du banquet de fœtus et d'enfants nouveau-nés qui serait servi avec force chopes de sang frais...

J'éclatais de rire :

— Voyons, Hester, tout cela est ridicule!

— Mais puisqu'ils y croient! Que t'importe, décris!

— Me conseilles-tu, toi aussi, de dénoncer?

Elle fronça le sourcil :

— Qui t'a donné ce conseil?

Je ne répondis pas et elle se fit grave :

— Dénoncer, dénoncer! Si tu le fais, tu risques de devenir pareille à eux dont le cœur n'est qu'ordures! Si certains t'ont fait nommément du mal, venge-toi si cela peut te faire plaisir. Sinon, laisse planer un nuage de doute auquel, crois-moi, ils sauront donner forme. Au bon moment, tu crieras : «Ah, je ne vois plus! Ah, je suis aveugle!» Et le tour sera joué!

Je dis férocement :

— Ah! je me vengerai de Sarah Good et Sarah Osborne qui m'ont si gratuitement dénoncée!

Elle éclata de rire :

— Ça oui! Elles sont trop laides pour vivre de toute facon! Allons, recommençons la leçon. Comment est Satan? N'oublie pas qu'il a plus d'un déguisement dans son sac. Voilà pourquoi depuis le temps qu'ils lui courent après, les hommes ne l'ont pas encore attrapé! Parfois, c'est un homme tout noir...

Là, je l'interrompis avec inquiétude :

— Si je dis cela, ne va-t-on pas songer à John Indien?

Elle eut un haussement d'épaules irrité, car elle s'irritait aisément, Hester!

— Laisse-moi la paix avec ton triste sire! Il ne vaut pas mieux que le mien. Est-ce qu'il ne devrait pas être là à partager ton angoisse? Blancs ou Noirs, la vie sert trop bien les hommes!

J'évitais de parler à Hester de John Indien, car je savais trop ce qu'elle m'en dirait et n'envisageais pas de le supporter.

Cependant, au fond de moi-même quelque chose me soufflait qu'elle disait vrai. La couleur de la peau de John Indien ne lui avait pas causé la moitié des déboires que la mienne m'avait causée. Même, toutes Puritaines qu'elles fussent, certaines ne s'étaient pas privées d'avoir une petite conversation roucoulante avec lui :

— John Indien, on dit que tu chantes si bien et pas seulement les psaumes!

— Moi, maîtresse!

— Mais oui, quand tu bêches la terre de Deacon Ingersoll, on dit que tu chantes et danses en même temps...

Et une rancœur peut-être injuste naissait en moi!

Quand nous ne répétions pas ma déposition, Hester et moi parlions de nous-mêmes. Oh, que j'aimais l'entendre parler!

— Je voudrais écrire un livre, mais hélas! les femmes n'écrivent pas! Ce sont seulement les hommes qui nous assomment de leur prose. Je fais une exception pour certains poètes. As-tu lu Milton, Tituba? Ah, j'oubliais, tu ne sais pas lire! *Paradise Lost*, Tituba, merveille des merveilles!... Oui, je voudrais écrire un livre où j'exposerais le modèle d'une société gouvernée, administrée par les femmes! Nous donnerions notre nom à nos enfants, nous les élèverions seules...

Je l'interrompais moqueusement :

— Nous ne pourrions les faire seules, tout de même!

Elle s'attristait :

— Hélas non! Il faudrait que ces brutes abhorrées participent l'espace d'un moment...

Je la taquinais :

— Un moment pas trop court! J'aime bien prendre mon temps!

Elle finissait par rire et m'attirait contre elle :

— Tu aimes trop l'amour, Tituba! Je ne ferai jamais de toi une féministe!

— Une féministe! Qu'est-ce que c'est que cela?

Elle me serrait dans ses bras et me couvrait de baisers :

— Tais-toi! Je t'expliquerai cela plus tard!

Plus tard? Y aurait-il un plus tard?

Le jour approchait où nous devions être ramenées à Salem pour être jugées et qu'adviendrait-il de nous?

Hester avait beau me répéter qu'une loi du Massachusetts accorde la vie à la sorcière qui se confesse, j'avais peur.

Parfois ma peur était comme un enfant dans le ventre de sa mère. Il se tourne de droite et de gauche, il donne des coups de pied. Parfois elle était comme une bête méchante qui me déchirait le foie de son bec. Parfois elle était comme un boa constrictor qui m'étouffait de ses anneaux. J'entendais dire que la maison de réunion de Salem avait été élargie pour pouvoir accommoder non seulement les habitants du village, mais ceux des alentours qui voudraient prendre part au grand festival. J'entendais dire qu'on y avait dressé une estrade sur laquelle nous nous tiendrions, Sarah Good, Sarah Osborne et moi, afin que tous puissent se repaître de notre vue. J'entendais dire que des juges avaient été nommés, membres du Tribunal Suprême de la Colonie, connus pour la droiture de leurs vies et l'intransigeance de leur foi : John Hathorne et Jonathan Corwin.

Que pouvais-je donc espérer?

Même si on me laissait la vie, à quoi me servirait-elle? John Indien et moi, pourrions-nous nous libérer de notre servitude et prendre place à bord d'un navire faisant voile vers la Barbade?

Je la retrouve, cette île que j'avais crue perdue! Pas moins fauve, sa terre. Pas moins verts, ses mornes. Pas moins violacées, ses cannes Congo, riches d'un suc poisseux. Pas moins satinée, la ceinture émeraude de sa taille. Mais les hommes et les femmes y souffrent. Ils sont dans l'affliction. On vient de pendre un nègre au faîte d'un flamboyant. La fleur et le sang se confondent. Ah oui! je l'oubliais, notre esclavage n'est pas terminé. Oreilles coupées, jarrets coupés, bras coupés. Nous explosons dans l'air comme des feux d'artifice. Voyez les confettis de notre sang!

Quand j'étais dans cette humeur-là, Hester ne pouvait rien pour moi. Elle avait beau s'escrimer à des paroles réconfortantes, je ne l'entendais pas. Alors, elle glissait entre mes lèvres un peu de rhum, don d'un des hommes de police, et peu à peu, je m'assoupissais. Man Yaya et Abena ma mère venaient alors se relayer dans mon esprit. Elles me répétaient tendrement :

— Pourquoi trembles-tu? Est-ce que nous ne t'avons pas dit que de cela, tu serais la seule à sortir vivante?

Peut-être. Mais la vie me causait autant de frayeur que la mort, surtout si loin des miens.

Malgré l'amitié d'Hester, la prison me laissa une impression ineffaçable. Cette sombre fleur du monde civilisé m'empoisonna de son parfum et jamais plus par la suite, je ne respirai de même façon. Incrustée dans mes narines, l'odeur de tant de crimes : matricides, parricides, viols et vols, homicides et meurtres et surtout, l'odeur de tant de souffrances.

Le 29 février, nous reprîmes le chemin du village de Salem. Pendant tout le trajet, Sarah Good m'accabla d'injures et de malédictions. À l'en croire, c'était ma seule présence qui avait causé tant de mal à Salem.

— Négresse, pourquoi as-tu quitté ton Enfer?

J'endurcis mon cœur. De celle-là, ah oui, je me vengerai sans tarder!

3

INTERROGATOIRE DE TITUBA INDIEN

Tituba, avec quel esprit mauvais entretiens-tu amitié?
— Aucun.
— Pourquoi tourmentes-tu ces enfants?
— Je ne les tourmente pas.
— Qui donc les tourmente?
— Le Démon, à ce que je crois.
— As-tu jamais vu le Démon?
— Le Démon est venu me voir et m'a commandé de le servir.
— Qui as-tu vu?
— Quatre femmes quelquefois tourmentent les enfants.
— Qui sont-elles?
— Sarah Good, Sarah Osborne sont celles que je connais. Je ne connais pas les autres. Sarah Good et Sarah Osborne voulaient que je tourmente les enfants, mais moi je refusais. Il y avait aussi un homme de Boston grand, très grand.
— Quand les as-tu vus?
— La nuit dernière à Boston.
— Qu'est-ce qu'ils t'ont dit?
— Ils m'ont dit de tourmenter les enfants.
— Et tu as obéi?
— Non. Ce sont quatre femmes et un homme qui ont tourmenté les enfants et ils se sont couchés sur moi et ils m'ont dit que si je ne tourmentais pas les enfants, ils me feraient du mal.
— Alors, tu leur as obéi?
— Oui, mais je ne le ferai plus!
— Ne regrettes-tu pas de l'avoir fait?
— Oui!
— Et alors pourquoi l'as-tu fait?
— Parce qu'ils m'ont dit de tourmenter les enfants sinon ils me feraient encore plus de mal.
— Qui as-tu vu?

— Un homme est venu et m'a ordonné de le servir.

— De quelle manière?

— En torturant les enfants et la nuit dernière, il y a eu une apparition qui m'a demandé de tuer les enfants et si je n'obéissais pas, elle m'a dit qu'elle me ferait encore plus de mal.

— Comment était cette apparition?

— Quelquefois, c'était un verrat et quelquefois un grand chien.

— Qu'est-ce qu'elle te disait?

— Le chien noir m'a dit de le servir, mais je lui ai dit que j'avais peur et alors il m'a dit que si je n'obéissais pas, il me ferait encore plus de mal.

— Qu'as-tu répondu?

— Que je ne le servirais plus, alors il a dit qu'il me ferait du mal et il ressemblait à un homme et il a menacé de me faire du mal. Et cet homme avait un oiseau jaune avec lui et il m'a dit qu'il avait encore beaucoup de jolies choses qu'il me donnerait si je le servais.

— Quelles jolies choses?

— Il ne me les a pas montrées.

— Qu'est-ce que tu as vu alors?

— Deux rats, un rouge, un noir!

— Qu'est-ce qu'ils t'ont dit?

— De les servir.

— Quand les as-tu vus?

— La nuit dernière et ils m'ont dit de les servir, mais j'ai refusé.

— Les servir de quelle manière?

— En tourmentant les enfants.

— Est-ce que tu n'as pas pincé Élizabeth Hubbard ce matin?

— L'homme est descendu sur moi et m'a fait la pincer.

— Pourquoi es-tu allée chez Thomas Putnam la nuit dernière et as-tu fait du mal a son enfant?

— Ils m'ont tirée, ils m'ont poussée et fait aller.

— Arrivée là, qu'est-ce que tu devais faire?

— La tuer avec un couteau.

— Comment es-tu allée chez Thomas Putnam?

— J'ai pris mon balai et ils étaient tous comme moi.

— Comment as-tu pu passer avec les arbres?

— Cela n'a pas d'importance[1].

— ...

— ...

Cela dura des heures. J'avoue que je n'étais pas une bonne actrice. La vue de tous ces visages blancs, clapotant à mes pieds, me semblait une

---

1. Ces extraits sont tirés de la déposition de Tituba. Les documents originaux de ces procès figurent dans les Archives du Comté d'Essex. Une copie se trouve à Essex County Court House a Salem, Massachusetts.

mer dans laquelle j'allais sombrer et me noyer. Ah! comme Hester s'en serait mieux tirée que moi! Elle aurait utilisé cette tribune pour clamer sa haine de la société et maudire à son tour ses accusateurs. Moi, j'avais tout bonnement peur. Les pensées héroïques que j'avais formées à la maison ou dans ma cellule s'effritaient.

— ...

— ...

— As-tu vu la femme Good tourmenter Élizabeth Hubbard, samedi dernier?

— Ça oui, je l'ai vue. Elle s'est jetée sur l'enfant comme un loup!

— Revenons à l'homme que tu as vu. Quels vêtements portait-il?

— Des vêtements noirs. Il était très grand avec des cheveux blancs, je crois.

— Et la femme?

— La femme? Un capuchon blanc et un capuchon noir avec un nœud sur le dessus. C'est comme cela qu'elle est habillée!

— Qui vois-tu tourmenter les enfants maintenant?

Je crachai avec délectation et venin :

— Je vois Sarah Good.

— Elle est seule?

Là, je n'eus pas le cœur d'obéir à Samuel Parris et de dénoncer des innocentes. Je me souvins des recommandations d'Hester et balbutiai :

— À présent, je ne vois plus rien! Je suis aveugle.

Après mon interrogatoire, Samuel Parris vint me trouver :

— Bien parlé, Tituba! Tu as compris ce que nous attendions de toi.

Je me hais comme je le hais.

4

Je ne fus pas un témoin oculaire de la peste qui frappa Salem, car je fus, après ma déposition, tenue enchaînée dans la grange de Deacon Ingersoll. Maîtresse Parris se repentit très vite.

Elle vint me voir et pleura :

— Tituba, qu'est-ce qu'ils t'ont fait, à toi la meilleure des créatures?

Je tentai de hausser les épaules, mais ne pus y parvenir tant les liens qui me retenaient étaient serrés et rétorquai :

— Ce n'est pas ce que vous disiez, il y a deux semaines!

Elle sanglota de plus belle :

— J'ai été abusée, j'ai été abusée! Je vois à présent ce qu'il y a derrière. Oui : un complot de Parris et de ses partisans pour salir, ruiner...

Je l'interrompis, car de cela, je n'avais cure et fis, tendre malgré moi :

— Et Betsey?

Elle releva la tête :

— Je l'ai soustraite à cet horrible carnaval et je l'ai envoyée chez le frère de Samuel Parris, Stephen Sewall, qui habite la ville de Salem. Il n'est pas comme Samuel. Il est bon, lui. Je pense qu'auprès de lui, notre petite Betsey retrouvera sa santé. Avant de partir, elle m'a chargée de te dire qu'elle t'aimait et te demande de lui pardonner.

Je ne répondis rien.

Ensuite, maîtresse Parris m'informa de ce qui se passait dans le village.

— Je ne peux comparer cela qu'à une maladie que l'on croit d'abord bénigne parce qu'elle affecte des parties du corps sans importance...

Sans importance?

Il est vrai que je n'étais qu'une négresse esclave. Il est vrai que Sarah Good était une mendiante. Même, si grande était sa misère, qu'elle avait dû se tenir à l'écart de la maison de réunion par manque d'habit. Il est vrai que Sarah Osborne était de mauvaise réputation, ayant trop vite reçu dans son lit de veuve, l'ouvrier irlandais venu l'aider à exploiter son bien. Mais tout de même, de nous entendre froidement désigner ainsi, j'en eus un coup au cœur.

Sans aucunement se douter des sentiments qu'elle éveillait en moi, maîtresse Parris poursuivit :

— ... puis qui graduellement s'attaque à des membres et à des organes vitaux. Les jambes ne peuvent plus fonctionner, les bras. En fin de compte, le cœur est atteint, puis le cerveau. Martha Corey et Rebecca Nurse ont été arrêtées!

J'ouvris la bouche de saisissement. Maîtresse Rebecca Nurse! C'était insensé! Si la foi en Dieu pouvait prendre forme humaine, elle affecterait celle de cette femme-là! Maîtresse Parris reprit :

— Elle a ému le juge Hathorne lui-même et un premier jury a rendu un verdict d'innocence. Mais cela n'a pas semblé suffisant et elle a été conduite en ville où elle paraîtra devant un autre Tribunal.

Ses yeux s'emplirent de larmes :

— Ma pauvre Tituba, c'était horrible! Si tu avais vu Abigail et Anne Putnam, Anne Putnam surtout, se rouler par terre en hurlant que la pauvre vieille les torturait et en la suppliant d'avoir pitié, ton cœur se serait empli de doute et d'horreur! Et elle, calme et sereine, récitait le psaume de David :

«L'Éternel est mon berger, je ne manquerai de rien
Il me fait reposer dans ses verts pâturages
Il me dirige près des eaux paisibles
Il restaure mon âme.»

En entendant les ravages du mal dans Salem, je me rongeais les sangs pour John Indien.

En effet, les accusées ne cessaient de mentionner un «homme noir» qui les forçait à écrire dans son Livre. Un esprit pervers ne serait-il pas tenté de l'identifier à John Indien? Et celui-ci ne serait-il pas à son tour persécuté? Ce souci cependant semblait vain. John Indien, les rares fois où il franchissait le seuil de la grange où je gémissais, me semblait bien portant, l'air bien nourri, les vêtements propres et repassés. Il portait même, à présent, une solide cape de laine qui lui enveloppait tout le corps et le réchauffait. Et les paroles d'Hester me revenaient en mémoire : «Blancs ou Noirs, la vie sert trop bien les hommes!»

Un jour, je le pressai de questions et il fit avec une sorte d'irritation :

— Mais ne t'en fais donc pas pour moi!

J'insistai et il laissa tomber :

— Je sais hurler avec les loups!

— Que veux-tu dire?

Il fit volte-face et me fixa. Oh! qu'il avait changé mon homme! Jamais très brave, jamais très fort ni honnête, mais aimant! Une expression de ruse déformait son visage, étirant ses yeux de façon inquiétante vers les tempes et les allumant d'un feu malin, sournois. Je bégayai à nouveau :

— Que veux-tu dire?

— Je veux dire, ma femme écorchée, que je ne suis pas semblable à toi! Crois-tu que seules Abigail, Anne Putnam et les autres garces savent brailler, se contorsionner, tomber raide et haleter : «Ah! tu me pinces, tu me fais mal! Laisse-moi»?

Je le regardai un instant sans comprendre. Ensuite la lumière m'éclaira. Je murmurai :

— John Indien! Tu feins, toi aussi, d'être tourmenté?

Il inclina affirmativement la tête et dit d'un ton faraud :

— J'ai eu ma plus belle heure de gloire, il y a quelques jours.

Et il se mit à tenir tour à tour son rôle, celui des juges et des filles assises en demi-cercle :

«— John Indien, qui te tourmente?
— Maîtresse Proctor d'abord et maîtresse Cloyse ensuite.
— Qu'est-ce qu'elles te font?
— Elles m'apportent le Livre.
— John Indien, dis la vérité : Qui te tourmente[1]?»

— Car il doutait de moi, ce juge, ce Thomas Danforth, comme il n'avait douté de personne avant moi! Sale raciste!

Je fus effondrée. J'avais honte. Enfin, pourquoi? N'avais-je pas été contrainte de mentir pour sauver ma tête? Et le mensonge de John Indien était-il plus laid que le mien?

Pourtant j'eus beau me répéter cela, à partir de ce moment-là, mes sentiments pour John Indien commencèrent à changer. Il me sembla qu'il avait pactisé avec mes bourreaux. Qui sait? Si je me trouvais sur cette plate-forme d'infamie, objet de mépris et de terreur, harcelée par des juges haineux, assourdie de feints cris de détresse, n'aurait-il pas été capable de crier : «Ah, ah! Tituba me tourmente! Ah oui! ma femme, ma femme est une sorcière!»?

John Indien se rendit-il compte de ce que j'éprouvais? Ou y eut-il une autre raison? Toujours est-il qu'il cessa ses visites. On me ramena à Ipswich sans que je l'aie revu.

Je passe sur le trajet jusqu'à Ipswich. Les habitants des villages environnants, Topsfield, Beverley, Lynn, Malden, se précipitaient sur le bord des routes pour me voir trébucher, attachée à la selle du cheval du robuste maréchal Herrick et me jetaient des pierres.

Les arbres dénudés semblaient des croix de bois et mon calvaire n'en finissait pas.

1. Déposition de John Indien — Archives du Comté d'Essex.

Au fur et à mesure que j'avançais, un sentiment violent, douloureux, insupportable déchirait ma poitrine.

Il me semblait que je disparaissais complètement.

Je sentais que dans ces procès des sorcières de Salem qui feraient couler tant d'encre, qui exciteraient la curiosité et la pitié des générations futures et apparaîtraient à tous comme le témoignage le plus authentique d'une époque crédule et barbare, mon nom ne figurerait que comme celui d'une comparse sans intérêt. On mentionnerait çà et là «une esclave originaire des Antilles et pratiquant vraisemblablement le "hodoo"». On ne se soucierait ni de mon âge ni de ma personnalité.

On m'ignorerait.

Dès la fin du siècle, des pétitions circuleraient, des jugements seraient rendus qui réhabiliteraient les victimes et restitueraient à leur descendance leurs biens et leur honneur. Moi, je ne serai jamais de celles-là. Condamnée à jamais, Tituba!

Aucune, aucune biographie attentionnée et inspirée recréant ma vie et ses tourments!

Et cette future injustice me révoltait! Plus cruelle que la mort!

On atteignit Ipswich à temps pour voir tournoyer au bout d'une corde, le corps d'une condamnée pour je ne sais quel crime et la foule assemblée disait que cela était beau et bien.

En entrant dans la prison, mon premier soin fut de demander à rejoindre Hester dans sa cellule. Ah! qu'elle avait vu clair dans John Indien! Ce n'était qu'un triste sire sans amour, sans honneur. Mes yeux se gonflaient des larmes qu'Hester, seule, saurait consoler.

Mais l'homme de police, amateur de rhum, sans lever le nez de son registre, me répondit que cela n'était pas possible. J'insistai avec l'énergie du désespoir :

— Pourquoi, pourquoi, maître?

Il consentit à interrompre ses griffonnages et me fixa :

— Cela n'est pas possible parce qu'elle n'est plus là.

Je demeurai interdite tandis que mille suppositions se bousculaient dans mon esprit. Avait-elle été graciée? Son mari était-il revenu de Genève et l'avait-il fait délivrer? Avait-elle été emmenée à l'hospice pour accoucher? Car j'ignorais de combien de mois son ventre était vieux et peut-être était-elle à terme? Je parvins à balbutier :

— Maître, ayez la bonté de me dire ce qu'il est advenu d'elle, car il n'y a pas d'âme plus bienfaisante sur cette terre!

L'homme de police eut une sorte d'exclamation :

— Bienfaisante? Eh bien! Toute bienfaisante qu'elle te semble, elle est à cette heure damnée, car elle s'est pendue dans sa cellule.

— Pendue?

— Oui, pendue!

Je fracturai en hurlant la porte du ventre de ma mère. Je defonçai de mon poing rageur et désespéré la poche de ses eaux. Je haletai et suffoquai dans ce noir liquide. Je voulus m'y noyer.

Pendue? Hester, Hester, pourquoi ne m'as-tu pas attendue?

Mère, notre supplice n'aura-t-il pas de fin? Puisqu'il en est ainsi, je ne viendrai jamais au jour. Je resterai tapie dans ton eau, sourde, muette, aveugle, laminaire sur ta paroi. Je m'y accrocherai si bien que tu ne pourras jamais m'expulser et que je retournerai en terre avec toi sans avoir connu la malédiction du jour. Mère, aide-moi!

Pendue? Hester, je serais partie avec toi!

Après moult délibérations, on me transporta à l'hospice de la ville de Salem, car il n'en existait pas à Ipswich. Les premiers temps, je ne distinguai pas la nuit du jour. Ceux-ci se confondaient dans la même circonférence de douleur. On m'avait laissé mes chaînes, car on craignait, non pas que j'attente à mes jours, ce qui aurait semblé à tous une heureuse solution finale, mais que, dans des accès de violence, j'agresse mes compagnons d'infortune. Un certain docteur Zerobabel vint me voir, car il étudiait les maladies mentales et espérait être nommé professeur à l'Université de Harvard. Il recommanda que l'on expérimente sur moi une de ses potions :

«Prendre le lait d'une femme qui nourrit un enfant mâle. Prendre aussi un chat et lui couper une oreille ou une partie de l'oreille. Laisser le sang s'écouler dans le lait. Faire boire ce mélange à la patiente. Répéter trois fois par jour.»

Fut-ce l'effet de cette médication? Je finis par passer d'un état d'extrême agitation à un état de torpeur que l'on prit pour le prélude à la guérison. J'ouvris mes yeux que je tenais obstinément fermés. J'acceptai de m'alimenter. Néanmoins je ne pouvais prononcer une parole.

Comme le coût de mon entretien à l'hospice était trop élevé et ne pouvait continuer d'être acquitté par la ville de Salem à laquelle je n'appartenais pas, on me renvoya en prison. J'y rencontrai une foule de visages que je ne reconnus pas comme si tout ce qui était antérieur à la mort d'Hester s'était effacé de mon souvenir.

Un matin, je ne sais trop pourquoi la parole me revint et le souvenir. Je m'enquis de ce qui se passait autour de moi. J'appris que Sarah Osborne était morte en prison, mais je n'éprouvai nul sentiment de pitié. À cette époque de ma vie, la tentation de mettre fin à mes jours ne me quitta pas. Il me semblait qu'Hester m'avait montré un exemple que je devais suivre. Hélas! je n'en avais point le courage.

Sans que je parvienne à comprendre pourquoi, on me transféra de la prison d'Ipswich à celle de la ville de Salem. Lors d'un déjà lointain passage avec Samuel Parris et sa famille, la ville m'avait laissé un assez plaisant souvenir. L'étroite péninsule, resserrée entre deux rivières nonchalantes, rivalisait avec Boston et les navires encombraient les quais. Cependant il y avait — et mon état d'humeur me permettait de m'en apercevoir — comme un nuage d'austérité et de grisaille qui flottait au-dessus des maisons. Nous passâmes devant une école précédée d'une cour où des garçonnets mélancoliques attendaient, enchaînés à des piquets, d'être fouettés par leurs maîtres. Au milieu de Court Street s'élevait une massive construction dont les pierres avaient été apportées à grands frais d'Angleterre et où se rendait la justice des hommes. Sous ses arcades, se tenait une foule d'hommes et de femmes, silencieux et sombres. La prison elle-même, était un noir bâtiment au toit de paille et de rondins dont la porte était bardée de plaques de fer.

5

Souvent je pense à l'enfant d'Hester et au mien. Enfants non nés.
Enfants à qui, pour leur bien, nous avons refusé la lumière et le goût salé
du soleil. Enfants que nous avons graciés, mais que, paradoxalement, je
plains. Filles ou garçons, qu'importe? Pour eux deux, je chante ma vieille
complainte :

«La pierre de lune est tombée dans l'eau
Dans l'eau de la rivière
Et mes doigts n'ont pu la repêcher
Pauvre de moi!
La pierre de lune est tombée
Assise sur la roche au bord de la rivière
Je pleurais et me lamentais
Oh! pierre douce et brillante
Tu luis au fond de l'eau.
Le chasseur vint à passer
Avec ses flèches et son carquois
Belle, Belle, pourquoi pleures-tu?
Je pleure, car ma pierre de lune
Gît au fond de l'eau.
Belle, Belle, si ce n'est que cela,
Je vais t'aider.
Mais le chasseur plongea et se noya.»

Hester, mon cœur se brise!
Comme si l'on voulait me moquer, un matin, on fit entrer dans ma cellule une enfant. Tout d'abord, mes yeux brouillés de souffrances ne la
reconnurent pas. Puis la mémoire me revint. Dorcas Good! C'était la petite
Dorcas, âgée de quatre ans environ que j'avais toujours vue fourrée dans
les jupes sales de sa mère jusqu'à ce qu'un officier de police les sépare.
La clique des petites garces l'avait denoncée et des hommes avaient
entravé de chaînes de fer les bras, les poignets, les chevilles de cette
innocente. J'étais trop absorbée par mon propre malheur pour prêter

126

attention à celui des autres. Néanmoins la vue de cette fillette, me mit les larmes aux yeux. Elle me regarda et fit :

— Sais-tu où est ma mère?

Je dus avouer que je l'ignorais. Avait-elle déjà été exécutée? La rumeur de la prison m'avait appris qu'elle avait mis au monde un autre enfant, un garçon, qui, fils du diable, était retourné vers l'enfer auquel il appartenait. Je ne savais rien d'autre.

Désormais, ce fut aussi pour Dorcas, l'enfant d'une femme qui m'avait si laidement accusée, que je chantai ma chanson familière : «Ma pierre de lune est tombée dans l'eau.»

6

La peste qui ravageait Salem s'étendit très vite à d'autres villages, d'autres villes et tour à tour Amesbury, Topsfield, Ipswich, Andover... entrèrent dans la danse. Pareils à des chiens de chasse, excités par l'odeur du sang, les hommes de police arpentaient les pistes et les chemins de campagne pour traquer ceux que la clique de nos petites garces, douées du don d'ubiquité, ne cessait de dénoncer. La rumeur de la prison m'apprit que les enfants étaient arrêtés en si grand nombre qu'on avait dû les parquer dans un bâtiment de rondins hâtivement édifié et couvert de paille. La nuit, le bruit de leurs clameurs tenait les habitants éveillés. On me tira de ma cellule pour faire place à des accusés qui tout de même méritaient un toit au-dessus de leurs têtes et c'est de la cour de la prison que je vis désormais s'ébranler les charrettes des condamnées. Certaines se tenaient très droites comme si elles voulaient défier leurs juges. Certaines au contraire gémissaient de terreur et suppliaient comme des enfants qu'on leur accorde un jour, une heure de plus. Je vis Rebecca Nurse prendre le chemin de Gallows Hille et je me rappelai cette fois où elle m'avait soufflé de sa voix chevrotante : «Ne peux-tu m'aider, Tituba?»

Comme je regrettais de ne lui avoir pas obéi puisqu'à présent ses ennemis triomphaient d'elle. La rumeur de la prison m'avait appris que ces mêmes Houlton avaient déchaîné contre elle le troupeau de cochons de leur rancœur. Elle s'accrochait aux barreaux de la charrette et son regard fixait le ciel comme si elle tentait de comprendre.

Je vis passer Sarah Good qui donc avait été tenue dans un autre bâtiment que sa fille, mais qui conservait sa mine canaille et gouailleuse. Elle me regarda, attachée comme une bête à un pilier et me jeta :

— Je préfère mon sort au tien, tu sais!

Ce fut après les exécutions du 22 septembre que je réintégrai la prison.

Le bat-flanc sur lequel je m'étendis me parut la plus moelleuse des paillasses et cette nuit-là, je rêvai de Man Yaya, un collier de fleurs de magnolia autour du cou. Elle me répéta sa promesse : «De tout cela, tu sortiras vivante» et je me retins de lui demander : «À quoi bon?»

Le temps s'étira au-dessus de nos têtes.

C'est étrange comme l'homme refuse de s'avouer battu!

Des légendes commencèrent à circuler dans la prison. On chuchotait que les enfants de Rebecca Nurse, venus au coucher du soleil tirer le corps de leur mère de la fosse d'ignominie où le bourreau l'avait jetée, avaient trouvé en son lieu et place une rose blanche et parfumée. On chuchotait que le juge Noyes qui avait condamné Sarah Good venait de mourir d'une mort mystérieuse en rendant des flots de sang. On parlait d'une étrange maladie qui frappait la famille des accusateurs et en couchait bon nombre dans le lit de la terre. On parlait. On racontait. On embellissait. Cela faisait un grand murmure de paroles, tenace et doux comme celui des vagues de la mer.

Peut-être étaient-ce ces paroles qui tenaient debout les femmes, les hommes et les enfants. Qui les aidaient à faire tourner les roues de pierre de la vie. Un premier événement vint néanmoins troubler les esprits. Si l'on s'était à moité habitué à voir s'ébranler la charrette des condamnées, la nouvelle que Gilles Corey avait été pressé à mort contenait une horreur toute particulière. Je n'avais jamais eu beaucoup de sympathie pour Gilles Corey et sa femme, maîtresse Martha, pour cette dernière surtout qui avait la mauvaise habitude de se signer partout où elle me rencontrait. Je n'avais pas été émue quand j'avais appris que Gilles avait témoigné contre elle. Mon John Indien ne m'avait-il pas aussi trahi, en rejoignant le camp de mes accusatrices?

Mais d'entendre que ce vieil homme, d'accusateur devenu accusé, avait été renversé sur le dos dans un champ cependant que les juges faisaient entasser sur sa poitrine des roches de plus en plus lourdes, faisait douter de la nature de ceux qui nous condamnaient. Où était Satan? Ne se cachait-il pas dans les plis des manteaux des juges? Ne parlait-il pas par la voix des juristes et des hommes d'Église?

On disait que Gilles n'avait ouvert la bouche que pour réclamer des pierres de plus en plus lourdes de nature à accélérer sa fin, en abrégeant ses souffrances. Bientôt on se mit à chanter :

«Corey, ô Corey,
Pour toi les pierres n'ont pas de poids
Pour toi les pierres sont
Plumes au vent.»

Le second événement qui surpassa en horreur le premier fut l'arrestation de George Burrough. Je l'ai déjà dit, George Burrough avait été pasteur à Salem avant Samuel Parris et tout comme Samuel Parris avait eu toutes les peines du monde à faire respecter les termes de son contrat. C'était une de ses femmes qui s'était couchée dans une des chambres de notre maison tandis que son âme faisait le grand voyage. D'apprendre que cet homme de Dieu pouvait se trouver accusé d'être le favori de Satan plongea la prison dans la consternation.

Dieu, ce Dieu pour l'amour duquel ils avaient quitté l'Angleterre et ses prairies et ses bois, leur tournait le dos.

Cependant, on apprenait au début d'octobre que le gouverneur de la Colonie, le gouverneur Phips avait écrit à Londres pour demander conseil sur la conduite à suivre en matière de procès de sorcellerie. On apprenait peu après que la Cour d'Oyer et Terminer ne se réunirait plus et qu'un autre Tribunal allait être constitué dont les membres seraient moins suspects de collusion avec les parents des accusatrices.

Je dois dire que tout cela ne me concernait guère. Je le savais, moi j'étais condamnée à vie!

7

Je souhaite aux générations futures de vivre en des temps où l'État sera providence et se souciera du bien-être de ses citoyens.

En 1692, au moment où se passe cette histoire, il n'en était rien. En prison comme à l'hospice, on n'en était pas pour autant l'hôte de l'État et il fallait que chacun, innocent ou coupable, s'acquitte des frais causés par son entretien ainsi que du prix de ses chaînes.

Les accusés étaient en général gens nantis, maîtres de terres et de fermes qui pouvaient être hypothéquées. Aussi ils n'avaient pas de mal à satisfaire aux exigences de la Colonie. Samuel Parris ayant très tôt fait savoir qu'il n'entendait rien débourser pour moi, le chef de police eut donc l'idée de rentrer comme il le pouvait dans ses dépenses. C'est ainsi qu'il décida de m'employer aux cuisines.

La nourriture la plus avariée est toujours trop bonne pour le prisonnier. Des carrioles amenaient dans la cour de la geôle des légumes dont l'odeur douceâtre ne laissait aucun doute sur la condition. Choux noirâtres, carottes verdâtres, patates douces bourgeonnant de mille verrues, épis de maïs charançonnés achetés à moitié prix aux Indiens. Une fois la semaine, le jour du Sabbat, on offrait aux détenus la faveur d'un os de bœuf bouilli dans des litres d'eau et de quelques pommes séchées. Je préparais ces tristes aliments, retrouvant malgré moi le souvenir d'anciennes recettes. Cuisiner présente cet avantage que l'esprit demeure libre tandis que les mains s'affairent, pleines d'une créativité qui n'appartient qu'à elles et n'engage qu'elles. Je hachais toutes ces pourritures. Je les assaisonnais d'un brin de menthe poussé par hasard entre deux pierres. J'y ajoutais ce que j'avais pu tirer d'une botte d'oignons nauséabonds. J'excellais à confectionner des gâteaux qui bien qu'assez durs n'en étaient pas moins savoureux.

Comment les réputations sont-elles taillées? Bientôt, ô stupeur! on me coupa celle d'une excellente cuisinière. Désormais, aux noces et banquets, on en vint à louer mes services.

Je devins une silhouette familière déambulant par les rues de Salem, entrant par la porte arrière des maisons ou des hôtels. Quand j'allais, précédée par le cliquetis de mes chaînes, les femmes, les enfants sortaient sur le pas des portes pour me regarder. Mais je n'entendis que rarement moqueries ou injures. J'étais surtout un objet de pitié.

Je pris l'habitude de pousser jusqu'à la mer, presque invisible entre les coques des brigantins, des schooners et de toutes sortes de navires.

La mer, c'est elle qui m'a guérie.

Sa grande main humide en travers de mon front. Sa vapeur dans mes narines. Sa potion amère sur mes lèvres. Peu à peu, je recollais les morceaux de mon être. Peu à peu, je me reprenais à espérer. En quoi? Je ne le savais pas exactement. Mais une anticipation se levait en moi, douce et faible comme une aurore. J'appris par la rumeur de la prison que John Indien était au premier rang des accusateurs, qu'il accompagnait le fléau de Dieu des fillettes, criant de leurs cris, se contorsionnant de leurs contorsions et dénonçant plus haut et plus fort qu'elles. J'appris que sur le pont d'Ipswich, c'était lui, qui avant Anne Putnam ou Abigail, avait fait découvrir la sorcière sous les haillons d'une pauvresse. On disait même qu'il avait fait reconnaître Satan dans la forme bénigne d'un nuage au-dessus des condamnés.

Est-ce que je souffris d'entendre dire tout cela?

En mai 1693, le gouverneur Phips, après accord de Londres, déclara un pardon général et les portes des prisons s'ouvrirent devant les accusées de Salem. Les pères retrouvèrent leurs enfants, les maris leurs femmes, les mères leurs filles. Moi, je ne retrouvai rien. Ce pardon ne changeait rien à l'affaire. Nul ne se souciait de mon sort.

Noyes, le chef de police vint me trouver :

— Tu sais combien tu dois à la Colonie?

Je haussai les épaules :

— Comment le saurais-je?

— C'est tout calculé!

Et il fit tourner les pages d'un livre :

— Tu vois, c'est là! Dix-sept mois de prison à deux shillings six pences la semaine. Qui va me payer cela?

J'eus un geste d'ignorance et questionnai à mon tour :

— Que va-t-on faire?

Il bougonna :

— Chercher quelqu'un qui paiera les sommes dues et du coup t'aura à son service!

J'éclatai d'un rire sans joie :

— Qui sera prêt à acheter une sorcière?

Il eut un petit sourire cynique :

— Un homme pressé d'argent. Tu sais à quel prix le nègre se vend à présent? Vingt-cinq livres!

Notre conversation s'arrêta là, mais désormais, je sus le sort qui m'attendait. Un nouveau maître. Une nouvelle servitude.

Je commençai à douter sérieusement de la conviction fondamentale de Man Yaya selon laquelle la vie est un don. La vie ne serait un don que si chacun d'entre nous pouvait choisir le ventre qui le porterait. Or, être précipité dans les chairs d'une miséreuse, d'une égoïste, d'une garce qui se vengera sur nous des déboires de sa propre vie, faire partie de la cohorte des exploités, des humiliés, de ceux à qui on impose un nom, une langue, des croyances, ah, quel calvaire!

Si je dois renaître un jour, que ce soit dans l'armée d'acier des conquérants! À dater de cette conversation avec Noyes, chaque jour, des inconnus vinrent m'examiner. Ils inspectaient mes gencives et mes dents. Ils tâtaient mon ventre et mes seins. Ils soulevaient mes haillons pour examiner mes jambes. Puis, ils faisaient la moue :

— Elle est bien maigre!

— Tu dis qu'elle a vingt-cinq ans! Elle en paraît cinquante.

— Je n'aime pas sa couleur!

Un après-midi, je trouvai grâce aux yeux d'un homme. Mon Dieu, quel homme! Petit, le dos déformé par une bosse qui pointait à hauteur de son épaule gauche, le teint couleur d'aubergine et le visage dévoré par de grands favoris roux qui se mêlaient à une barbe en pointe. Noyes me souffla avec mépris :

— C'est un Juif, un commerçant que l'on dit très riche. Il pourrait se payer toute une cargaison de bois d'ébène et le voilà qui marchande pour du gibier de potence!

Je ne relevai pas ce que ces propos contenaient d'injurieux pour moi. Un commerçant? Qui était en relation avec les Antilles vraisemblablement? Avec la Barbade?

Du coup, je regardai le Juif avec des yeux émerveillés, comme si sa laideur crasse avait fait place à la plus séduisante des prestances. Ne symbolisait-il pas la possibilité dont je rêvais?

Transfigurée, une telle espérance et un tel désir se lurent dans mes yeux que, se méprenant sans doute sur leurs significations, il tourna les talons et s'éloigna en claudiquant. Il avait, je m'en apercevais à l'instant, la jambe droite plus courte que la gauche.

Nuit, nuit, nuit plus belle que le jour! Nuit pourvoyeuse de rêves! Nuit, grand lieu de rencontre où le présent prend le passé par la main, où vivants et morts se mêlent!

Dans la cellule où ne restaient plus que la pauvre Sarah Daston, trop vieille, trop pauvre et qui sûrement, allait finir sa vie entre ses murs, Mary Watkins qui attendait un éventuel maître et moi, dont personne ne voulait, je parvins à me recueillir pour prier Man Yaya et Abena ma mère. Que leurs pouvoirs conjugués me fassent tomber entre les mains de ce commerçant dont le regard me disait qu'il connaissait aussi le pays de souffrances et que d'une manière que je ne pouvais définir, nous étions, nous pouvions être du même bord.

La Barbade!

Durant les périodes furieuses, puis hébétées de ma maladie, je n'y avais guère pensé, à ma terre natale. Mais une fois précairement recollés les morceaux de mon être, son souvenir me réinvestissait.

Pourtant, les nouvelles que j'en avais n'étaient pas bonnes. La souffrance et l'humiliation y avaient planté leur empire à demeure. Le vil troupeau des nègres ne cessait de faire tourner la roue du malheur. Broie, moulin, avec la canne, l'avant de mon bras et que mon sang colore le jus sucré!

Et ce n'était pas tout!

Chaque jour, d'autres îles autour d'elle étaient ouvertes à l'appétit des Blancs et j'apprenais que dans les colonies du Sud de l'Amérique, nos mains à présent tissaient de longs linceuls de coton.

Cette nuit-là, j'eus un rêve.

Mon bateau entrait au port, la voile gonflée de toute mon impatience. J'étais sur le quai et je regardais la coque enduite de goudron fendre l'eau. Au pied d'un des mats, je distinguai une forme que je ne pouvais nommer. Pourtant je savais qu'elle m'apportait joie et bonheur. Dans combien de temps connaîtrais-je cette trêve? Cela, je ne pouvais le deviner. Je savais que le destin est un vieillard. Il marche à tout petits pas. Il s'arrête pour souffler. Il repart. Il s'arrête encore. Il atteint son but à son heure. Néanmoins, la certitude m'emplit que les heures les plus sombres étaient derrière moi et que je pourrai bientôt respirer.

Cette nuit-là, Hester vint s'étendre à côté de moi, comme elle le faisait parfois. J'appuyai ma tête sur le nénuphar tranquille de sa joue et me serrai contre elle.

Doucement le plaisir m'envahit, ce qui m'étonna. Peut-on éprouver du plaisir à se serrer contre un corps semblable au sien? Le plaisir avait toujours eu pour moi la forme d'un autre corps dont les creux épousaient mes bosses et dont les bosses se nichaient dans les tendres plaines de ma chair. Hester m'indiquait-elle le chemin d'une autre jouissance?

Trois jours plus tard, Noyes vint ouvrir la porte de ma cellule. Derrière lui, dans son ombre, se coulait le Juif, plus roux et bancal que jamais. Noyes me poussa jusqu'à la cour de la prison et là, le forgeron, homme massif en tablier de cuir m'écarta sans façon les jambes autour d'un billot de bois. Puis d'un coup de maillet d'une effroyable habileté, il fit voler mes chaînes en éclats. Il recommença la même opération avec mes poignets cependant que je hurlais.

Je hurlais comme le sang qui pendant tant de semaines s'était tenu à l'écart des mes chairs, les inondait à nouveau, plantant mille dards, mille pointes de feu sous ma peau.

Je hurlais et ce hurlement, tel celui d'un nouveau-né terrifié, salua mon retour dans le monde. Je dus réapprendre à marcher. Privée de mes chaînes, je ne parvenais pas à trouver mon équilibre et chancelais comme une femme prise d'alcool mauvais. Je dus réapprendre à parler, à communiquer avec mes semblables, à ne plus me contenter de rares monosyllabes. Je dus réapprendre à regarder mes interlocuteurs dans les yeux. Je dus réapprendre à discipliner mes cheveux, nid de serpents sifflant autour de ma tête. Je dus frotter d'onguents ma peau sèche et crevassée, pareille à un cuir mal tanné.

Peu d'individus ont cette déveine : naître par deux fois.

8

Benjamin Cohen d'Azevedo, le Juif qui venait de m'acheter avait perdu sa femme et ses plus jeunes enfants dans une épidémie de coqueluche. Il lui restait néanmoins cinq filles et quatre garçons pour lesquels il avait le besoin le plus urgent d'une main féminine. Comme il n'envisageait pas de se remarier, comme le faisaient en pareil cas tous les hommes de la colonie, il avait préféré avoir recours aux soins d'une esclave.

Je me trouvai donc en face de près d'une dizaine d'enfants de toutes tailles, tantôt les cheveux noirs comme la queue d'une pie, tantôt roux comme ceux de leur père, qui tous présentaient cette particularité de ne pas savoir un mot d'anglais. En effet, la famille de Benjamin était originaire du Portugal qu'elle avait fui du temps des persécutions religieuses pour se réfugier en Hollande. Là, une branche avait tâté du Brésil, de Recife très exactement, et cette fois encore avait dû fuir quand la ville avait été reprise par les Portugais. Ensuite elle s'était divisée en deux, un clan allant s'établir à Curaçao tandis qu'un autre tentait sa fortune dans les colonies d'Amérique. Et cette ignorance de l'anglais, cet incessant babil en hébreu ou en portugais donnait la mesure dont cette famille était indifférente à tout ce qui n'était pas son propre malheur, à tout ce qui n'était pas les tribulations des Juifs à travers la terre. Je me demande si Benjamin Cohen d'Azevedo était au courant des procès des sorcières de Salem et si ce n'était pas en toute innocence qu'il était entré à la prison. En tout cas, s'il était au courant de cette triste affaire, il la mettait au compte de cette foncière cruauté qui lui semblait caractériser ceux qu'ils appelaient les Gentils et m'absolvait entièrement. C'est dire que je n'aurais pas pu mieux tomber, en un sens.

Les seuls visiteurs qui s'infiltraient furtivement chez Benjamin Cohen d'Azevedo étaient une demi-douzaine d'autres Juifs qui venaient avec lui célébrer le rituel du samedi. J'appris qu'ils avaient demandé la permission d'avoir une synagogue et qu'elle leur avait été refusée. Alors ils se serraient l'un contre l'autre dans une pièce de la vaste demeure devant des candélabres à sept branches plantés de cierges et prononçaient d'une voix monocorde des paroles mystérieuses. La veille de ces jours-là, il ne fallait point allumer les lumières et la troupe d'enfants mangeait, se lavait, se couchait dans la plus profonde obscurité.

Benjamin Cohen d'Azevedo était en relation épistolaire et commerciale constante avec d'autres Cohen, des Levy ou des Frazier qui, eux, vivaient à New York (qu'il s'obstinait à appeler New Amsterdam!) ou à Rhode Island. Il gagnait amplement sa vie dans le commerce du tabac et possédait deux bateaux qui allaient sur la mer, en association avec son coreligionnaire et ami, Judah Monis. Cet homme, dont la fortune devait être considérable, n'avait aucune vanité, taillant lui-même ses vêtements dans des pièces de tissu venues de New York, se nourrissant de pain sans sel et de gruau. Le lendemain de mon entrée à son service, il me tendit une fiole plate et dit de sa voix éraillée :

— C'est ma défunte Abigail qui préparait cela. Ce puissant médicament te remettra sur pied.

Puis il s'éloigna les yeux baissés, comme s'il était honteux de la bonté de son cœur. Ce même jour, il m'apporta des habits coupés dans un drap sombre et d'une forme peu usuelle :

— Tiens, ils appartenaient à ma défunte Abigail, je sais que là où elle est, elle se réjouira que tu les portes.

Ce fut la défunte qui nous poussa l'un vers l'autre.

Elle commença par tisser entre nous un réseau de menues bontés, menus services, menues reconnaissances. Benjamin coupait entre Metahebel, sa fille aînée, et moi, une orange venue des îles, m'invitait à boire avec ses amis un verre de chaud vin de Porto et jetait sur mon épaule une couverture supplémentaire quand la nuit dans mon galetas s'avérait trop froide. Moi, je lui repassais soigneusement ses rudes chemises, brossais et teignais sa cape verdie d'usure, relevais de miel le goût de son lait. Le jour du premier anniversaire de la mort de sa compagne, je le vis si désespéré que je n'y tins plus et m'approchai doucement :

— Sais-tu que la mort n'est qu'un passage dont la porte reste béante?

Il me regarda, incrédule. Je m'enhardis et soufflai :

— Veux-tu communiquer avec elle?

Ses yeux chavirèrent. J'ordonnai :

— Ce soir, quand les enfants seront endormis, rejoins-moi dans le jardin aux pommiers. Procure-toi un mouton ou, à défaut, de la volaille auprès de ton ami, le shohet.

J'avoue qu'en même temps, malgré mon assurance apparente, je n'en menais pas large. Il y avait si longtemps que je n'avais pratiqué mon art! Dans la promiscuité de la prison, parmi mes compagnes d'infortune, privée de tout élément de nature à m'aider, je n'avais jamais pu communiquer avec mes invisibles autrement qu'en rêve. Hester me visitait régulièrement. Man Yaya, Abena ma mère et Yao, plus rarement. Mais là, Abigail n'avait pas à enjamber l'eau. Elle n'était pas loin, j'en étais sûre, incapable de s'éloigner de son mari et surtout de ses enfants bien-aimés. Quelques prières et un sacrifice rituellement observé la feraient apparaître. Et le pauvre cœur de Benjamin s'épanouirait.

Vers dix heures, Benjamin me rejoignit sous un arbre en fleur. Il traînait un mouton à la robe immaculée, aux beaux yeux pleins de résignation. Moi, j'avais déjà commencé mes récitations et j'attendais que la lune encore somnolente vienne jouer son rôle dans le cérémonial. Au moment décisif, j'eus peur, mais des lèvres se posèrent sur mon cou et je sus qu'il s'agissait d'Hester, venue ranimer mon courage.

Le sang inonda la terre et son odeur âpre nous prit à la gorge.

Au bout d'un temps qui me parut interminable, une forme se déplaça et une petite femme, le teint très blanc, les cheveux très noirs, vint vers nous. Benjamin tomba à genoux.

Par discrétion, je m'écartai. Le dialogue entre les deux époux dura longtemps.

Désormais, chaque semaine, je permis à Benjamin Cohen d'Azevedo de revoir celle qu'il avait perdue et qu'il regrettait si cruellement. Cela se passait généralement le dimanche soir quand les derniers amis venus échanger des nouvelles des Juifs disséminés à travers le monde, s'étaient retirés après une lecture d'un verset de leur Livre sacré. Benjamin et Abigail parlaient, je crois, du progrès de leurs affaires, de l'éducation des enfants, des soucis qu'ils causaient, surtout le dernier, Moses, qui se mêlait de fréquenter les Gentils et de vouloir parler leur langue. Je dis bien je crois, car cet échange avait lieu en hébreu et j'écoutais avec une sorte d'angoisse les sombres sons de cet idiome.

Au bout d'un mois, Benjamin me demanda l'autorisation d'emmener sa fille Metahebel avec nous lors de ces rencontres.

— Tu ne peux imaginer ce que la mort de sa mère a signifié pour elle. Elles n'avaient que dix-sept ans de différence et Metahebel était attachée à Abigail comme à une sœur. Les derniers temps, mon amour les confondait. Elles avaient le même rire, les mêmes tresses brunes enroulées autour de la tête et de leurs peaux très pâles se dégageait le même parfum. Tituba, parfois je me prends à douter de Dieu quand je le vois séparer un enfant de sa mère! Douter de Dieu! Tu vois que je ne suis pas un bon Juif!

Comment aurais-je pu avoir le cœur de refuser?

D'autant plus que Metahebel était ma favorite dans la troupe des enfants. Si douce qu'on tremblait à l'idée de ce que la vie, mégère capricieuse et irréfléchie, pouvait faire d'elle. Si soucieuse des autres. Elle s'exprimait un peu en anglais et me disait :

— Pourquoi tous ces nuages au fond de tes yeux, Tituba? À quoi penses-tu? Aux tiens qui sont en servitude? Est-ce que tu ne sais pas que Dieu bénit les souffrances et que c'est ainsi qu'il reconnaît les siens?

Mais moi, cette profession de foi ne me satisfaisait pas et je secouais la tête :

— Metahebel, n'est-il pas temps que les victimes changent de camp?

Désormais, nous fumes trois à grelotter dans le jardin en attendant les apparitions d'Abigail. Les époux s'entretenaient en premier. Puis la fille s'approchait de la mère. Elles restaient seules.

Pourquoi toute relation quelque peu teintée d'affectivité entre un homme et une femme doit-elle finir par se concrétiser sur un lit? Je n'en reviens pas.

Comment Benjamin Cohen d'Azevedo et moi, lui tout occupé du souvenir d'une morte, moi, d'un ingrat, nous trouvâmes-nous engagés dans la voie des caresses, des étreintes, du plaisir reçu et donné?

Je crois que la première fois que cela nous arriva, il fut encore plus surpris que moi-même, car il croyait son sexe un ustensile hors d'usage et s'étonnait de le trouver enflammé, rigide et pénétrant, gonflé d'un suc abondant. Il fut surpris et très honteux, lui qui enseignait à ses fils l'horreur du péché de fornication. Il s'écarta donc en bégayant des mots d'excuses qui furent balayés par une nouvelle houle de désir.

Je vécus désormais cette étrange situation d'être à la fois maîtresse et servante. Le jour ne me laissait point de repos. Il fallait carder la laine, filer, réveiller les enfants, les aider à se laver, à se vêtir, faire du savon, faire la lessive, repasser, teindre, tisser, rapiécer des habits, des draps, des couvertures et même ressemeler les chaussures, sans oublier le suif qu'il fallait couler pour les bougies, les bêtes qu'il fallait nourrir et la maison qu'il fallait entretenir. Pour des raisons d'ordre religieux, je ne préparais pas les repas, Metahebel s'en chargeait et il me déplaisait que sa jeunesse s'use à ces travaux ménagers.

Le soir, Benjamin Cohen d'Azevedo me rejoignait dans le galetas où je dormais dans un lit à montants de cuivre. Je dois avouer qu'au moment où il se déshabillait et où je voyais son corps cireux et bancal, je ne pouvais m'empêcher de songer au corps musclé et sombre de John Indien. Une boule de douleur me remontait le long de la gorge et je luttais pour étouffer mes sanglots. Néanmoins cela ne durait pas et avec mon amant contrefait, je dérivais tout aussi bien sur la mer des délices. Les moments les plus doux étaient cependant ceux où nous parlions. De nous. Seulement de nous.

— Tituba, sais-tu ce que c'est qu'être un Juif? Dès 629, les Mérovingiens de France ont ordonné notre expulsion de leur royaume. Après le IV^c concile du pape Innocent III, les Juifs ont dû porter une marque circulaire sur leurs habits et se couvrir le chef. Richard Cœur de Lion avant de partir en croisade ordonna un assaut général contre les Juifs. Sais-tu combien d'entre nous ont perdu la vie sous l'Inquisition?

Je ne demeurais pas en reste et l'interrompais :

— Et nous, sais-tu combien d'entre nous saignent depuis les côtes d'Afrique?

Mais il reprenait :

— En 1298, les Juifs de Rottingen furent tous occis et la vague de meurtres s'étendit à la Bavière et à l'Autriche... En 1336, c'est du Rhin à la Bohême et à la Moravie que nous éparpillions notre sang!

Il me battait à tous les coups.

Une nuit où nous avions dérivé plus violemment qu'à l'ordinaire, Benjamin murmura passionnément :

— Il y a toujours une ombre au fond de tes yeux, Tituba. Qu'est-ce que je peux te donner pour que tu sois heureuse ou presque?

— La liberté!

Les mots étaient partis sans que je puisse les retenir. Il me fixa de ses yeux bouleversés :

— La liberté! Mais qu'en ferais-tu?

— Je prendrais place sur un de vos navires et partirais aussitôt pour ma Barbade.

Son visage se durcit et je le reconnus à peine :

— Jamais, jamais, tu m'entends, car si tu pars, je la perdrai une deuxième fois. Ne me parle jamais plus de cela.

Nous n'en parlâmes plus jamais. Les propos sur l'oreiller ont la consistance de ceux des rêves et présentent cette particularité qu'ils peuvent être aisément oubliés.

Nous reprîmes nos habitudes là où nous les avions laissées. Peu à peu, je m'engourdis dans cette famille juive. J'appris à baragouiner le portugais. Je me passionnai pour des histoires de naturalisation et m'irritai quand la mesquinerie d'un gouverneur la rendait difficile, voire impossible. Je me passionnai pour des histoires d'édification de synagogue et appris à considérer Roger Williams comme un esprit libéral et avancé, un véritable ami des Juifs. Oui, j'en vins comme les Cohen d'Azevedo à diviser le monde en deux camps : les amis des Juifs et les autres, et à supputer les chances pour les Juifs de se faire une place dans le Nouveau Monde.

Un après-midi cependant, je fus ramenée à moi-même. Je venais de porter un panier de pommes séchées à la femme de Jacob Marcus qui avait mis au monde sa quatrième fille et traversais à pas vifs, pour lutter contre le froid, la venteuse Front Street quand je m'entendis appeler par mon nom :

— Tituba!

Je me trouvai en face d'une jeune négresse dont le visage tout d'abord ne me signifia rien. Déjà, à cette époque, il y avait dans la ville de Salem comme dans celle de Boston et toute la Bay Colony, un grand nombre de

Noirs, occupés à mille besognes serviles et qui n'attiraient plus l'attention de personne.

Comme j'hésitais, la jeune fille s'exclama :

— C'est moi, Mary Black! Est-ce que tu m'as oubliée?

La mémoire me revint.

Mary Black avait été l'esclave de Nathaniel Putnam. Accusée comme moi par le clan des petites garces d'être une sorcière, elle avait été conduite à la prison de Boston et je ne savais plus ce qu'elle était devenue.

— Mary!

D'un seul coup, le passé m'écrasait de son poids de douleurs et d'humiliations. Nous sanglotâmes quelques instants dans les bras l'une de l'autre. Puis elle déversa dans mes oreilles des sacs de nouvelles :

— Ah oui! la sinistre machination se découvre à présent! Les fillettes étaient manipulées par leurs parents. Histoire de terres, de gros sous, vieilles rivalités. À présent, le vent a tourné et l'on veut chasser Samuel Parris du village, mais il tient bon. Il réclame des arriérés de salaire, du bois de chauffage qui ne lui a jamais été livré. Sais-tu que sa femme a eu un fils?

Je ne voulais plus entendre un mot de tout cela et je l'interrompis :

— Toi, toi! Que deviens-tu?

Elle haussa les épaules :

— Je suis toujours chez Nathaniel Putnam. Il m'a reprise après le pardon du gouverneur Phips. Il est fâché avec son cousin Thomas. Est-ce que tu sais que le Dr Griggs dit maintenant que Mary Putnam et sa fille Anne n'avaient pas toute leur tête?

Trop tard! Trop tard! La vérité arrive toujours trop tard, car elle marche plus lentement que le mensonge. Elle va d'un train de sénateur, la vérité! Une question me brûlait les lèvres que je me retenais de poser. À la fin, je n'y pus plus tenir :

— Et John Indien, qu'est-il devenu?

Elle hésita et je répétai ma question avec plus de force. Elle fit brièvement :

— Il n'habite plus le village.

Je fus sidérée :

— Et où est-il donc?

— À Topsfield!

À Topsfield? Je saisis la pauvre Mary par le bras sans me rendre compte que mes doigts s'enfonçaient dans sa chair innocente :

— Mary, pour l'amour de Dieu, dis-moi ce qu'il en est! Que fait-il à Topsfield?

Elle se résigna à me regarder en face :

— Est-ce que tu te souviens de maîtresse Sarah Porter?

Pas plus que d'une autre! Une maigriotte qui ne levait pas les yeux de son livre de prières à la maison de réunion!

— Eh bien, il s'est mis à travailler pour elle et quand son mari est mort en tombant d'un toit, il est entré dans son lit. Cela a fait un tel tollé dans le village qu'ils ont dû s'en aller.

Je devais avoir l'air si défait qu'elle ajouta d'un ton de consolation :

— Il paraît qu'ils ne s'entendent pas du tout.

Je n'entendis pas le reste de cette conversation. Il me semblait que j'allais devenir folle tandis que les paroles d'Hester revenaient vriller ma mémoire :

— Blancs ou Noirs, elle sert trop bien les hommes, la vie!

Gibier de potence, j'usais mes forces en servitude cependant que mon homme botté de cuir, arpentait d'un air conquérant sa nouvelle terre et prenait la mesure de son bien. Car elle était riche, la Porter, je m'en souvenais à présent. Son nom et celui de son défunt figuraient parmi ceux qui payaient les impôts les plus élevés.

Je pressai le pas, car le vent se faisait plus vif, s'insinuant à travers les vêtements que Benjamin Cohen m'avait donnés et qui gardaient l'odeur douce et pénétrante de la morte.

Je pressai le pas, je m'en aperçus aussi, car je n'avais plus qu'un refuge : la grande maison d'Essex Street.

Quand je l'atteignis, c'était l'heure de Minnah. Les enfants, réunis autour de leur père, prononçaient les paroles qui avaient fini par me devenir familières : «Sh'ma Yisrael : Adonai Elohenu Ehad.»

Je courus dans mon galetas et laissai la douleur me posséder entièrement.

9

Cependant, il en alla de ma douleur comme du reste : elle s'apaisa et, oui, je connus quatre mois de paix, je n'ose dire de bonheur, chez Benjamin Cohen d'Azevedo.

La nuit, il me murmurait :

— Notre Dieu ne connaît ni race ni couleur. Tu peux, si tu le veux devenir une des nôtres et prier avec nous.

Je l'interrompais d'un rire :

— Ton Dieu accepte même les sorcières?

Il me baisait les mains :

— Tituba, tu es ma sorcière bien-aimée!

Par moments pourtant, l'angoisse renaissait. Je savais que le malheur n'abandonne jamais. Je savais qu'il privilégie ceux d'une sorte et j'attendais.

J'attendais.

10

Cela commença quand la mézuzah, placée au-dessus de la porte d'entrée de la maison de Benjamin Cohen d'Azevedo comme de celle des deux autres familles juives, fut arrachée et remplacée par un dessin obscène à la peinture noire.

Les Juifs avaient tellement l'habitude des persécutions que Benjamin, flairant le vent, compta ses enfants et les fit entrer à l'intérieur, comme un troupeau docile. Je mis des heures à retrouver Moses qui s'ébattait avec des garnements non loin des docks, sa kippa précairement retenue à une boucle de ses épais cheveux roux. Le lendemain était jour du Sabbat. Comme à l'accoutumée, les cinq Levy et les trois Marcus — Rebecca, la femme de Jacob étant toujours retenue par ses couches — se faufilèrent chez Benjamin pour célébrer le rituel. À peine leurs voix peut-être plus tremblantes qu'à l'accoutumée s'étaient-elles élevées qu'une rafale de pierres vint ricocher contre portes et fenêtres.

Moi, qui n'avais rien à perdre, je sortis au-dehors et vis une petite foule d'hommes et aussi de femmes dans le sinistre accoutrement des Puritains, massée à quelques mètres de la maison. La rage me prit et j'avançai vers les agresseurs. Un homme tonna :

— Vraiment à quoi songent ceux qui nous gouvernent? Et est-ce pour cela que nous avons quitté l'Angleterre? Pour voir proliférer à côté de nous des Juifs et des Nègres?

Une volée de pierres s'abattit sur moi. Je continuai d'avancer, pleine d'une fureur qui incendiait mon corps et rendait mes jambes agiles.

Brusquement quelqu'un hurla :

— Est-ce que vous ne la reconnaissez pas? C'est Tituba, une des sorcières de Salem!

La volée de pierres devint grêle. Le jour s'obscurcit. Je me sentis pareille à Ti-Jean, quand armé de sa seule volonté, il décoiffe les mornes, fait reculer les vagues de la mer et force le soleil de reprendre sa course. Je ne sais pas combien de temps cette bataille dura.

Je me retrouvai à la fin du jour, le corps rompu tandis que Metahebel en pleurs changeait les compresses de mon front.

La nuit venue, j'eus un rêve. Je voulais entrer dans une forêt, mais les arbres se liguaient contre moi et des lianes noires, tombées de leur faîte m'enserraient. J'ouvris les yeux : la pièce était noire de fumée.

Affolée, je réveillai Benjamin Cohen d'Azevedo qui avait tenu à dormir près de moi pour panser mes plaies. Il se mit sur pied et balbutia :

— Mes enfants!

Il était trop tard. Le feu habilement allumé aux quatre coins de la demeure, avait déjà englouti le rez-de-chaussée et le premier étage. Il s'attaquait au galetas. J'eus la présence d'esprit de jeter par la fenêtre des paillasses sur lesquelles nous atterrîmes au milieu des poutres calcinées, des tentures fumantes et des bouts de métal tordus. On retira neuf petits cadavres des décombres. Surpris dans leur sommeil, espérons que les enfants n'avaient pas eu peur et n'avaient pas souffert. Et puis, n'allaient-ils pas rejoindre leur mère?

Les autorités de la ville accordèrent à Benjamin Cohen d'Azevedo un bout de terre pour enterrer les siens et ce fut le premier cimetière juif des colonies d'Amérique, avant celui de Newport.

Comme si ce n'était pas assez, les deux navires appartenant à Benjamin et à son ami flambèrent dans le port. Pourtant je crois que cette perte matérielle le laissa parfaitement indifférent. Quand il fut en état d'émettre un son, Benjamin Cohen d'Azevedo vint me trouver :

— Il y a à tout cela une explication rationnelle : on veut nous éloigner du profitable commerce avec les Antilles. On craint et on hait comme toujours notre ingéniosité. Mais moi, je ne crois pas à cela. C'est Dieu qui me punit. Non pas tant d'avoir brûlé pour toi. Les Juifs ont toujours eu un fort instinct sexuel. Notre père Moïse dans son grand âge avait des érections. Le Deutéronome le dit : «Sa puissance sexuelle n'était pas diminuée.» Abraham, Jacob, David eurent des concubines. Il ne m'en veut pas non plus d'avoir usé de ton art pour revoir Abigail. Il se souvient de l'amour d'Abraham pour Sarah. Non, il me punit parce que je t'ai refusé la seule chose que tu désirais, la liberté! Parce que je t'ai retenue auprès de moi par force, usant de cette violence qu'il réprouve. Parce que j'ai été égoïste et cruel!

Je protestai.

— Non, non!

Mais il ne m'écouta pas, poursuivant :

— Tu es libre à présent. En voici la preuve.

Il me tendit un parchemin frappé de divers sceaux auxquels je n'accordai pas un regard, secouant frénétiquement la tête :

— Je ne veux pas de cette liberté. Je veux rester avec toi.

Il me prit contre lui :

— Je vais partir pour Rhode Island où, au moins jusqu'à présent, un Juif a le droit de gagner sa vie. Un coreligionnaire m'y attend.

Je sanglotai :

— Que veux-tu que je fasse sans toi?

— Que tu retournes à la Barbade. N'est-ce pas la ton vœu le plus cher?

— Pas à ce prix! Pas à ce prix!

— Je t'ai retenu une place à bord du *Bless the Lord* qui fait voile dans quelques jours pour Bridgetown. Tiens, voilà une lettre à l'intention d'un coreligionnaire, commerçant dans cette ville. Il s'appelle David da Costa. Je lui demande de te venir en aide si besoin est.

Comme je protestais encore, il joignit mes mains dans les siennes et me força à répéter les paroles d'Isaïe :

«Ainsi parle l'Éternel
Le ciel est mon trône
Et la terre mon marchepied
Quelle maison pourriez-vous me bâtir
Et quel lieǔ me donneriez-vous pour demeure?»

Quand je fus quelque peu calmée, il me souffla :

— Accorde-moi une dernière grâce. Permets que je revoie mes enfants!

Étant donné l'impatience du malheureux père, nous n'attendîmes pas la nuit. À peine le soleil s'était-il couché derrière les toits bleutés de Salem que nous nous réunîmes dans le jardin aux pommiers. Je relevai la tête vers les doigts noueux des arbres, le cœur gonflé d'une amertume qui le disputait à ma foi. Metahebel apparut la première, des épis plein les cheveux, pareille à une jeune déesse des religions primitives.

Benjamin Cohen d'Azevedo souffla :

— Délice d'un père, es-tu heureuse?

Elle inclina affirmativement la tête cependant que ses frères et sœurs prenaient place autour d'elle et interrogea :

— Quand, quand seras-tu des nôtres? Hâte-toi, père. En vérité, la mort est le plus grand des bienfaits.

Je devais vite découvrir que, même munie d'un acte d'émancipation en bonne et due forme, une négresse n'était pas à l'abri des tracasseries. Le capitaine du *Bless the Lord*, un escogriffe du nom de Stannard m'examina des pieds à la tête et apparemment, ce qu'il vit ne lui plut pas. Comme il hésitait, tournant et retournant mes papiers dans ses mains, un marin passa derrière lui et lui jeta à l'oreille ce qu'il aurait dû savoir :

— Attention, c'est une des sorcières de Salem!

Et voilà! Une fois de plus, je me trouvais confrontée avec cette épithète! Je décidai cependant de ne pas me laisser intimider et répliquai :

— Il y a près de trois ans qu'un pardon général a été prononcé par le gouvernement de la Colonie. Les soi-disant «sorcières» ont été absoutes.

Le marin ricana :

— Peut-être, mais toi tu as confessé ton crime. Pas de pardon pour toi.

Le découragement me saisit et je ne trouvai rien à répliquer. Cependant une lueur rusée passa dans les prunelles de bête fauve du capitaine et il fit :

— Tu sais donc par magie empêcher les maladies? Et les naufrages?

Je haussai les épaules :

— Je sais soigner certaines maladies. Quant aux naufrages, je ne peux rien contre eux.

Il ôta sa pipe de sa bouche et cracha par terre une salive noire et malodorante :

— Négresse, quand tu t'adresses à moi, dis «maître» et baisse les yeux sinon je fais voler en éclats les chicots[1] de ta bouche. Oui, je te transporterai à la Barbade, mais pour prix de ma bonté, tu veilleras à la santé de mon équipage et tu empêcheras les grains!

Je ne dis plus rien.

Alors il me conduisit à l'arrière du pont encombré de caisses de poissons, de cageots de vin, de fûts d'huile et me désigna un espace entre des rouleaux de cordage :

— Tu voyageras là!

À vrai dire, je n'étais pas en humeur de protester et de me battre bec et ongles. Je ne songeais qu'aux tragiques événements que je venais de subir. Man Yaya l'avait dit et répété : «Ce qui compte, c'est de survivre!»

Mais elle avait tort, si la vie n'est que pierre au cou des hommes et des femmes. Potion amère et brûlante!

Ô Benjamin, mon doux bancal amant! Il avait pris la route de Rhode Island, la prière à la bouche :

«Sh'ma Yisrael . Adonai Elohenu Adonai Ehad!»

Combien de lapidations? D'incendies? De sangs bouillonnants? Combien de génuflexions encore?

Je commençai d'imaginer un autre cours pour la vie, une autre signification, une autre urgence.

Le feu ravage le faîte de l'arbre. Il a disparu dans un nuage de fumée, le Rebelle. Alors c'est qu'il a triomphé de la mort et que son esprit demeure. Le cercle apeuré des esclaves reprend courage. L'esprit demeure.

Oui, une autre urgence.

En attendant, je casai tant bien que mal le panier qui contenait mes maigres possessions entre les cordages, resserrai autour de moi les plis de ma cape et m'efforçai de savourer l'instant présent. En dépit de tout,

1. J'ai oublié de dire que la prison m'avait fait perdre pas mal de dents.

est-ce que je ne vivais pas la réalisation d'un rêve qui, si souvent, m'avait tenu les yeux ouverts? Voilà que j'allais retrouver mon pays natal.

Pas moins fauve, sa terre. Pas moins verts, ses mornes. Pas moins violacées, ses cannes Congo, riches d'un suc poisseux. Pas moins satinée, la ceinture émeraude qui lui noue la taille. Mais les temps ont changé. Les hommes et les femmes n'acceptent plus de souffrir. Le Rebelle disparaît dans un nuage de fumée. Son esprit demeure. Les peurs se dissipent.

Vers le milieu de l'après-midi, on me tira de ma retraite pour me faire soigner un marin. C'était un nègre affecté aux cuisines et qui tremblait de fièvre. Il m'examina d'un air soupçonneux :

— On me dit que tu t'appelles Tituba? Est-ce que tu es la fille d'Abena qui tua un Blanc?

De me voir ainsi reconnue après dix ans d'absence, me mit les larmes aux yeux. J'avais oublié cette faculté qu'il a de se souvenir, notre peuple. Ah non! rien ne lui échappe! Tout se grave dans sa mémoire!

Je bégayai :

— Oui, tu m'as nommée!

Son regard s'emplit de douceur et de respect :

— Il paraît qu'ils t'ont mené la vie dure là-bas?

Comment le savait-il? J'éclatai en sanglots et à travers mes hoquets, je l'entendis me consoler maladroitement :

— Tu es en vie, Tituba! N'est-ce pas l'essentiel?

Je secouai convulsivement la tête. Non, ce n'était pas l'essentiel. Il fallait, oui, il fallait que la vie change de goût. Mais comment y parvenir? Désormais, Deodatus, le marin, vint s'asseoir chaque jour à côté de moi et m'apporta des aliments soustraits à la table du capitaine sans lesquels je n'aurais certainement pas résisté au voyage. Comme Man Yaya, c'était un Nago du golfe du Bénin. Il croisait les mains derrière la nuque et fixant le dessin enchevêtré des étoiles, il me tenait en haleine :

— Est-ce que tu sais pourquoi le ciel s'est séparé de la terre? Autrefois ils étaient très proches et le soir, avant de se coucher, ils bavardaient comme de vieux amis. Mais les femmes en préparant les repas irritaient le ciel avec le bruit de leurs pilons et surtout de leurs criailleries. Alors, il s'est retiré de plus en plus haut, de plus en plus loin derrière ce bleu immense qui s'étend au-dessus de nos têtes...

— Est-ce que tu sais pourquoi le palmier est le roi des arbres? Parce que chacune de ses parties est nécessaire à la vie. Avec ses fruits, on fabrique l'huile sacrificielle, avec ses feuilles on couvre les toits, avec ses nervures, les femmes font les balais qui servent à nettoyer les cases et les concessions.

L'exil, les souffrances, la maladie s'étaient conjugués de telle sorte que j'avais presque oublié ces histoires naïves. Avec Deodatus me revenait mon enfance et je l'écoutais sans jamais me lasser.

Parfois il m'entretenait de sa vie. Il avait bourlingué le long des côtes d'Afrique au service de Stannard. Des années plus tôt, celui-ci était engagé dans la Traite et Deodatus lui servait d'interprète. Il l'accompagnait dans la case des chefs avec lesquels se concluait le honteux trafic :

— Douze nègres contre une barrique d'eau-de-vie, une ou deux livres de poudre de guerre et un parasol de soie pour abriter Sa Majesté.

Mes yeux s'emplissaient de larmes. Tant de souffrances pour quelques biens matériels!

— Tu ne peux t'imaginer l'avidité de ces rois nègres! Ils seraient prêts à vendre leurs sujets si des lois qu'ils n'osent pas défier, ne le leur interdisaient! Alors les Blancs cruels en profitent!

Souvent aussi, nous parlions de l'avenir. Deodatus fut le premier à me poser nettement la question :

— Que viens-tu faire au pays?

Et il ajoutait :

— Quel sens, ta liberté devant la servitude des tiens?

Je ne trouvais rien à répondre. Car je retournais vers mon pays natal comme un enfant court vers les jupes de sa mère pour s'y blottir. Je balbutiai :

— Je rechercherai ma case sur l'ancienne propriété Darnell et...

Deodatus se faisait moqueur :

— Car tu t'imagines qu'elle est là à t'attendre? Quand es-tu partie?

Toutes ces questions me troublaient puisque je ne pouvais y fournir de réponse. J'attendais, j'espérais un signe des miens. Hélas! Rien ne se produisait et je demeurais seule. Seule. Car si l'eau des sources et des rivières attire les esprits, celle de la mer, en perpétuel mouvement, les effraie. Ils se tiennent de part et d'autre de son immensité, envoyant parfois des messages à ceux qui leur sont chers, mais ne l'enjambent pas, n'osant surtout pas s'arrêter au-dessus des vagues :

«Enjambez l'eau, ô mes pères!

Enjambez l'eau, ô mes mères!»

La prière reste vaine.

Au quatrième jour, la fièvre que j'avais guérie tant bien que mal chez Deodatus, se déclara chez un autre membre de l'équipage, puis chez un autre, puis un autre encore. Il fallut nous résigner à comprendre qu'il s'agissait d'une épidémie. Tant de fièvres, de maladies mauvaises circulaient entre l'Afrique, l'Amérique et les Antilles, entretenues par la saleté, la promiscuité et la mauvaise nourriture! Il ne manquait à bord ni rhum, ni citrons des îles Açores, ni poivre de Cayenne. J'en fis des potions que j'administrai brûlantes. Je frottai les corps suants et agités des malades de bouchons de paille. Je fis ce que je pus et aidée de Man Yaya sans doute, mes efforts furent couronnés de succès. Il ne mourut que quatre hommes que l'on jeta à la mer et qu'elle enserra dans les replis de son linceul.

Croyez-vous que le Capitaine m'en manifesta quelque reconnaissance...? Au huitième jour, comme les vents tombaient, les eaux devinrent d'huile et le navire se mit à se balancer comme la berceuse d'une grand-mère sur une véranda. Stannard me traîna par les cheveux jusqu'au pied du grand mat :

— Négresse, si tu veux sauver ta peau, demande au vent de se lever! J'ai là une cargaison périssable et si cela continue, je serai obligé de la jeter par-dessus bord, mais pas avant de t'avoir balancée la première.

Je n'avais jamais songé que je pouvais commander aux éléments. En fait, cet homme me lançait un défi. Je me tournai vers lui :

— Il me faut des animaux vivants!

Des animaux vivants? À ce point du voyage, il ne restait que quelques volailles que l'on destinait à la table du commandant, une chèvre aux pis gonflés du lait de son petit déjeuner et en prime, quelques chats qui servaient à traquer les souris du bord. On me les amena.

Le lait, le sang! N'avais-je pas les liquides essentiels, avec la chair docile des victimes?

Je fixai la mer, forêt incendiée. Soudain, un oiseau surgit des braises immobiles et s'éleva tout droit, en direction du soleil. Puis il s'arrêta, décrivit un cercle, s'immobilisa à nouveau avant de reprendre sa foudroyante ascension. Je sus que c'était un signe et que les prières de mon cœur ne resteraient pas sans écho.

Pendant un temps interminable, l'oiseau n'étant plus qu'un point imperceptible dont souvent mon œil doutait, tout fut suspendu comme dans l'attente d'une mystérieuse décision. Ensuite, un sifflement énorme emplit l'espace, venant d'un des coins de l'horizon. Le ciel changea de couleur, passant d'un bleu violent à une sorte de gris très doux. La mer commença de moutonner et la spirale du vent vint tournoyer autour des voiles les enchevêtrant, dénouant les cordages et brisant en deux un mat qui s'effondra, tuant net un marin. Je compris que mes sacrifices n'avaient pas été suffisants et que l'invisible exigeait en plus un «mouton sans cornes[1]». Nous arrivâmes en vue de la Barbade à l'aube du seizième jour.

Dans la cochue de l'arrivée, quand je cherchai Deodatus pour lui faire mes adieux, il avait disparu. J'en conçus du chagrin.

1. Un homme

(Suite du roman à la page 185.)

7 Lexique

- Les mots ci-dessous sont employés, dans le roman, aux pages indiquées à la suite de la définition.
- L'astérisque devant un mot indique que ce mot est défini dans le roman.

Un abeng :	Coquillage dans lequel on soufflait autrefois (p. 206).
Un acomat :	Arbre très haut (p. 20, 200). (Voir *Documents iconographiques,* planche XIII.)
Un ajoupa :	Cabane de feuillage, case misérable (p. 204).
* Akwaba :	Bienvenue (p. 20).
Akwapim :	Village natal d'Abena (p. 119, 192).
Un amandier-pays :	Amandier du pays par opposition à l'amandier qu'on reçoit d'Europe. Le suffixe «pays» accolé à un autre terme désigne ce qui est indigène (p. 72, 212).
Une amarreuse :	Femme qui lie, attache les cannes en bottes (p. 218).
* Un anoli :	Petit lézard vert (p. 220).
Arawaks :	Indiens pacifiques qui colonisèrent la Barbade à l'époque précolombienne (p. 28, 31).
Ashantis :	Peuple noir du Ghana qui érigea aux XVIIe et XVIIIe siècles un puissant empire (p. 19, 21, 23, 186, 192, 219).
Un avocat :	Fruit à la chair fondante, de la grosseur d'une poire, à peau verte ou violette (p. 37).
Une azalée :	Arbuste à feuilles persistantes ovales, vertes et luisantes, dont on cultive diverses variétés pour la beauté de leurs fleurs (p. 26).

Babier : De l'anglais *to babble*, réprimander, blâmer (p. 29).

Un bain démarré : Bain spécial que prennent ceux qui, ayant une malchance persistante, se croient ensorcelés, c'est-à-dire victimes d'un quimbois ou mauvais sort. Dans la composition de ce bain entrent de l'eau de mer, de l'eau de rivière, de l'eau de pluie, et aussi certaines plantes qu'y joint le quimboiseur ou la quimboiseuse, sans oublier les incantations d'usage. [...] En créole, «démarrer» signifie «ôter les nœuds» [...] (CHARPENTIER, S.D.) (p. 72, 73.)

Un balisier : Plante à fleurs rouges et jaunes; avec ses feuilles, les esclaves se faisaient des paillasses (p. 217).

Une biguine : Chanson satirique (p. 46).

Bois d'ébène : Nom donné aux esclaves noirs par les négriers, c'est-à-dire par ceux qui se livraient à la traite des Noirs (p. 80, 133).

Bois d'Inde : Arbre tropical dont on extrait une huile essentielle (p. 80, 194).

* Un bossale : Nègre fraîchement débarqué et non baptisé (p. 186, 204, 219).

Une bougainvillée : Plante grimpante, à fleurs violettes, roses ou orangées (p. 29).

Un brigantin : Navire à voiles rapide à deux mâts (p. 48, 49, 132, 217).

Un cabrouet : Chariot à deux roues tiré par des bœufs, qui servait au transport des cannes à sucre (p. 26, 72).

Une calebasse : Fruit non comestible du calebassier (p. 19, 23, 29, 80, 87, 191, 204, 213). Sciée en deux, la calebasse évidée donne deux «couis» (p. 23). (Voir *Documents iconographiques*, planche XI.)

Calenda : Catégorie de zombie (p. 204).

Calendé (madras) : Se dit d'un madras dont on a empesé les pointes (p. 31, 44, 45).

Une caloge : Clapier à lapins (p. 32, 210).

* Un canari : Marmite en terre cuite (p. 34).

La canne, la canne à sucre : Plante tropicale, haute de 3 à 4 mètres, cultivée pour le suc extrait de sa tige (p. 19, 20, 22, 25, 26, 36, 69, 72, 134, 187, 207, 220). (Voir *Documents iconographiques*, planche XIV.)

Carapate (graine de) : Le ricin. Plante dont les feuilles ont un effet calmant et dont l'huile est utilisée comme purgatif. Les femmes utilisent l'huile de carapate pour leurs cheveux (p. 201).

Carême (saison de) : Saison sèche qui s'étend, de manière irrégulière, de décembre à juin, période où la température est la plus agréable (par opposition à l'hivernage, qui est la saison des pluies) (p. 24).

Une case : Habitation traditionnelle des pays antillais, généralement construite en planches, avec un toit de roseaux ou de cannes (p. 20, 21, 25, 27, 29, 32, 36, 38, 41, 44, 72, 87, 113, 149, 187, 189, 190, 195, 196, 198, 199, 203, 213, 218). (Voir *Documents iconographiques*, planche VIII.)

Un chabin, une chabine : Métis alliant une peau et des yeux clairs à des traits négroïdes ou encore des cheveux blonds ou roux mais crépus à une peau plus ou moins foncée (p. 31, 44, 45).

Une cithère : Fruit encore appelé prune de cythère (p. 26).

Cochléaria : Plante à vertus médicinales (p. 201).

Une concession :   Terrain, le plus souvent clos, regroupant autour d'une cour un ensemble d'habitations occupées par une famille. (PETIT LAROUSSE ILLUSTRÉ, 1989) (p. 148.)

Un Congo :   Noir originaire du Congo (p. 44, 219).

Un coq guimbe :   Coq de combat (p. 220).

Un coui :   Demi-calebasse qui, évidée, sert de récipient (p. 37, 93, 211).

Créole :   Aux Antilles, les coloniaux ont fait de ce mot un adjectif qui signifie «né aux colonies» . Ainsi, une négresse créole (p. 218) est une Noire née à la Barbade, par opposition à celle qui est venue d'Afrique. Ce mot est donc devenu synonyme d'indigène. Les boucles d'oreilles façon créole (p. 31) sont faites de deux grands anneaux. Le mot «créole» désigne aussi la langue parlée par les esclaves et leurs descendants. Le créole est né du mélange des langues africaines et européennes, enrichi d'emprunts aux langues amérindiennes. Créoliser une langue, c'est lui donner des caractères du créole. Le nom africain Yetunde a été transformé en Man Yaya. En créole, «man» est employé pour madame (p. 24).

Fantis :   Peuple de l'Afrique de l'Ouest (p. 19).

Un flamboyant :   Grand arbre à fleurs rouges (p. 19, 115).

Fouailler :   Frapper, battre. Employé comme adjectif (fouaillé), ce mot se dit du linge sale lavé à la main dans l'eau, ou bien de la mer qui arrive sur les rochers (p. 217).

Un frangipanier :   Arbuste cultivé pour ses fleurs (p. 200).

Un fromager :   Très grand arbre des Antilles (jusqu'à 45 mètres de haut et 2 mètres de diamètre), «censé abriter les esprits et servir de cadre privilégié aux cérémonies de sorcellerie» (CORZANI, 1978) (p.21, 23, 47, 57, 194, 213.) (Voir *Documents iconographiques,* planche XIII.)

Gaïac (bois de) :	Arbre à fleurs bleues ornementales, à bois dur et résineux (p. 196).
Un galion :	Grand navire armé destiné au commerce avec l'Amérique (p. 104).
Des gens gagés :	Personnes qui, pour réaliser leurs désirs, ont conclu un pacte avec le diable et peuvent apparaître sous de multiples formes (p. 54, 70, 71).
Les Gentils :	Nom que les juifs donnaient aux païens (p. 136, 138, 203).
Un gombo :	Sorte d'asperge (p. 21, 199).
Une goyave :	Fruit parfumé du goyavier (p. 200, 204), au goût de framboise (p. 37, 198). (Voir *Documents iconographiques,* planche XII.)
* Un grangrek :	Homme savant, cultivé, instruit (p. 189).
Un grenadier :	Arbre à fleurs rouge vif qui produit les grenades (p. 188).
Un gwo-ka :	Tambour au son grave et sourd (p. 217).
Une Habitation :	Ensemble d'une propriété comprenant les terres, la maison du maître, les cases des travailleurs et les bâtiments nécessaires à l'exploitation du sol. (p. 20, 26, 60, 204, 206, 207, 217). (Voir *Documents iconographiques,* planche IX.)
Des herbes de Guinée :	Plantes parasites des champs de cannes (p. 22, 57, 202).

Un hibiscus :	Arbre tropical à grandes fleurs de couleurs vives (p. 200).
Le hodoo :	Ancienne orthographe du mot «vaudou». Culte animiste originaire du Bénin, répandu chez les Noirs des Antilles et d'Haïti, mélange de pratiques magiques, de sorcellerie et d'éléments pris au rituel chrétien (PETIT ROBERT 1, 1993) (p. 123, 193).
Une icaque :	Fruit de l'icaquier, baie rouge, blanche ou violette très appréciée des enfants (p. 207).
Une igname :	Plante vivace et grimpante, à gros tubercules farineux, comestibles (p. 21, 199).
Un iroko :	Arbre d'Afrique (p. 21).
Un kapokier :	Grand arbre qui produit le kapok, duvet végétal, très léger et imperméable, qui entoure les graines du kapokier (p. 211).
Une kippa :	Calotte portée par les juifs pratiquants (p. 144).
* Un konoko :	Pantalon court et serré de l'esclave (p. 33).
Leghorn :	Race de poule (p. 29).
Une macoute :	Grand sac (p. 188, 192).
Un madras :	Coiffe formée d'un foulard en madras (tissu à carreaux fabriqué en Inde) noué d'un ou de plusieurs nœuds (p. 31, 44, 45, 198). (Voir *Documents iconographiques,* planche III.)
Un magnolia :	Arbre de grande taille à feuilles luisantes, à grandes fleurs blanches très odorantes (p. 128).
* Un mamba :	Serpent venimeux (p. 85).
Un mangot :	Fruit du manguier non greffé (p. 213, 217).

Un manguier : Arbre tropical dont le fruit est la mangue (p. 201).

Un manioc : Plante des régions tropicales dont la racine tubéreuse fournit une fécule alimentaire qui a constitué pendant des siècles l'essentiel de la nourriture des Caraïbes (p. 220).

Un mapou : Arbre tropical géant (p. 19, 22, 186, 219).

Un Marron : Esclave fugitif (p. 32, 188, 189, 191, 193, 194, 195, 197, 205).

Une mézuzah : Étui contenant deux paragraphes de la Torah, fixé sur les portes des maisons (p. 144).

La Minnah : Office de l'après-midi dans la religion juive. L'office du matin est le Shaharit; celui du soir, le Ma'ariv (p. 142).

Mondongues : Population du Haut-Niger qui a édifié entre les XIIIe et XVIe siècles le puissant empire du Mali (p. 204).

Un morne : Colline arrondie (p. 22, 24, 40, 57, 60, 72, 87 113, 115, 144, 148, 187, 188, 193, 217).

Nago : Peuple de l'Afrique de l'Ouest (p. 24, 28, 40, 148, 186, 189, 204).

Un négrier : Navire qui servait à la traite des Noirs. Ce terme peut aussi désigner le marchand d'esclaves (p. 38, 77, 186, 213).
(Voir *Documents iconographiques,* planche I.)

Un oiseau de lune : Invention de l'auteure (p. 191, 198).

Un oiseau Zenaida : Invention de l'auteure (p. 188).

Un ouassou : Grosse écrevisse (p. 212).

Le palmachristi : Nom donné au ricin, à cause de la forme de ses feuilles (p. 203).

Un panier caraïbe : Panier fabriqué selon une technique de vannerie héritée des Indiens caraïbes, grand couffin en roseau utilisé comme coffre (p. 34).

Une papaye : Fruit comestible du papayer (p. 188), semblable à un gros melon (p. 37).

Une passiflorinde : Plante tropicale qui produit un fruit comestible, le fruit de la passion (p. 26).

Une persulfureuse : Invention de l'auteure (p. 26).

Le pian : Éruptions cutanées; la peau semble couverte de petits grains (p. 22, 199).

Un pitt' : Arène servant aux combats de coqs (p. 220).

Une plantation : Exploitation agricole dans les pays tropicaux, possédée à l'origine par des colons (p. 19, 23, 25, 26, 29, 31, 36, 60, 188, 192, 194, 195, 196, 197, 199, 202, 203, 207, 213, 218).

Un planteur : Agriculteur qui possède et exploite une plantation (p. 23, 36, 194).

Des pois d'Angole : Fruits d'une légumineuse en arbuste (p. 208).

Des pois yeux noirs : Plante antillaise (p. 211).

Un poisson-aiguille : Poisson au corps et au museau allongés (p. 212).

Une pomme cythère : Fruit originaire de Polynésie (p. 208).

Une pomme liane : Fruit sauvage, grenadine (p. 87, 208).

Une pomme rose :	Plante antillaise (p. 198).
Une pomme surette :	Fruit comestible du sûretier ou jujubier (p. 207).
Populara indica :	Plante antillaise (p. 64).
Une prune taureau :	Invention de l'auteure (p. 26).
Un puritain :	Membre d'une communauté de presbytériens rigoureusement attachés à la lettre des Écritures dont beaucoup émigrèrent en Amérique (PETIT LAROUSSE ILLUSTRÉ, 1989) (p. 58, 111, 114, 144).
Un quimboiseur :	Sorcier et guérisseur des Antilles qui compose et administre philtres et quimbois devant apporter le succès, la guérison ou la mort d'un ennemi. Le mot «quimbois» viendrait de «Tiens bois!», phrase dite par le sorcier qui administre un philtre (JOURDAIN, 1956, P. 254) (p. 189, 192, 193, 211).
Une rose cayenne :	Plante antillaise (p. 38).
Les rues cases-nègres :	Terme générique désignant les rues où étaient rangées les cases des esclaves (p. 60, 194).
Salapertuis :	Invention de l'auteure (p. 57).
Un schooner :	Petit navire à deux mâts (p. 132).
Un shohet :	Celui qui, chez les juifs, pratique la shehitah, méthode pour découper les animaux de la façon la plus rapide et la moins douloureuse possible. Pour les rendre casher, il faut éliminer le sang (p. 137).
Un simple :	Plante médicinale (p. 64).

Un soukougnan :	Sorte de sorcier qui, aidé de Satan, aurait la faculté de se dépouiller de sa peau. Après s'être enduit d'une pâte à base de soufre et de phosphore, il pourrait voler et se transformer en une sorte de vampire (CORZANI, 1978.) (p. 54).
La surette :	Fruit du suretier ou jujubier (p. 26).
Tarots (un jeu de) :	Ensemble de cartes plus longues que les cartes ordinaires et comportant des figures symboliques, servant à la divination (p. 78).
Tim, tim, bois sèche! :	Formule qui précédait les devinettes (p. 37, 112).
Un toloman :	Arbuste dont le tubercule féculent pulvérisé se mélange à la nourriture des enfants; bouillie donnée aux jeunes enfants; évoque la douceur maternelle (p. 193).
Un zombie :	Fantôme, esprit malfaisant qui hantait les nuits antillaises, revenant (p. 204).

Sources :

BEUZELIN, P. (1959). *Le Créole de la Martinique*, Montréal : Université de Montréal, thèse présentée à la Faculté des lettres pour l'obtention du grade de Maître ès arts.

CHARPENTIER, J. (s.d.). *Sorcières*, N° 22.

CORZANI, J. (1978). *La Littérature des Antilles-Guyane françaises*, tome VI, Fort-de-France : Désormeaux.

FAINE, J. (1974). *Dictionnaire français-créole*, Montréal : Leméac.

GERMAIN, R. (1988). *Grammaire créole*, Paris : Éditions L'Harmattan.

JOURDAIN, R. (1988). *Le Vocabulaire du parler-créole de la Martinique*, Paris : Librairie G. Klincksieck.

LUDWIG, R. (éd.) (1990). *Dictionnaire créole-français*, Bruxelles : Servedit / Éditions Jasor.

PETIT LAROUSSE ILLUSTRÉ (Le) (1988). Paris, Éditions Larousse.

PETIT ROBERT 1 (Le) (1993). Paris : S.N.L. Dictionnaire Le Robert.

TOURNEUX, H. et BARBOTIN, M. (1990). *Dictionnaire pratique du créole de Guadeloupe*, Paris : Karthala-ACCT.

8 Intertextualité

Le texte romanesque donne en quelque sorte à lire le texte de la culture. Il s'inscrit toujours dans une série qu'il continue et transforme, parodie ou reprend, enrichit. Voici des textes que l'on peut associer à la lecture de *Tituba* :

8.1 *Le Cantique des cantiques*

Le Cantique des cantiques *est un des textes les plus poétiques de la Bible. On peut rapprocher les extraits suivants de la prose amoureuse de John Indien :*

Le Cantique des cantiques

Le songe de la fiancée

10 Mon aimé est frais et vermeil,
    Remarquable entre dix mille.

11 Sa tête est d'or pur,
    Ses boucles flexibles
    Sont d'un noir de corbeau.

12 Ses yeux sont de colombes
    Au bord des ruisseaux,
    Se baignant dans le lait,
    Posées sur les rives.

13 Ses jours sont un parterre embaumé
    Où poussent des plantes odorantes.
    Ses lèvres sont des lis
    Distillant la myrrhe liquide.

14 Ses mains, des anneaux d'or
    Incrustés de pierreries.
    Son corps est un bloc d'ivoire
    Recouvert de saphirs.

15 Ses jambes, des colonnes d'albâtre
    Fixées sur des socles d'or pur.
    Son aspect est comme celui du Liban,
    Superbe comme les cèdres.

16 Sa bouche n'est que douceur,
   Tout en lui n'est que charmes,
   Tel est mon aimé
   Tel est mon ami,
   Filles de Jérusalem!

(*Le Cantique des cantiques*, 5 : 10-16)

Éloge de la fiancée

4 Mon amie, tu es belle comme Thersa,
   Gracieuse comme Jérusalem
   Redoutable comme des troupes déployées.

5 Détourne de moi tes yeux,
   Car ils me bouleversent.
   Tes cheveux sont un troupeau de chèvres
   Dévalant les pentes de Galaad.

6 Tes dents, une bande de brebis
   Qui remontent du lavoir,
   Chacune a deux jumeaux.
   Aucune d'elles n'est stérile.

7 Ta joue est un quartier de grenade
   Dessous ton voile.

8 Il y a soixante reines,
   Quatre-vingts concubines.
   Des jeunes femmes sans nombre.

9 Unique est ma colombe,
   Unique est ma parfaite,
   Elle est l'unique de sa mère.
   La préférée de celle qui l'enfanta.
   Les jeunes filles, en la voyant,
   La proclament bienheureuse,
   Reines et concubines la louent.

10 Quelle est celle-ci qui paraît comme l'aurore
   Belle comme la lune,
   Radieuse comme le soleil,
   Redoutable comme des troupes déployées?

(*Le Cantique des cantiques* 6 : 4-10)

162

8.2 *Racines*

Le roman autobiographique Racines *raconte l'histoire de sept générations de Noirs, depuis la naissance de l'Africain Kounta Kinté, enlevé et réduit à l'esclavage, jusqu'à la mort du père de l'auteur (Alex Haley) aux États-Unis.*
Tituba, elle, rêve plus de la Barbade que de l'Afrique. Cependant, elle évoque le pays de ses ancêtres, soit par le nom des tribus dont sont originaires les siens (Ashantis, Fantis, Mondongues, Nago), soit par la description de coutumes héritées de la terre patrie.

Selon la coutume, Omoro n'aurait, pendant sept jours, qu'un unique devoir, occupant tous ses instants : trouver un nom pour son premier-né. Ce devait être un nom évocateur d'histoire et, en même temps, porteur de promesses, car pour ceux de sa tribu – les Mandingues – l'enfant aurait sept des traits principaux de l'être ou de la chose qui lui prêterait son nom.

Pendant toute cette semaine de réflexion, Omoro passa d'une maisonnée à l'autre, invitant chacun, en son nom et en celui de Binta, à assister à l'imposition du nom traditionnellement fixée au huitième jour après la naissance de l'enfant. Ce jour-là, comme son père et comme le père de son père, ce fils à peine venu au monde deviendrait membre de la tribu.

À l'aube du huitième jour, tout le village se réunit devant la case d'Omoro et de Binta. Les femmes des deux familles apportaient, bien plantées sur leur tête, des calebasses cérémonielles emplies de lait aigre et de gâteaux mounkos, faits de riz pilé et de miel. Kamaro Silla, le djaliba du village, était là avec ses tam-tams; il y avait aussi l'alimamo et Brima Cesay, l'arafang, le futur maître du garçon; et puis encore, venus de loin, les deux frères d'Omoro, Djanneh et Saloum, qui, avertis par le tambour de brousse de la naissance de leur neveu, s'étaient aussitôt mis en route.

Comme le voulait le cérémonial d'une telle journée, l'on rasa une petite touffe de cheveux du bébé – fièrement exhibé par Binta – et les femmes renchérirent à l'envi sur la beauté du petit corps. Puis elles firent silence, car le djaliba commençait à frapper ses tambours. Tandis que l'alimamo priait au-dessus des calebasses de lait aigre et de gâteaux mounkos, les invités vinrent à tour de rôle effleurer de la main droite le bord d'un des récipients, en signe de respect pour la nourriture. Ensuite, l'alimamo se retourna et pria au-dessus de l'enfant, suppliant Allah de lui donner longue vie et nombreuse progéniture, d'en faire la fierté de sa famille, de son village, de sa tribu – et enfin de lui conférer force et intelligence pour honorer le nom qu'il allait recevoir.

Puis Omoro sortit du cercle des villageois. Se plaçant à côté de sa femme, il éleva l'enfant et, tous les regards attachés à ses gestes, il lui murmura trois fois dans l'oreille le nom qu'il avait choisi pour lui. Celui-ci n'avait encore jamais été proféré, car, pour Omoro et les siens, le nouveau-né devait être le premier à entendre son nom.

À nouveau résonna le tam-tam; Omoro dit tout bas à Binta le nom du petit; et tous purent lire, sur le visage de la mère, la fierté et la satisfaction. Omoro fit alors connaître, dans un chuchotement, le nom du garçon à l'arafang, qui se tenait devant les villageois.

– Le premier enfant d'Omoro et de Binta Kinté s'appelle *Kounta*! proclama Brima Cesay.

Chacun savait que c'était là le second nom du grand-père de l'enfant, Kaïraba Kounta Kinté, qui, natif de Mauritanie, était venu en Gambie, avait sauvé les habitants de Djouffouré de la famine, avait épousé grand-mère Yaïssa et, jusqu'à sa mort, avait été l'homme de Dieu du village, son secours et son honneur.

L'arafang récita les noms des ancêtres mauritaniens dont le grand-père du bébé, le vieux Kaïraba Kinté, avait souvent parlé. La liste de ces noms fameux était si longue qu'elle remontait à plus de deux cents pluies. Puis le djaliba fit résonner son tam-tam, et tous les assistants proclamèrent bien haut l'admiration et le respect qu'ils éprouvaient devant ce prestigieux lignage.

En cette huitième nuit, sous la lune et les étoiles, seul avec son fils, Omoro procéda au dernier rite de l'imposition du nom. L'enfant bien calé dans ses bras vigoureux, il marcha jusqu'aux confins du village et là, élevant le petit en lui tournant le visage vers le ciel, il lui murmura tout doucement : *Fend kiling dorong leh ouarrata ka iteh tee.* (Regarde – cela seul est plus grand que toi.)

HALEY, A. (1977). *Racines*, Paris, Éditions Jean-Claude Lattés, p. 8 et 9.

8.3 *La Sorcellerie au Québec*

Au contraire de l'Europe et des États-Unis, la Nouvelle-France aurait connu un seul cas de condamnation pour sorcellerie. Il s'agirait d'un homme.

Exécution d'un sorcier à Québec?

La sorcellerie est-elle punie de mort en Canada, comme il arrive couramment en Europe et même en d'autres colonies du Nouveau-Monde, tel qu'à Salem? Rien ne l'indique. Les procès pour maléfice sont rares à Québec. Selon Vattier, il ne s'en déroule que trois, de 1608 à 1659.[1] Malheureusement, les traces manuscrites de ces démêlés judiciaires nous échappent. Par contre, la Nouvelle-Angleterre présente une situation bien différente. En trois mois et demi seulement, soit du 1er juillet au 16 septembre 1693, vingt personnes y sont mises à mort pour sortilège et cinquante-cinq autres s'avouent coupables du même crime après avoir été soumises à la torture.[2] Il est tout à l'honneur des autorités religieuses et civiles de la Nouvelle-France de nous avoir épargné de telles purges.

D'après Ragueneau, un sorcier aurait pourtant été exécuté à Québec, en 1661. Laissons la parole au Jésuite[3] :

«Vers la fin de l'année 1660, il y avoit à une lieue de Québec, chez Monsieur Giffard Seigneur de Beauport, un certain meunier que l'on a soupçonné avec raison d'être Sorcier et Magicien; il fut pendu l'année suivante 1661, à Québec, pour des blasphèmes horribles qu'il avoit prononcez, & pour avoir profané avec mépris les Sacremens de l'Eglise, ayant par une conversion simulée abjuré le Huguenotisme à son arrivée dans le Canada.»

On conjecture encore sur l'identité de ce meunier que le Missionnaire présume, «avec raison, d'être Sorcier et Magicien». Pour défricher son fief, le seigneur Giffard fait venir nombre de colons de sa province natale, le Perche. Cherchons donc de ce côté. Or, un seul censitaire de Beauport, percheron comme les autres, est enterré à Québec vers le même temps. Il s'agit de René Maheust, inhumé le 1er août 1661. Voici les circonstances de sa mort. Maheust a d'abord défriché un lopin près d'une rivière à laquelle il a donné son nom.[4] Vers le même temps, les

---

(1) Georges Vattier, *Essai sur la mentalité canadienne-française*, Paris, 1928, p. 127.
(2) Pierre-Georges Roy, *Les Petites Choses de notre histoire*, Québec, 1923-1944, 3e série, p. 9-10.
(3) Paul Ragueneau, *La Vie de la mère Catherine de Saint-Augustin religieuse hospitalière de la Miséricorde de Québec en Nouvelle-France*, Paris, 1681, p. 163-164.
(4) *Le Journal des Jésuites*, Montréal, 1893, p. 299.

Agniers maraudent aux environs de l'île d'Orléans avec une audace peu commune. À l'été de 1661, le sieur Couillard de Lespinay arrive à la hauteur de la rivière Maheust avec une patrouille de sept hommes. On débarque de chaloupe pour se rendre à la maison de Maheust. Des Iroquois, qui y sont cachés, bondissent sur les Français et les massacrent sans pitié.[5]

Le seigneur Giffard aurait construit un deuxième moulin à Beauport, en 1659. D'autre part, certains indices nous font présumer que [...] Maheust est meunier de son métier. Serait-il celui qu'on aurait exécuté pour sorcellerie, d'autant plus que sa date de sépulture coïncide avec les données du Jésuite Ragueneau? Il manque cependant le principal, car Maheust est mort dans sa maison et le plus honorablement du monde. Cherchons donc ailleurs.

Le récit du Missionnaire serait-il erroné? Nous ne le croyons pas. Selon sa narration, la mise à mort du prétendu sorcier est survenue à l'été de 1661. D'autre part, cette prose est publiée à Paris, dix ans plus tard, en 1671. Dans une petite colonie comme celle de Québec, où tout le monde se connaît, l'exécution d'un «sorcier» constituerait un événement dont on parlerait encore, avec force détails, une décennie plus tard. D'ailleurs, le Jésuite a pu être témoin oculaire du supplice. En avril 1658, il a déjà fui les Onnontagués pour échapper au massacre. Puis, il ne retournera en France qu'au mois d'août 1662, avec Mgr de Laval. Par contre, en supposant qu'il n'y ait pas assisté, il a pu en recueillir le récit de la bouche de personnes qui l'ont vu. [...] Dans cette conjecture, le relaps aurait donc été bel et bien mis à mort. Alors, qui est-il?

Ce meunier de Beauport s'appellerait Daniel Vuil.[6] Dès la fin de février 1661, le châtiment qu'on lui inflige prête déjà à controverse. Un contemporain note à ce propos : «Grande bouillerie entre les puissances : on en pensa venir aux extrémités au suiet d'une sentence portée par Monseign. l'Evesque contre Daniel Vuil, prisonnier heretique relaps, blasphémateur & profanateur des Sacremens.»[7] Les autorités religieuse et civile vont pourtant tomber d'accord. Vuil est finalement «pendu ou plustot arquebuzé» le 7 octobre de la même année.[8]

(5) *Relation de ce qvi s'est passé de plvs remarqvable avx missions des Pères de la Compagnie de Jésvs, en la Nouvelle France, és années 1660. & 1661.* Envoyée au R. P. Prouincial de la Prouince de France., (A Paris, Chez Sebastien Cramoisy, M, DC. LXII.). Auec Priuilege du Roy.
(6) Voir à ce propos l'étude de Gustave Lanctot, *Une accusation contre Mgr de Laval,* parue dans le Rapport de la Société Canadienne d'Histoire de l'Église Catholique, 1944-45 : 11-27.
(7) *Le Journal des Jésuites, op. cit.,* p. 292.
(8) *Ibid.,* p. 303.

Quoi qu'il en soit, Vuil aurait pu connaître une mort encore plus affreuse, comme celle du bûcher. Pareille sentence date de l'Inquisition. Les status de ce tribunal distinguent alors deux sortes de relaps : ceux qui, d'abord condamnés à des peines médicinales, après leur abjuration, suspendent leur pénitence sans autorisation; et les autres qui retombent dans l'hérésie pour laquelle ils ont été condamnés et pardonnés. Dans le premier cas, les coupables peuvent être admis de nouveau à la pénitence, si les inquisiteurs le jugent à propos. On témoigne d'une plus grande sévérité à l'égard de ceux de la seconde catégorie. Abandonnés au bras séculier, ils sont parfois condamnés à mourir par le feu.

SÉGUIN, R.-L. (1971), *La Sorcellerie au Québec*, Montréal, Leméac, p. 178-181.

8.4 *La Lettre écarlate*, «La reconnaissance»

Le texte suivant est un extrait de La Lettre écarlate. *Ce roman a été écrit en 1850 et traduit en français en 1954. L'auteur de ce roman, Nathaniel Hawthorne, est un homme de lettres puritain de la Nouvelle-Angleterre. Ce roman raconte l'histoire de Hester Prynne, accusée d'adultère, qui est condamnée à expier sa faute en s'exposant au regard accusateur de la foule sur la place publique. Le personnage de Hawthorne a inspiré le personnage d'Hester dans le roman de Maryse Condé. Dans ce passage, Hester est présentée non comme une victime, mais comme une femme qui assume son destin.*

— Messire, me voudriez-vous, par grâce, dire qui est cette femme là-bas? Et pourquoi elle se trouve exposée à cet affront public?

— Il faut que vous soyez étranger en ces lieux, l'ami, répondit l'habitant de la ville en jetant un regard curieux sur l'homme qui lui posait cette question et sur le sauvage qui l'accompagnait, sans quoi vous eussiez certes ouï parler de Mme Hester Prynne et de sa faute. Elle a, je vous assure, soulevé grand scandale en la paroisse du pieux Révérend Dimmesdale, son pasteur.

— Vous dites bien, repartit l'autre. Je suis étranger et viens de mener, fort à l'encontre de ma volonté, une vie vagabonde. Je fus en butte à mâle aventure tant par mer que par terre, puis un long temps gardé en esclavage par les païens du sud et me voici, à présent, ici mené par cet Indien pour être racheté de ma captivité. Vous plairait-il donc de me parler de cette Hester Prynne (ai-je bien compris son nom?) et du crime qui la conduisit à cet échafaud là-bas?

— Volontiers, l'ami, répondit l'habitant de la ville, et je gage qu'après tous vos tracas et un séjour chez les sauvages, il vous réjouira le cœur d'arriver en un pays où le péché est traqué sans merci et puni à la face des chefs du gouvernement et du peuple.

Apprenez donc, Messire, que cette femme là-bas était l'épouse d'un homme fort docte, Anglais de naissance, mais qui longtemps vécut à Amsterdam d'où il décida de se venir joindre à nous autres colons de Nouvelle-Angleterre. Pour ce, il fit embarquer son épouse avant lui, ayant été contraint de s'attarder en Europe. Or, depuis tantôt deux ans que Mme Prynne habite Boston, nul n'a ouï nouvelle de son savant époux et cette jeune femme laissée aux mauvais conseils de sa nature...

— Ah! ah! je vous entends, dit l'étranger avec un amer sourire. Un homme aussi docte que vous dites eût dû avoir aussi appris en ses livres à redouter chose pareille. Et qui serait, je vous prie, Messire, le père de cet enfançon — de trois à quatre mois je suppose — que Mme Prynne tient en ses bras?

— En vérité, l'ami, cette question reste une énigme et le Daniel qui la déchiffrera est encore à venir, répondit l'habitant de Boston. Mme Hester s'est absolument refusée à parler et nos magistrats se sont concertés en vain. Le coupable peut se trouver présentement ici, en personne, en train de regarder ce triste spectacle, innocent aux yeux des hommes et oubliant que Dieu le voit.

— Le docte Messire Prynne devrait venir tenter de percer ce mystère, fit remarquer l'étranger avec un autre sourire.

— Ce serait, en effet, son affaire, s'il est encore en vie, répondit l'habitant de Boston. Or donc, considérant que cette femme est jeune et belle et dut être grièvement tentée et aussi que son époux doit être au fond de la mer, nos juges ne sont point allés jusqu'à lui appliquer la loi en toute sa rigueur — c'est-à-dire, à la faire mettre à mort. Ils ont, en la miséricorde et bonté de leurs cœurs, condamné seulement Mme Prynne à trois heures de pilori et à porter, pour le restant de sa vie terrestre, une marque infamante sur son sein.

— Ce fut sagement jugé, déclara l'étranger, inclinant la tête d'un air grave. Cette femme sera ainsi un sermon vivant contre le péché jusqu'à ce que l'ignominieuse lettre soit gravée sur sa tombe. Mais il m'afflige, toutefois, que le complice de sa faute ne se trouve pas à son côté. N'importe! Il sera découvert! Il le sera, oui, il le sera!

Sur ce, l'étranger salua courtoisement son communicatif interlocuteur et, murmurant quelques mots à l'oreille de l'Indien, se fraya avec lui un chemin dans la foule.

Tandis que cet entretien avait lieu, Hester Prynne, debout sur son piédestal, n'avait cessé de regarder l'étranger avec une attention si intense que tout le reste du monde visible lui semblait par instants s'évanouir pour ne laisser subsister que cet homme et elle. Se trouver en tête à tête avec lui eût d'ailleurs été peut-être plus terrible encore que cette rencontre d'à présent sous le soleil de midi qui brûlait Hester au visage et éclairait sa honte. Oui, mieux valait le rencontrer avec ce signe d'infamie sur la poitrine; avec cet enfant du péché dans les bras; avec toute une population rassemblée, comme au jour d'une fête, pour ne pas quitter des yeux un visage qui n'aurait dû se laisser voir qu'aux tranquilles lueurs d'un foyer ou sous le voile des matrones à l'église. Pour affreux que ce fût, Hester retirait un sentiment de protection de la présence de ces milliers de témoins. Mieux valait tant de gens entre eux, que de se trouver face à face, tous les deux, seuls. Elle cherchait un refuge, pour ainsi dire, dans son exposition à tant de regards et redoutait le moment où elle ne serait plus protégée par la multitude. Perdue dans ses pensées, elle n'entendit qu'à peine une voix qui s'élevait derrière elle, jusqu'à ce que cette voix eût plusieurs fois répété son nom, d'un haut ton solennel, qui parvenait distinctement aux oreilles de toute la foule :

— Écoute, Hester Prynne, écoute, disait la voix.

Il a déjà été indiqué que, juste au-dessus de l'estrade où se tenait Hester Prynne, s'élevait une sorte de balcon ou de galerie ouverte attenant à l'église. C'était de là que les proclamations étaient faites avec tout le cérémonial que l'on observait alors en pareilles circonstances. En ce jour, y avaient pris place, pour assister à la scène que nous sommes en train de décrire, le Gouverneur de l'État en personne, Messire Bellingham, avec quatre sergents, hallebarde au poing, comme garde d'honneur autour de son fauteuil. Il portait une plume noire à son chapeau et, sous son manteau qu'ornait une bande de broderie, un pourpoint de velours noir. C'était un seigneur avancé en âge, avec une dure expérience du monde inscrite dans ses rides. Il n'était pas mal choisi pour être le chef et le représentant d'une communauté qui devait son origine et son présent état de développement non aux élans de la jeunesse, mais à l'énergie austère et tempérée de l'âge mûr, et à la sombre sagacité du vieil âge qui peuvent accomplir tant de choses justement parce qu'elles en imaginent et espèrent si peu. [...]

— Mon bon Révérend Dimmesdale, dit-il, la responsabilité du salut de cette femme relève de vous qui fûtes son pasteur. Il vous appartient donc de l'exhorter au repentir et à l'aveu qui en sera la preuve.

Cet appel direct attira les regards de toute la foule sur le Révérend Dimmesdale — jeune pasteur venu d'une des grandes universités anglaises, apportant avec lui tout le savoir de l'époque en notre sauvage pays de forêts. Son éloquence et sa ferveur lui promettaient les places les plus hautes de sa profession. Il avait un aspect des plus frappants avec son front vaste et bombé, de grands yeux bruns mélancoliques, une bouche qui, à moins qu'il ne s'obligeât à serrer les lèvres, avait tendance à des frémissements et révélait donc à la fois de la sensibilité nerveuse et beaucoup d'empire sur soi-même. En dépit de ses dons naturels et de ses vastes connaissances, il y avait chez ce jeune pasteur quelque chose de transi, d'inquiet, d'effarouché — l'air de quelqu'un qui se serait senti perplexe et tout à fait perdu sur les routes de l'existence humaine, qui ne pourrait se sentir à l'aise que dans une retraite bien à lui. Aussi, dans la mesure où ses devoirs l'y autorisaient, ne foulait-il que les chemins de traverse les plus obscurs, gardant une simplicité d'enfant et faisant montre, lorsque les circonstances le contraignaient à se mettre au premier plan, d'une fraîcheur, d'une pureté de pensées telles que bien des gens se disaient émus par ses accents comme par ceux d'un ange.

Tel était le jeune homme sur lequel le Révérend Wilson et Messire Bellingham le Gouverneur venaient d'attirer l'attention du public en l'adjurant de sonder, devant tous, le mystère qu'est une âme de femme, même entachée par le mal. La situation délicate où il se trouvait ainsi mis retira le sang de ses joues et fit frémir ses lèvres.

— Parle à cette femme, frère, dit le Révérend Wilson. L'heure est d'importance pour son âme et, par conséquent, ainsi que le vient de dire Messire le Gouverneur, d'importance aussi pour la tienne qui en eut le soin.

Le Révérend Dimmesdale baissa la tête comme pour une prière silencieuse puis, s'avançant, se pencha au-dessus du balcon :

— Hester Prynne, dit-il, en regardant fermement la femme dans les yeux, tu as entendu ce que cet homme pieux vient de dire et tu vois la responsabilité sous laquelle je plie. Si tu sens que ce sera pour la paix de ton âme, que ton châtiment terrestre sera ainsi rendu plus efficace pour ton salut éternel, je t'adjure de dire le nom de celui qui partagea ta faute et partage aujourd'hui ta souffrance! Ne garde point le silence par suite d'une pitié ou d'une tendresse mal comprise envers cet homme car, crois-moi, Hester, lui fallût-il présentement descendre d'un rang élevé pour aller se tenir près de toi, cela vaudrait mieux pour lui que de cacher un cœur coupable toute sa vie durant. Que peux-tu faire pour lui en te taisant? Rien, hormis le tenter, que dis-je l'obliger à joindre le péché d'hypocrisie au péché qu'il a commis déjà. Le ciel t'a accordé la grâce d'une expiation publique afin que tu puisses remporter ensuite, au vu de tous, un éclatant triomphe sur le mal qui fut au-dedans de toi. Prends garde de ne point écarter de lui, qui n'a peut-être pas le courage de s'en saisir lui-même, la coupe amère mais bienfaisante offerte à tes lèvres.

La voix du jeune pasteur était frémissante, entrecoupée, pleine de douceur profonde. Les sentiments qu'elle exprimait, par ses accents plutôt que par le sens des mots, la faisaient résonner dans le cœur des assistants. Tous vibraient à l'unisson d'une même sympathie. Jusqu'au petit enfant qu'Hester tenait dans ses bras qui s'y montra sensible car il dirigea son regard, jusqu'alors resté vague, vers le Révérend Dimmesdale et tendit ses petits bras avec un murmure à demi content, à demi plaintif. Enfin cette adjuration semblait si puissante que la foule se sentit certaine qu'Hester Prynne allait prononcer le nom du coupable ou que celui-ci, en quelque situation qu'il fût, allait éprouver une irrésistible impulsion intime et être contraint de gravir les degrés du pilori.

Hester secoua la tête.

— Femme, ne va point au-delà des limites de la clémence divine! s'écria le Révérend Wilson avec plus de sévérité qu'auparavant. Ce petit enfant a été doué d'une voix pour renforcer le conseil que tu viens d'entendre. Dis le nom! Cet aveu et ton repentir pourront faire disparaître un jour la lettre écarlate de la poitrine.

— Jamais! répondit Hester, ne regardant pas le Révérend Wilson mais les yeux dans les yeux profonds et troublés de son jeune confrère. Elle y est trop avant marquée. Nul ne saurait plus l'enlever et puissé-je endurer sa peine à lui en même temps que la mienne!

— Parle, femme! s'écria froide et sévère une autre voix qui venait celle-ci de la foule massée au pied du pilori. Parle et donne un père à ton enfant!

— Je ne parlerai point, dit Hester, en devenant aussi pâle que la mort mais contrainte de répondre à cette voix qu'elle ne reconnaissait que trop. Mon enfant devra chercher un père dans les cieux. Elle n'en aura jamais un sur terre.

— Elle ne parlera pas, murmura le Révérend Dimmesdale qui, penché sur la balustrade du balcon et la main pressée contre son cœur, avait attendu le résultat de son appel. Il se rejeta en arrière en respirant profondément. Merveilleuse force et merveilleuse générosité d'un cœur de femme! Elle ne parlera pas.

Devant l'intraitable état d'esprit de la pauvre coupable, le doyen du clergé, qui s'était soigneusement préparé pour l'occasion, adressa à la foule un discours sur le péché et ses pièges divers entremêlé de continuelles allusions à la lettre infamante. Pendant une heure et plus que ses périodes roulèrent au-dessus des têtes, il insista avec tant d'énergie sur cette marque symbolique qu'elle finit par empreindre de terreurs nouvelles les imaginations et parut emprunter sa couleur aux flammes du gouffre infernal.

HAWTHORNE, N. (1850-1954). *La Lettre écarlate*, Traduction de Marie Caravaggia, Paris, Gallimard, p. 98-101, p. 104-107.

8.5 *Les Sorcières de Salem*

Les Sorcières de Salem *est une pièce de théâtre en quatre actes, créée par Arthur Miller en 1953. Le sujet de cette pièce fait référence au célèbre procès des sorcières de Salem qui eut lieu en 1692 et qui inspira le roman de Maryse Condé. L'extrait suivant provient de l'Acte 1, chapitre 1; l'action se passe dans une chambre de la maison du pasteur Samuel Parris, à Salem, au printemps de l'année 1692. Parris est agenouillé auprès du lit sur lequel, inerte et tout habillée, gît sa fille Betty, âgée de dix ans. Il la regarde avec angoisse en murmurant une prière. Son esclave Tituba, une négresse de cinquante ans, entre craintivement.*

PARRIS
Ah! Bon, je n'aurai donc pas à en acheter d'autre. Mais c'est tout de même dégoûtant. (*Furieux, à Tituba.*) Pourquoi avez-vous ensorcelé ces enfants?

TITUBA
Moi, Monsieur? Je n'ai jamais ensorcelé... Non, jamais ensorcelé...

PARRIS
Allez-vous confesser votre crime ou vais-je vous battre?

TITUBA
Non, ne battez pas Tituba.

172

PUTNAM

Révérend, permettez que j'aille dans la cour pendre cette négresse.

TITUBA

Non, non, ne pendez pas Tituba. Je n'ai jamais fait de mal à des enfants.

PARRIS, *le fouet à la main.*

Tituba, avez-vous vu le Diable?

TITUBA

Monsieur Révérend, tous les jours, je prie Dieu de permettre que je retourne à la Barbade, dans les îles du Soleil, mais, certains soirs, je pense que jamais Dieu il ne voudra entendre Tituba et je pleure et je me tourne d'un autre côté. Alors, des fois, je fais un gâteau de sorcière. Je prends de la farine de blé, je fais pisser le chien dans la farine, et les enfants font un vœu sur le petit gâteau, et, moi aussi, je fais un vœu.

HALE

Je m'étonne, monsieur, que vous ayez gardé cette femme si longtemps.

PARRIS, *piqué par cette remarque.*

Tituba, allez-vous enfin confesser que vous avez vu le Diable ou vais-je vous faire sortir et vous fouetter à mort?

TITUBA

Moi... moi... le Diable...

PARRIS

Oui, le Diable! Allons, parlez!

TITUBA

Lui... qui viendrait à moi?

PARRIS, *levant son fouet.*

C'est bon.

TITUBA, *vivement.*

Oui, monsieur, le Diable, il vient à moi et j'essaie de me sauver, de fuir loin, loin, Tituba, si loin! mais il me rattrape et il dit qu'il me coupera la main!

MME PUTNAM

Et moi, avez-vous parlé de moi?

TITUBA

Non, madame, il ne parle pas de vous.

MME PUTNAM

Mais vous avez tué mes enfants pour lui obéir, n'est-ce pas?

TITUBA

Je n'ai jamais tué! Non, même pas des bêtes. J'aime aussi les bêtes.

HALE

Abigaïl, Tituba est-elle jamais venue vers vous avec un livre noir en vous demandant de le signer?

ABIGAÏL

Je ne l'ai jamais signé, Révérend.

HALE, *avec satisfaction.*

Ah! elle a donc un livre noir.

TITUBA

Ce sont mes Évangiles.

HALE

Savez-vous lire?

TITUBA

Non, monsieur, mais...

HALE

Alors, pourquoi gardez-vous ce livre?

TITUBA

Je... Je l'ouvre quelquefois et je touche les pages, mon Révérend.

HALE

Écoutez-moi, Tituba. Quand nous nous soumettons à l'Enfer, il est très difficile de s'en libérer. Mais nous voulons justement vous aider à rompre les liens qui vous tiennent dans la dépendance de Satan. Regardez-moi dans les yeux, femme. Regardez-moi profondément. (*Tituba lève les yeux sur lui.*) Vous voulez être une bonne chrétienne, n'est-il pas vrai, Tituba?

TITUBA

Oui, monsieur, une bonne chrétienne.

HALE

Et vous aimez Dieu, Tituba?

TITUBA

Et j'aime Dieu de tout mon être.

HALE

Maintenant, au nom de Dieu tout-puissant...

TITUBA

Qu'il soit béni... Qu'il soit béni...

HALE

Et pour sa plus grande gloire...

TITUBA

Pour sa gloire éternelle... Béni soit-il... Béni soit-il.

HALE

Ouvrez votre âme, Tituba... Ouvrez votre âme et laissez rayonner en vous la lumière de Dieu.

TITUBA

Que Dieu soit béni.

HALE

Quand le Diable venait-il avec vous? Était-ce le jour ou la nuit?

TITUBA

Il... Je crois qu'il vient la nuit. Quand je dors, il vient me tenter.

HALE

Vient-il parfois avec une autre personne? (*Elle le regarde fixement.*) Peut-être une autre personne du village? Quelqu'un que vous connaissez?

TITUBA, *sans comprendre.*

Quelqu'un que je connais?

HALE

Tituba, je vous arracherai la vérité, quand bien même il nous faudrait rester ici tout un jour et toute une nuit. Qui était avec le Diable quand vous l'avez vu?
(Tituba le regarde.)

PARRIS

Qui était avec lui?

TITUBA

Oui, monsieur, qui était avec lui?

HALE

Abigaïl, Tituba ne vous a-t-elle rien dit, à ce sujet?

ABIGAÏL

Je ne sais pas, monsieur Hale... Tituba est une bonne fille *(Tituba lui sourit.)* qui parle beaucoup et, le plus souvent, je ne l'écoute pas. Pourtant, il me semble... Oui, c'était cet hiver... Tituba m'a parlé de certaines femmes... Oh! j'y suis, maintenant... C'étaient des femmes de Salem!

TITUBA

Des femmes de Salem... *(Avec reproche.)* Oh! Abigaïl!

PARRIS, *menaçant.*

Combien étaient-elles, ces femmes de Salem, et qui étaient-elles?

TITUBA, *terrifiée.*

Monsieur Révérend, il faisait noir...

PARRIS

Puisque vous avez pu voir le Diable, vous les avez vues aussi, ces sorcières?

TITUBA

Elles couraient toujours autour de moi, toujours, et si vite.

HALE

Tituba, vous n'avez pas à craindre de nous dire qui elles sont. Nous sommes là pour vous protéger, et le Diable ne peut être plus fort qu'un ministre de Dieu. Vous savez cela, n'est-ce pas?

TITUBA

Oui, monsieur, je le sais.

HALE

Vous avez confessé vous-même avoir commis des actes de sorcellerie. Votre franchise témoigne de votre désir de rentrer dans le sein de Dieu. Nous vous bénirons, Tituba.

TITUBA

Que Dieu vous bénisse, monsieur Hale!

HALE

Vous êtes l'instrument que Dieu a mis entre nos mains pour découvrir les suppôts du Diable parmi nous. Vous êtes élue, Tituba, vous êtes choisie pour nous aider à nettoyer notre village. Ne nous cachez rien, Tituba, tournez le dos à Satan et regardez Dieu, Tituba, et Dieu vous protégera.

TITUBA

Oh! Dieu, protégez Tituba!

HALE

Combien de ces femmes de Salem sont venues vers vous avec le Diable? Deux, trois, quatre? Combien?

TITUBA, *haletante, elle commence à jeter la tête d'avant en arrière, regardant fixement devant elle.*

Oui, elles étaient quatre! Elles étaient quatre!

PARRIS

Qui? Qui? Leurs noms? Dites leurs noms!

TITUBA, *éclatant.*

Ah! combien de fois le Diable m'a-t-il ordonné de vous tuer, monsieur Parris!

PARRIS

Me tuer?

TITUBA

Il disait : «M. Parris doit être tué! M. Parris n'est pas un saint homme! (*La voix haineuse.*) M. Parris est un homme avare, mesquin, hypocrite et pas un homme bon», et il m'ordonnait de me lever de mon lit et de vous couper la gorge. (*Ils la regardent bouche bée.*) Je lui répondais : «Non, je ne veux pas tuer cet homme!» Et lui, le Diable, il disait : «Travaillez pour moi, Tituba, et je vous donne votre liberté. Et les belles robes, je te les donne, et je te fais monter dans les airs et prendre ton vol vers la Barbade.» Et, moi, j'ai dit : «Vous mentez, Satan, vous mentez!» Et il est venu vers moi, une nuit d'orage et de colère, et il m'a dit : «Regarde, j'ai des femmes blanches qui m'appartiennent! Oui, des femmes blanches!» (*Criant.*) Des femmes blanches! (*Baissant la voix.*) Et j'ai regardé... et j'ai vu maîtresse Good.

PARRIS

Maîtresse Good!

TITUBA

Oui, monsieur, et j'ai vu aussi maîtresse Osburn.

MME PUTNAM

Je le savais! Maîtresse Osburn a été trois fois la sage-femme qui m'a assistée. Je vous ai supplié, Thomas, est-ce vrai? Je l'ai supplié de ne pas appeler cette Osburn qui me faisait peur. Mes enfants dépérissaient entre ses mains et... (*À Putnam.*) Vous l'avez fait venir, vous l'avez fait venir!
(*Muet de colère, Putnam se dirige vers la porte.*)

PARRIS

Thomas, non, attendez!

PUTNAM

Elle est en bas, cette furie meurtrière, je la veux!

HALE

Et, ainsi, vous avertirez les autres? Attendez! Tituba, vous avez dit qu'elles étaient quatre femmes de Salem?

TITUBA, *elle détourne les yeux vers Abigaïl qui la regarde intensément.*

Monsieur Révérend... je suis aveugle, maintenant. Je ne peux pas voir. Je ne peux plus!
(*Elle cache sa figure dans ses mains en sanglotant.*) (*Un silence.*)

HALE

Monsieur Parris, il ne peut y avoir de doute. Ce damné Satan est sorti de l'Enfer et se promène dans Salem avec un cortège de sorcières. (*Montrant la croix noire.*) Il a montré ses marques. Vous ferez bien d'appeler le gouverneur et de faire arrêter les deux femmes.

PARRIS

Je vais faire le nécessaire. Thomas, ne dites rien à ces femmes, mais allez vite chez le juge Hathorne et chez le prévôt Villard.

PUTNAM

Que Dieu m'assiste et me fasse passer auprès d'elles sans les étrangler.

HALE

Évitez de les avertir d'aucune façon. Ces sorcières sont comme des rongeurs. Il faut les attraper toutes d'un seul coup, sinon elles se multiplieront aussitôt que vous aurez le dos tourné.

PARRIS, À PUTNAM.

Dites aussi au gouverneur de venir ici.

HALE

Et qu'il apporte les fers. (*À Parris.*) Il est notoire qu'elles sont difficiles à tenir. (*Putnam acquiesce et sort.*)

MILLER, A. (1959). *Les Sorcières de Salem.* Paris, Robert Laffont, p. 48-55.

8.6 «Tit-Jean Quatorze»

Tituba se compare à Ti-Jean qu'on trouve fréquemment dans les contes. On lira ici une aventure de Ti-Jean écrite par Antonine Maillet.

... C'est l'histoire vraie d'un de ses aïeux, l'un des premiers de la race, qui vivait avant la tour de Babel, du temps que tous les hommes parlaient la même langue. Le héros, qui n'était point un méchant homme mais qui portait le nom de Tit-Jean Quatorze à cause des quatorze tours qu'il avait déjà joués à son père, décida un jour de prendre femme.

— Enfin, que chacun se dit, voilà qui va l'assagir et nous laisser la paix.

— Marie-toi, que fit son père, le plus tôt sera le mieux.

Et notre jeune homme s'en fut demander la main de la femme de son choix.

— Quoi c'est que tu veux comme présent de noces? qu'il fait.

— Une barque, qu'elle répond.

179

— Une barque? qu'il dit, c'est tout?

La fiancée voulait entrer dans le mariage par la mer, c'était son droit. Ça fait que notre héros s'en fut lui quérir une barque.

Il se rendit donc chez le charpentier pour lui commander une grande nef en bois de merise, calfatée à la résine de pin, pontée, arrimée, gréée pour des noces, prête à prendre le large et voguer jusqu'au fin bord de la terre. Et le charpentier lui répondit que pour réussir une pareille embarcation, il lui manquait les trois mots magiques.

— Les trois mots magiques? que fait le jeune homme, surpris.

— Il manque pour achever la barque trois paroles que seul un sorcier peut t'aider à trouver.

Et Tit-Jean Quatorze, sans peur et sans reproche, s'en fut chez le sorcier.

C'était un sorcier solitaire, habitant une caverne profonde, et qui sortait rarement au soleil. Il était si grand et si immobile qu'un arbre lui poussait sur l'épaule et que les oiseaux s'en venaient y faire leur nid. Ceci amusa fort Quatorze qui n'était point encore assagi et qui se mit à lancer des pierres pour dénicher les œufs des nids, comme du temps qu'il était gamin.

Le sorcier sourcille sans rien dire et attend que notre bonhomme Tit-Jean lui fasse sa demande.

— Je suis à la quête de trois mots magiques, qu'il dit, pour achever une barque pour entrer en mariage et commencer ma vie.

Le sorcier l'avise et dit d'une voix qui a tout l'air de sortir d'un caveau :

— Jusqu'où veux-tu que ta barque te conduise?

— Au bout du temps, que dit Quatorze en riant et pirouettant sur ses deux pieds.

— Bien, que fait le sorcier géant. Je t'indiquerai donc le chemin de l'aller à la quête des paroles magiques; quant au chemin de retour, tu devras te débrouiller pour le trouver tout seul.

— Je me débrouillerai, que fait le jeune vaillant et hardi, je me débrouillerai.

Et le sorcier lui montre la route pour atteindre sa lointaine aïeule qu'on nomme la Dame géante de la Nuit.

La géante dormait, couchée dans un pré immense. Elle était si grande, que Tit-Jean Quatorze dut marcher durant trois jours et trois nuits pour lui mesurer la taille.

Au bout de trois jours, il l'interpelle :
— Grande Dame de la Nuit! qu'il huche, c'est moi, Tit-Jean, ton arrière-arrière-petit-fils. Je viens en quête des trois mots qu'il manque à ma barque pour entreprendre la route de ma nouvelle vie. Viens à mon secours, Géante de la Nuit.

La géante dort et ne bouge point. Mais Quatorze aperçoit au niveau de la tête l'apparence de deux montagnes qui ont l'air de se mouvoir. Il s'approche et découvre que ces montagnes sont les mâchoires de la géante qui ronfle, la bouche ouverte.

— Eh bien, qu'il se dit, voilà ma chance. Ses trois mots, elle les cache sûrement là-dedans.

Et il grimpe sur le menton pour jeter un coup d'œil à ses dents de la taille des rochers.

Soudain il entend chanter au-dessus de sa tête; ce sont des oiseaux qui le regardent et qui semblent lui dire : «Vas-y, Tit-Jean, vas-y!»

— Pourquoi pas? qu'il se dit.
Et il pénètre, sans retourner la tête, dans la gueule de la Dame géante de la Nuit.

Il fouille toute la bouche, entre les dents, sous la langue, au fond du gosier; les trois mots n'y sont pas.

— Les paroles doivent se loger plus loin, qu'il se dit en devenant de plus en plus sage et de plus en plus courageux, je poursuivrai ma route.

Et prudemment, posant un pied à la fois sur les parois de la gorge, il s'avance et finit par se laisser glisser le long de l'œsophage.

Et là, il reste ébloui. L'intérieur de la géante est si grand, si étendu, qu'on y cultive ses champs et y plante ses choux. Quatorze s'en frotte les yeux. Il aperçoit des poumons gros comme des cheminées de maçoune, et un estomac profond comme un puits, et des tripes longues comme des tunnels souterrains. Il se figure avoir les pieds à l'embouchure des entrailles de la terre et il décide de s'y aventurer. Il se fabrique un radeau avec des restes de racines d'arbres qui pourrissent dans l'estomac et vogue d'un bout à l'autre de l'intestin, en se tenant le nez et en rendant la gorge à chaque coude de cette rivière stagnante et puante. Pouah!

Enfin, il arrive au bout. Mais au moment où il veut mettre pied à terre, il voit s'ouvrir devant lui la gueule enflammée d'un dragon, l'un de ces monstres comme le monde en produisait avant que les hommes n'apprennent à labourer les champs et planter les graines dans la terre. Notre Tit-Jean tremble, mais ne recule pas. C'est alors qu'il se souvient du couteau de poche que lui a donné son père pour ses douze ans.

— Je n'ai rien à perdre, qu'il se dit.

Et il sort son couteau.

Le dragon grince des dents et crache des flammes flambant neuves. Quatorze serre son couteau entre ses doigts. Et au moment où le monstre dresse la tête pour foncer sur lui, le jeune héros aperçoit une tache blanche sous sa gorge, un petit endroit pas plus grand qu'une feuille de tilleul où la peau est toute nue et sans écailles. Tit-Jean prend son souffle et donne un grand coup de couteau, en plein cœur du dragon.

Ouf!... ce n'était pas trop tôt.

Le sang gicle. Et Quatorze est tout étonné de voir couler à ses pieds un ruisseau de perles et de diamants. Ce dragon n'était nul autre que celui-là même qui depuis le début du monde gardait au fond de son ventre, qui était au fond du ventre de la Dame géante de la Nuit, le fameux trésor que les hommes cherchent depuis le commencement des temps.

Mais Tit-Jean Quatorze n'a d'idée que pour ses trois paroles magiques qu'il voit soudain danser entre les pierres précieuses. Parmi toutes ces richesses, il n'hésite pas, il s'empare des trois mots et les enfouit dans sa poche.

Puis il reprend sa route à rebours : la grosse tripe, la petite tripe, le foie, l'estomac, l'œsophage qu'il remonte en s'agrippant aux parois humides, le gorgoton, la gorge, l'arc de la luette, le palais garni d'une double colonnade... deux énormes rangées de dents plantées comme des colosses de calcaire blanc. Alors il se souvient des paroles du sorcier : «Je t'indiquerai le chemin de l'aller; quant au retour, tu te débrouilleras tout seul.»

Il serre dans sa poche ses trois mots, les trois mots qui achèveront de construire sa barque qui le mènera à sa bien-aimée qui l'accompagnera au bout de la vie, la vie qui ne finit pas.

Hélas! la vie finit toujours et personne encore n'est revenu du grand voyage. Surtout que Tit-Jean Quatorze, qui se croyait immortel, ignorait qu'il était vulnérable depuis son baptême, par rapport que par erreur on lui avait mis trois grains de poivre sur la langue au lieu du sel.

Ça fait qu'en voulant passer les dents et s'aveindre de la gueule de la Dame géante de la Nuit, Quatorze sortit les pieds en premier... ce qui fit rire les oiseaux qui, guettant son retour, lui aperçurent le fondement. Le rire des oiseaux réveilla la géante qui ferma la bouche de surprise et coupa le héros en deux.

MAILLET, A. (1974). *Pélagie-la-charrette*, Montréal, Leméac.

11

Mon doux amant bancal et contrefait! Je me rappelle avant de te perdre à jamais, ce pauvre bonheur que nous connûmes!

Quand tu me rejoignais dans le grand lit du galetas, nous tanguions comme en un bateau ivre sur une mer démontée. Tu me guidais de tes jambes de rameur et nous finissions par atteindre la rive. Le sommeil nous offrait la douceur de ses plages et au matin, pleins d'une nouvelle vigueur, nous pouvions entamer nos tâches quotidiennes.

Mon doux amant bancal et contrefait! La dernière nuit que nous passâmes ensemble, nous ne fîmes pas l'amour, comme si nos corps s'effaçaient devant nos âmes. Une fois de plus, tu t'accusas de ta dureté. Une fois de plus, je te suppliai de me laisser mes chaînes.

Hester, Hester, tu ne serais pas contente de moi. Mais certains hommes qui ont la vertu d'être faibles, nous donnent désir d'être esclaves!

12

Ils étaient là, trio invisible parmi la foule des esclaves, des marins, des badauds venus m'accueillir. Les esprits ont cette particularité qu'ils ne vieillissent pas et gardent la forme de leur jeunesse retrouvée. Man Yaya, haute négresse Nago aux dents étincelantes. Abena ma mère, princesse Ashanti au teint de jais, les tempes striées des balafres rituelles. Yao, Mapou aux pieds larges et puissants.

Je renonce à décrire les sentiments que j'éprouvais pendant qu'ils se serraient contre moi.

À part cela, elle ne me faisait pas fête, mon île! Il pleuvait et le troupeau mouillé de toits de tuile de Bridgetown se pressait autour de la massive silhouette d'une cathédrale. Les rues charroyaient une eau boueuse dans laquelle pataugeaient bêtes et gens. Sans doute un négrier venait-il de jeter l'ancre, car sous l'auvent de paille d'un marche, des Anglais, hommes et femmes, examinaient les dents, la langue et le sexe des bossales[1] tremblants d'humiliation.

Qu'elle était laide, ma ville! Petite. Mesquine. Un poste colonial sans envergure, tout empuanti de l'odeur du lucre et de la souffrance.

Je remontai Broad Street et, presque sans l'avoir voulu, je me trouvai devant la maison qu'avait occupée mon ennemie Susanna Endicott.

Pourtant, au lieu de me réjouir des propos de Man Yaya qui me soufflait à l'oreille la manière dont la mégère avait rendu l'âme après avoir mariné des semaines dans le jus brûlant de son pissat, voilà qu'une émotion inattendue m'étreignait.

Que n'aurais-je pas donné pour revivre les années où je dormais, nuit après nuit, dans les bras de mon John Indien, la main sur l'objet dispensateur de plaisir! Que n'aurais-je pas donné pour qu'il s'encadre sous la porte basse et m'accueille, ironique et tendre, comme il savait si bien l'être :

— Eh! ma femme rompue! Te voilà! tu as roulé dans la vie comme une pierre sans mousse et tu reviens, les mains vides!

Je tentai de ravaler mes larmes, mais elles n'échappèrent pas à Abena ma mère qui soupira :

1. Nègres fraîchement débarqués et non baptisés.

— Bon! Elle pleure pour ce salaud!

Après cette note discordante, les trois esprits se roulèrent sur eux-mêmes formant un nuage translucide qui s'éleva au-dessus des maisons et Man Yaya m'expliqua :

— On nous appelle quelque part! Nous te retrouverons ce soir!

Et Abena ma mère d'ajouter :

— Ne te laisse pas détourner! Rentre chez toi!

Chez toi! Il y avait une cruelle ironie dans ces mots. À part une poignée de défunts, personne ne m'attendait dans l'île et je ne savais même pas si la case dans laquelle je squattais dix ans plus tôt était encore debout. Sinon, il me faudrait de nouveau me transformer en charpentier et édifier quelque part un abri. La perspective était si peu engageante que je fus tentée d'aller trouver ce David da Costa pour lequel Benjamin Cohen d'Azevedo m'avait remis une lettre. Où habitait-il?

J'étais là à hésiter sur la conduite à tenir quand je vis un groupe s'avancer vers moi, pataugeant dans la gadoue et s'abritant tant bien que mal sous des feuilles de bananier. Je reconnus Deodatus entouré de deux femmes et j'eus une exclamation de plaisir :

— Où donc étais-tu? Je t'ai cherché partout.

Il eut un sourire mystérieux :

— J'étais allé prévenir quelques amis de ton arrivée. Je savais qu'ils ne manqueraient pas d'être ravis.

Une des jeunes femmes s'inclina alors devant moi :

— Honore-nous, mère, de ta présence!

Mère? L'appellation me fit bondir, bouillir de colère, car elle était réservée aux femmes âgées que l'on entendait traiter avec respect. Or j'avais à peine trente ans et moins d'un mois auparavant, la chaude semence d'un homme inondait mes cuisses! Cachant mon mécontentement, je pris le bras de Deodatus et interrogeai :

— Et où demeurent tes amis?

— Près de Belleplaine.

Je faillis protester :

— Belleplaine! Mais c'est à l'autre bout du pays!

Néanmoins, je me ressaisis. Ne venais-je pas de réaliser que personne ne m'attendait et que je n'avais plus de toit? Alors pourquoi pas Belleplaine?

Nous quittâmes la ville. Soudain, comme il arrive souvent dans nos contrées, la pluie cessa et le soleil se remit à briller, caressant de son pinceau lumineux, les contours des mornes. La canne était en fleur, voile mauve au-dessus des champs. Les feuilles vernissées des ignames montaient à l'assaut des tuteurs. Et un sentiment d'allégresse vint contredire celui qui m'avait envahie l'instant précédent. Personne ne m'attendait, avais-je cru? Quand le pays tout entier s'offrait à mon amour? N'était-ce pas pour moi que l'oiseau Zenaida déroulait ces trilles? Pour moi que le papayer, l'oranger, le grenadier se chargeaient de fruits? Réconfortée, je me tournai vers Deodatus qui allait à côté de moi, respectant mon silence :

— Mais qui sont tes amis? Sur quelle plantation travaillent-ils?

Il eut un petit rire auquel les deux femmes firent écho et répondit :

— C'est qu'ils ne travaillent sur aucune plantation!

Je fus un instant sans comprendre, puis je dis d'un ton incrédule :

— Ils ne travaillent pas sur une plantation? Ce sont donc... des Marrons?

Deodatus inclina la tête.

Des Marrons?

Dix ans plus tôt quand j'avais quitté la Barbade, les Marrons étaient rares. On ne parlait guère que d'un certain Ti-Noël et sa famille qui tenait Farley Hill. Personne ne l'avait jamais vu. Depuis le temps qu'il vivait dans les imaginations, ce devait être un vieillard. Pourtant on lui prêtait jeunesse et audace et on se répétait ses hauts faits : «Le fusil du Blanc ne peut pas tuer Ti-Noël. Son chien ne peut pas le mordre. Son feu ne peut pas le brûler. Papa Ti-Noël, ouvre-moi la barrière!»

Deodatus m'expliqua :

— Mes amis ont pris les mornes quand les Français ont attaqué l'île, il y a quelques années. Alors les Anglais ont voulu enrôler de force les esclaves pour leur défense. Mais ceux-ci se sont dit : «Quoi! mourir pour des querelles entre Blancs!» et ils ont pris leurs jambes à leur cou! Ils se sont réfugiés dans Chalky Mountain et les Anglais n'arrivent pas à les déloger.

À nouveau, les femmes rirent en écho.

Je ne savais trop que penser. Malgré tout ce que je venais d'endurer et en moi, ce désir de vengeance qui n'avait jamais été satisfait, je n'avais pas le cœur à me mêler à des histoires de Marrons et à risquer ma peau. Illogique, je découvrais que je désirais surtout vivre en paix dans mon île retrouvée. Aussi le reste du trajet s'effectua-t-il en silence. Quand le soleil fut presque au milieu du ciel, les femmes nous firent signe de nous arrêter et tirèrent de leurs macoutes des fruits et de la viande séchée. Nous partageâmes ce frugal repas que Deodatus arrosa de rhum pour sa part. Puis nous reprîmes la route. Le chemin devint de plus en plus montueux tandis que la végétation devenait échevelée et luxuriante comme si elle aussi avait à cœur de protéger les hors-la-loi. À un moment, les femmes firent à voix haute :

— Ago!

Les broussailles s'agitèrent et trois hommes apparurent armés de fusils. Ils nous saluèrent chaleureusement, mais ne nous en bandèrent pas moins les yeux et c'est plongés dans l'obscurité que nous entrâmes dans le camp des Marrons.

Les Marrons m'écoutaient assis en cercle. Pas très nombreux, pas plus d'une quinzaine avec leurs femmes et leurs enfants. Et je revivais mes souffrances, ma comparution devant le Tribunal, les accusations sans fondement, les aveux de complaisance, la trahison de ceux que j'aimais. Quand je me tus, ils se mirent à parler tous à la fois :

— Ce Satan, combien de fois l'avais-tu rencontré?

— Est-il plus fort que le plus grand des quimboiseurs?

— T'a-t-il fait écrire dans son livre et sais-tu donc écrire?

Christopher, leur chef, un homme d'une quarantaine d'années, paisible comme ces rivières qui coulent inexorablement vers la mer, les arrêta d'un geste et fit d'un ton d'excuse :

— Pardonne-leur, ce sont des guerriers, pas des «grangreks[1]» et ils n'ont pas compris que l'on t'accusait à tort. Car tu étais innocente, n'est-ce pas?

J'inclinai affirmativement la tête. Il insista :

— Tu n'as aucun pouvoir?

Je ne sais trop à quel sentiment je cédai. Vanité? Désir d'éveiller un intérêt plus vif dans les yeux de cet homme? Soif de sincérité? Toujours est-il que je tentai d'expliquer :

— Je tiens quelques pouvoirs de la femme qui m'a élevée, une Nago. Mais ils ne me servent qu'à faire le bien...

Les Marrons m'interrompirent en chœur :

— Faire le bien? Même à tes ennemis...?

Je ne sus que répondre. Heureusement Christopher donna le signal de la retraite en se levant et bâillant :

— Demain est un autre jour!

On m'avait affecté une case non loin de celle qu'il occupait avec ses deux compagnes, car il avait rétabli pour son bénéfice, l'africaine coutume de la polygamie, et il me sembla n'avoir jamais connu matelas plus moelleux que cette paillasse à même le sol de terre battue sous ce toit de paille. Ah oui! elle m'avait bourlinguée, la vie! De Salem à Ipswich! De la Barbade à l'Amérique et retour! Mais à présent, je prenais mon repos et je pouvais lui dire : «Tu ne me malmèneras plus.»

La pluie qui s'était arrêtée avait recommencé de tomber et je l'entendais piétiner, exaspérée comme une visiteuse que l'on tient à la porte.

J'allais sombrer dans l'inconscience quand j'entendis un bruit dans le vestibule de ma case. Je pensai qu'il s'agissait sûrement de mes invisibles venus me quereller de leur avoir faussé compagnie quand Christopher entra, élevant un lumignon au-dessus de sa tête. Je me redressai :

— Eh quoi? Tes deux femmes ne te suffisent pas?

Il leva les yeux au ciel, ce qui, du coup, me mortifia, et répliqua :

1. Savants.

189

— Écoute, je n'ai pas l'esprit à la bagatelle!

J'interrogeai, coquette malgré moi, car tous mes malheurs n'avaient pas diminué ce profond instinct qui fait que je suis une femme :

— À quoi l'as-tu?

Il s'assit sur un escabeau et posa son lumignon par terre ce qui libéra mille ombres dansantes :

— Je veux savoir si je peux compter sur toi!

Je fus un instant bouche bée avant de m'exclamer :

— Et pour quoi, grand Dieu?

Il se pencha vers moi :

— Te rappelles-tu la chanson de Ti-Noël?

Ti-Noël? Je renonçai à comprendre. Il me fixa d'un œil plein de commisération comme un enfant obtus et se mit à chanter d'une voix étonnamment juste :

— Oh, papa Ti-Noël, le fusil du Blanc ne peut pas le tuer. Les balles du Blanc ne peuvent pas le tuer; elles glissent sur sa peau. Tituba, je veux que tu me rendes invincible!

C'était donc cela? Je faillis éclater de rire, me retins de peur de l'irriter et parvins à répondre avec calme :

— Christopher, je ne sais pas si je suis capable de cela!

Il aboya :

— Es-tu une sorcière? Oui ou non?

Je soupirai :

— Chacun donne à ce mot une signification différente. Chacun croit pouvoir façonner la sorcière à sa manière afin qu'elle satisfasse ses ambitions, ses rêves, ses désirs...

Il m'interrompit :

— Écoute, je ne vais pas rester là à t'écouter philosopher! Je te propose un marché. Tu me rends invincible. En échange...

— En échange?

Il se leva et sa tête toucha presque le toit de la case tandis que son ombre s'étendait sur moi comme un génie protecteur :

— En échange, je te donnerai tout ce dont une femme peut rêver.

Je fis, ironique :

— C'est-à-dire?

Il ne répondit pas et tourna les talons. Il avait à peine quitté la pièce que j'entendis fuser des soupirs que je ne manquai pas de reconnaître. Je résolus d'ignorer Abena ma mère et me tournai contre le mur, interpellant Man Yaya :

— Est-ce que je peux l'aider...?

Man Yaya tira sur sa courte pipe et envoya en l'air un rond de fumée :

— Comment le pourrais-tu? La mort est une porte que nul ne peut verrouiller. Chacun doit passer par là, à son heure, à son jour. Tu sais bien qu'on peut seulement la tenir ouverte pour ceux que l'on chérit afin qu'ils entrevoient ceux qui les ont laissés.

J'insistai :

— Ne puis-je essayer de l'aider? Il se bat pour une noble cause.

Abena ma mère éclata de rire :

— Hypocrite! Est-ce la cause pour laquelle il se bat qui t'intéresse? Allons donc!

Je fermai les yeux dans l'ombre. La redoutable perspicacité de ma mère m'irritait. En outre, je me faisais des reproches. N'en avais-je pas assez des hommes? N'en avais-je pas assez de ce cortège de déboires qui accompagne les affections? À peine revenue à la Barbade, voilà que j'envisageais de me lancer dans des aventures dont je ne pouvais prévoir la fin. Une bande de Marrons dont je ne savais rien. Je me promis d'interroger Deodatus sur ses amis et me laissai glisser dans le sommeil.

Les grands nénuphars blancs m'enveloppèrent de leurs pétales de brocart et bientôt, Hester, Metahebel et mon Juif vinrent faire la ronde autour de mon lit, vivants et morts confondus dans mon affection et ma nostalgie.

Mon Juif semblait rasséréné, presque heureux, comme si, là-bas à Rhode Island, il lui était au moins permis d'honorer son Dieu à voix haute.

À un moment, la pluie chuchota doucement en inondant plantes, arbres, toits et, par contraste, je me rappelai les pluies glaciales et hostiles de la terre que j'avais laissée derrière moi. Ah oui, la nature change de langage selon les cieux et curieusement, son langage s'accorde à celui des hommes! À nature féroce, hommes féroces. À nature bienveillante et protectrice, hommes ouverts à toutes les générosités!

Première nuit dans mon île!

Les coassements des grenouilles et des mamans-crapauds, les trilles des oiseaux de lune, le caquetage des volailles qu'apeuraient les mangoustes et le braiment sec des ânes attachés aux calebassiers, amis des esprits, formaient une musique continue. J'aurais souhaité que le matin ne se lève jamais et que la nuit bascule dans la mort. Fugitivement, je me rappelais mes jours à Boston, à Salem, mais ils perdaient leur consistance comme ceux qui les avaient noircis du fiel de leur cœur : Samuel Parris et les autres.

Première nuit!

L'île bruit d'un doux murmure : «Elle est revenue. Elle est là, la fille d'Abena, la fille de Man Yaya. Elle ne nous quittera plus.»

13

Je n'avais jamais envisagé de surpasser Man Yaya en pouvoir occulte. Je n'avais d'ailleurs jamais envisagé de me passer de sa direction et me considérais comme son enfant, son élève. Hélas! je dois avouer à ma honte que cette manière de voir changea et que l'élève se mit en tête de rivaliser avec le maître. Après tout, j'avais quelque raison de m'enorgueillir. Sur le *Bless the Lord* n'avais-je pas commandé aux éléments et rien ne me permettait d'affirmer que j'y étais parvenue grâce à une aide extérieure...!

Je me livrai désormais à des expériences de mon cru, arpentant la campagne environnante, armée d'un petit couteau avec lequel je déracinais les plantes et d'une vaste macoute dans laquelle je les recueillais. De même, je m'efforçais d'entretenir un nouveau dialogue avec l'eau des rivières ou le souffle du vent, afin de découvrir leurs secrets.

La rivière va à la mer comme la vie vers la mort et rien ne peut arrêter son cours. Pourquoi?

Le vent se lève. Tantôt il caresse. Tantôt il dévaste. Pourquoi?

Je multipliais les sacrifices de fruits frais, de nourriture, d'animaux vivants que je posais aux carrefours, dans les racines enchevêtrées de certains arbres et dans les grottes naturelles où aiment à se retirer les esprits. Puisque Man Yaya ne voulait pas me venir en aide, je devais compter sur les seules ressources de mon intelligence et de mon intuition. Je devais parvenir seule à cette connaissance plus haute. Je me mis donc à interroger les esclaves sur les quimboiseurs qui vivaient sur les plantations et, alors, j'allais questionner des hommes et des femmes qui m'accueillaient avec la plus grande méfiance. Il faut savoir que le sorcier, la sorcière ne sont point partageux de leur science. Ils sont pareils à ces cuisiniers qui ne veulent jamais communiquer leurs recettes.

Un jour, je tombai sur un quimboiseur, un nègre Ashanti comme ma mère Abena, qui commença par me raconter tous les détails de sa capture au large d'Akwapim sur la côte d'Afrique cependant que sa femme, une Ashanti elle aussi, car les esclaves s'accouplaient de préférence suivant leurs «nations», pelait les racines du dîner. Ensuite il me dit d'un ton indéfinissable :

— Où demeures-tu?

Je bafouillai, car il m'avait été recommandé de ne pas révéler où se trouvait le camp des Marrons :

— De l'autre côté des mornes.

Le quimboiseur ricana :

— Est-ce que tu n'es pas Tituba? Celle que les Blancs ont failli faire tournoyer au bout d'une corde?

J'eus ma réponse habituelle :

— Tu sais sûrement que je n'avais rien à me reprocher!

— Dommage! Quel dommage!

Je le fixai, interdite, et il poursuivit :

— Si je me trouvais dans ta position, ah! j'aurais ensorcelé tout le monde : père, mère, enfants, voisins... Je les aurais dressés les uns contre les autres et je me serais réjoui de les voir s'entre-déchirer. Ce ne serait pas une centaine de personnes qui auraient été accusées, pas une vingtaine que l'on aurait exécutées. Tout le Massachusetts y serait passé et je serais entré dans l'histoire sous l'étiquette «Le démon de Salem». Alors que toi, quel nom portes-tu?

Ces propos me mortifièrent, car ils m'avaient déjà traversé l'esprit. J'avais déjà déploré de n'avoir joué dans toute cette affaire qu'un rôle de comparse vite oubliée et dont le sort n'intéressait personne. «Tituba, une esclave de la Barbade et pratiquant vraisemblablement le hodoo.» Quelques lignes dans d'épais traités consacrés aux événements du Massachusetts. Pourquoi allais-je être ainsi ignorée? Cette question-là aussi m'avait traversé l'esprit. Est-ce parce que nul ne se soucie d'une négresse, de ses souffrances et tribulations? Est-ce cela?

Je cherche mon histoire dans celle des sorcières de Salem et ne la trouve pas.

En août 1706, Anne Putnam se tient en plein milieu de l'église de Salem et confesse les erreurs de son enfance, déplorant leurs terribles conséquences : «Je veux m'étendre dans la poussière et demander pardon à tous ceux à qui j'ai causé tort et offense et dont les parents ont été arrêtés et accusés.»

Elle n'est ni la première ni la dernière à s'accuser ainsi publiquement et, une à une, les victimes sont réhabilitées. De moi, on ne parle pas.

«Tituba, une esclave originaire de la Barbade et pratiquant vraisemblablement le hodoo.»

Je baissai la tête sans répondre. Comme si, lisant ce qui se passait en moi, il ne voulait pas m'accabler davantage, le quimboiseur s'adoucit :

— La vie n'est pas un bol de toloman, hein?

Je me levai, refusant sa pitié :

— Le soir tombe et je vais rentrer.

Une lueur de ruse effaça la fugitive expression de sympathie qui avait éclairé ses yeux et il fit :

— Ce que tu as en tête est impossible! Tu oublies donc que tu es en vie?

Je repris le chemin du camp des Marrons, tournant et retournant cette dernière phrase dans ma tête. Signifiait-elle que seule la mort apporte la connaissance suprême? Qu'il est un seuil indépassable tant que l'on est vivant? Que je devais me résigner à mon imparfait savoir?

Comme je m'apprêtais à quitter la plantation, un groupe d'esclaves s'approcha de moi. Je pensai qu'il s'agissait de malades, femmes désirant une potion, enfants réclamant un emplâtre pour leurs plaies, hommes aux membres labourés par les moulins, car très vite, ma réputation de femme habile à tirer le meilleur des plantes avait fait le tour de l'île et il suffisait que j'apparaisse pour être entourée de patients.

Il s'agissait de tout autre chose cependant.

Les esclaves, visages de circonstance, me jetèrent :

— Méfie-toi, mère! Les planteurs se sont réunis hier au soir. Ils veulent ta peau.

Je tombai des nues. De quel crime pouvait-on m'accuser? Qu'avais-je fait depuis mon arrivée, sinon soigner ceux dont nul ne se souciait?

Un homme m'expliqua :

— Ils disent que tu transportes des messages entre ceux des plantations, les aidant à planifier des révoltes et donc, ils vont te tendre un piège!

Consternée, je repris le chemin du camp.

Ceux qui ont suivi mon récit jusqu'ici, ont dû s'irriter. Quelle est donc cette sorcière qui ne sait pas haïr, qui est à chaque fois confondue par la méchanceté du cœur de l'homme?

Pour la millième fois, je pris la résolution d'être différente, de pousser bec et ongles. Ah! changer mon cœur! En enduire les parois d'un venin de serpent. En faire le réceptacle de sentiments violents et amers. Aimer le mal! Au lieu de cela, je ne sentais en moi que tendresse et compassion pour les déshérités, révolte devant l'injustice!

Le soleil se couchait derrière Farley Hills. Le chant têtu des insectes nocturnes commençait de monter vers le ciel. Le troupeau déguenillé des esclaves remontait vers les rues cases-nègres tandis que les contremaîtres, pressés d'aller boire leur «sec» en se balançant d'avant en arrière sous leurs vérandas, caracolaient sur leurs chevaux. À ma vue, ils faisaient claquer leurs fouets comme s'ils étaient impatients de s'en servir à mes dépens. Néanmoins aucun d'entre eux n'osa s'y aventurer.

J'atteignis le camp à la nuit tombée.

À l'abri de l'épaisse ceinture de fromagers, les femmes faisaient boucaner des quartiers de viande qu'elles avaient enduits au préalable de citron et de piment après les avoir parsemés de feuilles de bois d'Inde. Les deux compagnes de Christopher me jetèrent un regard torve, car elles s'interrogeaient sur ce qui se passait entre leur homme et moi. D'habitude j'avais pitié de leur jeunesse et je m'étais juré de ne rien faire qui puisse les blesser. Ce soir-là cependant, je ne leur accordai pas un regard.

Christopher était dans sa case et se roulait un cigare de feuilles de tabac, la plante venant bien dans l'île et faisant la fortune de certains planteurs. Il dit railleusement :

— Où as-tu encore vagabondé tout le jour? Est-ce ainsi que tu espères trouver le remède que je t'ai demandé?

Je haussai les épaules :

— Je me suis renseignée auprès de gens bien plus savants que moi. Ils le disent tous, il n'y a pas de remède à la mort. Le riche, le pauvre, l'esclave, le maître, chacun doit y passer. Mais écoute-moi plutôt : j'ai compris tardivement que je dois devenir tout autre. Laisse-moi combattre les Blancs avec toi!

Il éclata de rire, rejetant la tête en arrière et les échos de sa gaieté se mêlèrent aux volutes de la fumée de son cigare :

— Te battre? Comme tu y vas. Le devoir des femmes, Tituba, ce n'est pas de se battre, faire la guerre, mais l'amour!

Pendant quelques semaines, tout fut empreint de douceur.

Malgré les avertissements des esclaves, je ne renonçai pas à descendre dans les plantations. Je choisissais désormais l'heure qui suit le coucher du soleil qui est aussi celle où les esprits reprennent possession de l'espace. Si mécontentes qu'elles soient de me voir prendre résidence à Farley Hills, Man Yaya et Abena ma mère ne m'en rendaient pas moins visite quotidiennement, m'accompagnant le long des pistes rugueuses qui serpentaient à travers champs. Je ne prenais pas garde à leurs gronderies :

— Que fais-tu parmi ces Marrons? Ce sont des mauvais nègres qui ne pensent qu'à voler et tuer!

— Ce sont des ingrats, voilà tout, qui laissent leur mère et leurs frères dans la servitude, alors qu'ils se sont redonné la liberté!

À quoi bon discuter?

Je connus un grand bonheur ces jours-là! Je ramenai à la vie un enfant, une petite fille à peine sortie de l'ombre matricielle. Elle hésitait encore, n'ayant pas franchi la porte de la mort, dans le sombre corridor où se préparent les départs. Je la retins, tiède, couverte de viscosités et d'excréments et doucement la posai sur le sein de sa mère. Quelle expression sur le visage de cette femme!

Mystérieuse maternité!

Pour la première fois, je me demandai si mon enfant, à qui j'avais refusé la vie, n'aurait pas, malgré tout, donné à mon existence saveur et signification!

Hester nous sommes-nous trompées et aurais-tu dû vivre pour ton enfant au lieu de mourir avec elle?

Christopher avait pris l'habitude de passer la nuit dans ma case. Je ne sais trop comment avait commencé cette nouvelle aventure. Un regard un peu plus appuyé. L'embrasement du désir. L'envie de me prouver que je n'étais pas encore défaite, déjetée comme une monture qui a porté de trop lourds fardeaux? Pourtant est-il besoin de le dire? Ce commerce n'engageait que mes sens. Tout le reste de mon être continuait d'appartenir à John Indien auquel par un surprenant paradoxe, je pensais chaque jour davantage.

Mon nègre plein de vent et d'effronterie, comme l'avait autrefois dénommé Man Yaya! Mon nègre traître et sans courage!

Quand Christopher s'acharnait sur mon corps, mon esprit vagabondait et je revivais la jouissance de mes nuits d'Amérique. L'hiver et le froid se pressent dans la nuit. Écoutez leur long hurlement! Et le galop de leurs pattes sur le sol durci de givre!

Mon nègre et moi, nous n'entendons rien car nous suffoquons dans l'amour. Samuel Parris, boutonné de noir de la tête au pied, récite ses prières. Écoutez la dure litanie qui sort de sa bouche :

«Ils sont plus nombreux que les cheveux de ma tête
Ceux qui me haïssent sans cause.
Ils sont puissants, ceux qui veulent me perdre...»

Mon nègre et moi, nous n'entendons rien, car nous périssons dans l'amour.

Peu à peu, Christopher qui m'avait possédée en silence commença de se confier :

— En vérité, nous ne sommes pas assez nombreux et surtout pas assez armés pour attaquer les Blancs. Une demi-douzaine de fusils et des gourdins de bois de gaïac, voilà ce que nous possédons. Aussi nous vivons dans la peur continuelle d'une attaque. C'est cela, la vérité!

Un peu déçue, j'interrogeai :

— Est-ce pour cela que tu veux que je te rende invincible?

Il fut sensible à la moquerie de ma voix et se tourna vers la cloison :

— Qu'importe que tu y parviennes ou non! De toute manière, je serai immortel. J'entends déjà les chansons des nègres des plantations...

Et il entonna de sa voix agréable un chant de sa composition où il vantait sa propre grandeur. Je lui touchai l'épaule :

— Et moi, y a-t-il un chant pour moi? Un chant pour Tituba?

Il feignit de prêter l'oreille dans la nuit, puis affirma :

— Non, il n'y en a pas!

Là-dessus, il se mit à ronfler. J'essayai d'en faire autant.

Quand je ne soignais pas les esclaves des plantations, je me mêlais aux femmes des Marrons. Tout d'abord, elles m'avaient traitée avec le plus grand respect. Puis quand elles avaient su que Christopher partageait ma couche et que je n'étais, somme toute, pas faite autrement qu'elles, elles m'avaient manifesté de l'hostilité. À présent cette hostilité aussi avait fondu, faisant place à l'expression d'une solidarité bourrue. Et puis, elles avaient besoin de moi. Celle-là pour remplir de lait l'outre vide de son sein. Celle-ci pour soigner la douleur qui ne la lâchait pas depuis son dernier accouchement. Je les écoutais parler, trouvant amusement, délassement et plaisir dans leurs entretiens :

— Il y a longtemps, très longtemps, du temps où le diable était petit garçon en short de drill blanc, raide empesé, la terre n'était peuplée que de femmes. Elles travaillaient ensemble, dormaient ensemble, se baignaient ensemble dans l'eau des rivières. Un jour l'une d'entre elles réunit les autres et leur dit : «Mes sœurs, quand nous disparaîtrons, qui nous remplacera? Nous n'avons pas créé une seule personne à notre image!» Celles qui l'écoutaient, haussèrent les épaules : «Qu'avons-nous besoin d'être remplacées?» Pourtant certaines furent d'avis qu'il le fallait : «Car sans nous, qui cultivera la terre? Elle ira en friche sans plus porter de fruits!» Du coup, toutes se mirent à chercher les moyens de se reproduire et c'est ainsi qu'elles inventèrent l'homme!

Je riais avec elles.

— Pourquoi donc l'homme est-il comme il est?

— Ma chère, si seulement on savait!

Parfois elles entrecroisaient des devinettes :

— Qu'est-ce qui guérit de la noirceur de la nuit?

— La chandelle!

— Qu'est-ce qui guérit de la chaleur du jour?

— L'eau de la rivière.

— Qu'est-ce qui guérit de l'amertume de la vie?

— L'enfant!

Et de s'apitoyer sur moi qui n'avais jamais enfanté. Et de fil en aiguille, de me presser de questions :

— Quand les juges de Salem t'ont envoyée en prison, est-ce que tu ne pouvais pas changer de forme, te transformer en souris par exemple, et te jeter entre deux planches disjointes? Ou en taureau furieux et les encorner tous?

Je haussais les épaules et une fois de plus j'expliquais que l'on se méprenait sur mon compte, en exagérant mes pouvoirs. Un soir la discussion alla plus loin et je dus me défendre :

— Si je pouvais tout faire, ne vous rendrais-je pas libres? N'effacerais-je pas ces crevasses sur vos visages? Ne remplacerais-je pas les chicots de vos gencives par des dents rondes et luisantes comme des perles?

Les visages restèrent sceptiques et, découragée, je haussai les épaules :

— Croyez-moi, je ne suis pas grand-chose!

Ces propos furent-ils commentés? Déformés? Mal interprétés?

Toujours est-il que Christopher commença de changer à mon endroit. Il entrait dans ma case dans le noir de minuit et me prenait sans ôter ses vêtements, ce qui me faisait revenir en mémoire la plainte d'Élizabeth Parris : «Ma pauvre Tituba, il me prend sans se dévêtir ni me regarder!»

Quand j'essayais de l'interroger sur l'emploi de sa journée, il me répondait par monosyllabes exaspérées.

— On dit qu'avec ceux de Saint James vous préparez une révolte générale?

— Femme, tais ta bouche!

— On dit que vous avez pu par surprise vous procurer un lot de fusils en attaquant un dépôt de munitions à Wildey?

— Femme, ne peux-tu donner un peu de repos à mes oreilles?

Quand il me jeta un soir :

— Tu n'es donc rien qu'une négresse très ordinaire et tu voudrais que l'on te traite comme si tu étais précieuse?

Je compris qu'il fallait m'en aller, que ma présence n'était plus désirée.

Dans le devant-jour, j'appelai Man Yaya, Abena ma mère, qui depuis quelques jours n'étaient pas apparues comme si elles se refusaient à assister à ma déconfiture. Elles se firent prier pour obéir et quand elles furent auprès de moi, remplissant la case de leur parfum de goyave et de pomme rose, elles me fixèrent de leurs yeux pleins de reproche :

— Tes cheveux grisonnent déjà et tu ne peux te passer des hommes?

Je ne répondis rien. Après un moment, je me décidai à les regarder en face :

— Je vais rentrer chez nous!

Chose étrange, dès qu'elles eurent vent de mon départ, les femmes s'assemblèrent, l'air accablé. Elles me donnèrent qui une volaille proprement troussée, qui quelques fruits, qui un madras à carreaux bruns et noirs. Elles m'accompagnèrent jusqu'à la haie de sang-dragon tandis que Christopher qui feignait de tenir conseil dans sa case avec ses hommes, ne prenait même pas la peine d'apparaître sur le pas de la porte.

Je retrouvai ma case telle que je l'avais laissée. À peine un peu plus bancale. À peine un peu plus vermoulue sous son toit pareil à une coiffure mal plantée. Un poinsettia saignait à hauteur d'une fenêtre. Des oiseaux mal plantée. Un poinsettia saignait à hauteur d'une fenêtre. Des oiseaux de lune qui avaient nidifié entre deux planches creusées par les poux de bois, s'envolèrent avec des cris plaintifs. J'ouvris la porte à deux battants. Des rongeurs surpris détalèrent.

Les esclaves, mystérieusement avertis de mon retour, me firent fête. La plantation avait une fois de plus changé de main. Elle avait d'abord appartenu à un absentéiste qui se bornait à faire rapatrier ses gains qu'il trouvait sans cesse insuffisants. Elle venait d'être rachetée par un certain Errin qui avait fait venir d'Angleterre un outillage perfectionné et entendait faire fortune dans les meilleurs délais.

Les esclaves m'apportèrent une génisse que, malgré leur frayeur, ils avaient soustraite au troupeau de leur maître et que marquait au front, comme un signe de prédestination, un triangle de poils sombres.

Je la sacrifiai peu avant l'aube et laissai son sang détremper la terre presque aussi écarlate que lui. Après quoi, je me mis au travail sans tarder. Je me constituai un jardin de toutes les plantes dont j'avais besoin pour exercer mon art, ne craignant pas de descendre dans les fonds les plus sauvages et les plus reculés pour me les procurer. Parallèlement, je me constituai un jardin potager, que bientôt les esclaves, une fois terminé le labeur de leur journée, vinrent m'aider à bêcher, à sarcler et à entretenir. Ils s'ingéniaient à m'apporter celui-là des graines de gombos et de tomates, celui-ci un plant de citronnier. Ils se mirent à plusieurs pour me fouiller des ignames et bientôt je vis les lianes voraces enlacer les tuteurs. Quand je pus me procurer quelques poules et un coq ébouriffé et batailleur, je ne manquai plus de rien.

Mon emploi du temps était simple. Je me levais aux aurores, priais, descendais me baigner à la rivière Ormonde, mangeais sur le pouce, puis me consacrais à mes recherches et à mes soins. En ce temps-là, le choléra et la variole frappaient régulièrement les plantations et couchaient en terre leur content de nègres et de négresses. Je découvris comment soigner ces maladies. Je découvris aussi comment soigner le pian et cicatriser toutes ces blessures que les nôtres se font jour après jour. Je parvenais à refermer des chairs déchiquetées et violacées. À recoller des morceaux d'os et à rafistoler des membres. Tout cela, bien sûr, avec l'aide de mes invisibles qui ne me quittaient guère. J'avais cessé de poursuivre des chimères : rendre les hommes invincibles et immortels. J'acceptais la contrainte de l'espèce.

On s'étonnera peut-être qu'en ces temps où le fouet claquait haut et dur sur nos épaules, je parvienne à jouir de cette liberté, de cette paix. C'est que nos pays ont deux faces. L'une que parcourent les calèches des maîtres et les chevaux de leurs hommes de police, armés de mousquets et suivis de chiens aux aboiements furieux. L'autre, mystérieuse et secrète, faite de mots de passe, de conseils chuchotés et de conspiration du silence. C'est sur cette face-là que je vivais, protégée par la complic-ité de tous. Man Yaya fit pousser autour de ma case une végétation épaisse et je fus là comme en un château fortifié. L'œil non averti ne dis-cernait qu'un fouillis de goyaviers, de fougères, de frangipaniers et d'aco-mats, çà et là troué par la fleur mauve de l'hibiscus.

Un jour, je découvris une orchidée dans la racine mousseuse d'une fougère. Je la baptisai «Hester».

14

Il y avait quelques semaines que j'étais revenue chez moi, partageant mon temps entre mes recherches sur les plantes et les soins aux esclaves quand je m'aperçus que j'étais enceinte. Enceinte!

Ma première réaction fut d'incrédulité. N'étais-je pas une vieille femme avec mes seins flasques et aplatis le long de ma cage thoracique et le bourrelet de mon ventre? Néanmoins il me fallut me rendre à l'évidence. Ce que l'amour de mon Juif n'avait su produire, l'étreinte brutale de Christopher l'avait fait éclore. On doit s'y résigner : un enfant n'est pas le fruit de l'amour, mais du hasard.

Quand j'informai Man Yaya et Abena ma mère de mon état, elles restèrent évasives, se bornant à des commentaires :

— Eh bien, cette fois-là tu ne pourras pas t'en défaire!

— Ta nature a parlé!

Je mis cette réserve au compte de l'antipathie qu'elles avaient éprouvée pour Christopher et ne me souciai plus que de moi. Car passés les premiers moments d'incertitude et de doute, je me laissai rouler, emporter, submerger par la haute vague du bonheur. De l'ivresse. Tous mes actes désormais furent déterminés par cette vie que je portais en moi. Je me nourrissais de fruits frais, du lait d'une chèvre blanche, d'œufs pondus par des poules nourries au grain de maïs. Je me baignais les yeux dans des décoctions de cochléaria afin de garantir une bonne vue au petit être. Je lavais mes cheveux dans la purée de graine de carapate afin que les siens soient noirs et brillants. Je prenais de longues et lourdes siestes à l'ombre des manguiers. En même temps, mon enfant me rendit combative. C'était une fille, j'en étais sûre! Quel avenir connaîtrait-elle? Celui de mes frères et sœurs les esclaves, ravagés par leur condition et leur labeur? Ou alors un avenir semblable au mien, paria, forcée de se cacher et de vivre en recluse à la lisière d'un grand-fond?

Non, si le monde devait recevoir mon enfant, il fallait qu'il change!

Un moment, je fus tentée de retourner auprès de Christopher à Farley Hills, non pas pour l'informer de mon état, ce dont il n'aurait cure, mais pour tenter de le pousser à quelque action. Je le savais, l'exiguïté de notre île, la Barbade, décourageait nombre de planteurs qui s'en allaient chercher des terres plus vastes et plus propices à leurs ambitions. Ils se ruaient en particulier sur la Jamaïque que les armées anglaises venaient d'arracher aux Espagnols. Qui sait si en leur inspirant une saine terreur on ne parviendrait pas à précipiter leur départ et à les bouter en masse à la mer? Très vite cependant, plus que le souvenir de son peu glorieux comportement avec moi, celui de son aveu de faiblesse m'en empêcha.

Je décidai de ne compter que sur moi-même. Mais comment?

Je redoublai de prières et de sacrifices, espérant que l'invisible m'accorderait un signe. Il n'en fut rien. Je tentai d'interroger Man Yaya, Abena ma mère. J'essayais de les prendre en défaut quand je ne les croyais pas sur leurs gardes et de les amener à me confier ce qu'elles croyaient devoir me cacher. En vain.

Les deux roublardes se tiraient toujours d'affaire par une pirouette :

— Celui qui veut savoir pourquoi la mer est si bleue se retrouve bien vite couché au fond des vagues.

— Le soleil brûle les ailes du fanfaron qui veut s'approcher de lui.

J'en étais là quand les esclaves m'amenèrent un garçon que le nerf de bœuf du contremaître avait laissé pour mort. Il avait reçu 250 coups de fouet sur les jambes, les fesses et le dos, ce que son organisme, affaibli par un séjour en prison — car c'était un insolent, un récidiviste, une mauvaise tête de nègre dont on ne parvenait pas à mater le caractère — n'avait pas pu supporter. Les esclaves le portaient à la fosse creusée dans un champ d'herbes de Guinée quand ils s'étaient aperçus qu'il remuait encore. Ils avaient alors décidé de s'en remettre à moi.

Je fis étendre Iphigene (c'était son nom) sur une paillasse dans un angle de ma chambre afin que pas un de ses soupirs ne m'échappe. Je préparai des cataplasmes et des emplâtres pour ses plaies. Je plaçai sur celles qui s'infectaient du foie d'animal frais tranché afin qu'il s'imprègne du pus et du mauvais sang qu'elles contenaient. Sans désemparer, je renouvelais les compresses sur son front et descendis jusqu'au grand-fond de Codrington pour recueillir la bave de crapauds-buffles qui, affectionnant cette terre grasse et brune, ne se reproduisent pas ailleurs.

Au bout de vingt-quatre heures de soins acharnés, je fus récompensée : Iphigene ouvrit les yeux. Le troisième jour, il parla :

— Mère, mère, te voilà revenue! Je te croyais disparue à jamais.

Je pris sa main, encore fiévreuse, déjà déformée et calleuse :

— Je ne suis pas ta mère, Iphigene. Mais je voudrais bien que tu me parles d'elle.

Iphigene écarquilla les yeux pour mieux me regarder, réalisa sa méprise et tout endolori, se rejeta sur la paillasse :

— J'ai vu mourir ma mère quand j'avais trois ans. C'était une des femmes de Ti-Noël, car il en avait un grand nombre disséminées sur les plantations à qui il confiait le soin de reproduire sa semence. Sa mâle semence. C'est d'elle que je suis sorti. Ma mère m'élevait avec dévotion. Hélas! Elle avait le malheur d'être belle. Un jour qu'elle revenait du moulin, malgré sa sueur et ses haillons, le maître Edouard Dashby la remarqua et ordonna au contremaître de la lui amener à la tombée de la nuit. Je ne sais pas ce qui se passa quand elle fut en face de lui, en tout cas, le lendemain, on rangea en cercle les esclaves de la plantation et on la fouetta à mort!

Comme cette histoire ressemblait à la mienne! Du coup, l'affection que j'avais aussitôt ressentie pour Iphigene s'épanouit, trouvant en quelque sorte une base légitime. À mon tour, je lui racontai ma vie dont il savait déjà des bribes car j'étais, bien au-delà de ce que je pouvais supposer, une légende parmi les esclaves. Quand j'arrivai à l'incendie de la maison de Benjamin Cohen d'Azevedo, il m'interrompit, fronçant le sourcil :

— Mais pourquoi? N'était-il pas un Blanc comme eux?

— Sans doute!

— Ont-ils tant besoin de haïr qu'ils se haïssent les uns les autres?

Je tentai d'expliquer ce que j'avais retenu des leçons de Benjamin et de Metahebel concernant leur religion et leurs différends avec les Gentils. Mais, pas plus que moi, Iphigene n'y comprit grand-chose.

Peu à peu, Iphigene parvint à s'asseoir sur sa couche, à se lever. Bientôt, il fit quelques pas au-dehors de la case. Son premier soin fut de réparer la porte d'entrée qui fermait mal en faisant d'un air avantageux :

— Mère, tu avais grand besoin d'un homme auprès de toi!

Je me retins de rire aux éclats tant il semblait pénétré de ce qu'il disait. Quel beau jeune nègre, Iphigene! Le crâne d'un ovale parfait sous les cheveux serrés en grain de poivre. Les pommettes hautes. La bouche violacée, charnue, comme prête à embrasser le monde, s'il voulait s'y prêter au lieu de toujours repousser, rebuter! Les cicatrices des coups qui déparaient sa poitrine et son torse me semblaient le constant rappel de cette cruauté. Alors, à chaque fois, quand je le frottais de baume de palma-christi, mon cœur se gonflait de fureur et de révolte. Un matin, je ne pus plus y tenir :

— Iphigene, tu as sans doute remarqué que je porte un enfant?

Il abaissa pudiquement les paupières :

— Je n'osais t'en parler!

— Écoute, je rêve d'ouvrir sur un autre soleil les yeux de ma fille!

Il resta un moment silencieux comme s'il prenait toute la mesure de mes paroles. Ensuite, il se précipita vers moi et s'accroupit à mes pieds en une posture qu'il affectionnait beaucoup :

— Mère, je connais plantation par plantation le nom de tous ceux qui nous suivront. Nous n'avons qu'un mot à dire.

— Nous n'avons pas d'armes.

— Le feu, mère, le feu glorieux! Le feu qui dévore et calcine!

— Que ferons-nous une fois que nous les aurons boutés à la mer? Qui gouvernera?

— Mère, les Blancs t'ont vraiment gâtée : tu penses trop. Chassons-les d'abord!

L'après-midi, comme je revenais de mon bain quotidien à la rivière Ormonde, je trouvai Iphigene en grande conversation avec deux jeunes garçons de son âge, deux bossales ceux-là, que je crus être des Nagos. Pourtant, je ne reconnus pas les sonorités de la langue de Man Yaya et Iphigene m'apprit que c'étaient des Mondongues, venus d'une région montagneuse et habitués à toutes les traîtrises de la forêt.

— Ce sont de véritables chefs de guerre. Prêts à vaincre ou mourir.

Je dois avouer qu'une fois l'idée de révolte générale émise et acceptée d'un commun accord, Iphigene ne me consulta plus sur rien. Je le laissais faire, habitée de la délicieuse paresse de la grossesse, caressant mon ventre qui s'arrondissait sous ma main et chantant des chansons à mon enfant. Il était un air qu'Abena ma mère affectionnait et qui me revenait en mémoire :

«Là-haut dans les bois,
Il y a un ajoupa!
Personne ne sait ce qui est là-dedans
Personne ne sait qui l'habite.
C'est un zombie calenda
Qui aime bien les cochons gras...»

Bientôt, je vis Iphigene entreposer des torches faites de bois de goyavier surmonté d'étoupe. Il m'expliqua :

— Chacun de nos hommes en tiendra une à la main, l'allumera et d'un même mouvement, au même moment, tous nous convergerons vers les Habitations. Ah! quel beau feu de joie!

Je baissai la tête et fis d'un ton chagrin :

— Les enfants aussi périront? Les enfants au sein? Les enfants aux dents de lait? Et les fillettes nubiles?

Il pirouetta sur lui-même tant grande était sa colère :

— Tu me l'as dit toi-même. Ont-ils eu pitié de Dorcas Good? Ont-ils eu pitié des enfants de Benjamin Cohen d'Azevedo?

Je baissai plus bas la tête et murmurai :

— Devons-nous devenir pareils à eux?

Il s'éloigna à grands pas sans me répondre.

J'appelai Man Yaya qui s'assit en tailleur dans les branches d'un calebassier et fis passionnément :

— Tu sais ce que nous préparons. Or voilà qu'au moment d'agir, je me rappelle ce que tu me disais quand je voulais me venger de Susanna

Endicott : «Ne vicie pas ton cœur. Ne deviens pas pareille à eux!» La liberté est-elle à ce prix?

Mais au lieu de me répondre avec le sérieux que j'escomptais, Man Yaya se mit à sauter de branche en branche. Quand elle fut parvenue au sommet de l'arbre, elle laissa tomber :

— Tu parles de liberté. Sais-tu seulement ce que c'est?

Puis elle disparut avant que j'aie eu le temps de lui adresser d'autres questions. J'en conçus de l'humeur. Devait-elle trouver à redire à chaque homme qui vivait à mes côtés? Même s'il ne s'agissait que d'un enfant? Pourquoi voulait-elle que je vive ma vie en solitude? Je résolus de me passer de ses conseils et de laisser Iphigene libre d'agir. Un soir, il vint s'asseoir près de moi :

— Mère, il faut que tu retournes au camp des Marrons. Tu dois voir Christopher!

Je bondis :

— Jamais! Cela jamais!

Il insista, respectueux et têtu à la fois :

— Il le faut, mère! Tu ne sais pas ce que sont en réalité les Marrons. Il existe entre les maîtres et eux, un pacte tacite. S'ils veulent que ceux-ci les laissent jouir de leur précaire liberté, ils doivent dénoncer tous les préparatifs, toutes les tentatives de révolte dont ils ont vent dans l'île. Alors ils ont partout leurs espions. Toi seule peux désarmer Christopher.

Je haussai les épaules :

— Crois-tu?

Il interrogea avec embarras :

— N'est-ce pas son enfant que tu portes?

Je ne répondis rien.

Cependant, je réalisai le bien-fondé de ses remarques et repris le chemin de Farley Hills.

— T'a-t-il promis qu'il n'interviendrait pas?

— Il l'a promis.

— T'a-t-il paru sincère?

— Autant que j'aie pu en juger! Après tout, je ne le connais pas très bien.

— Tu portes l'enfant de cet homme et tu dis que tu ne le connais pas?

Humiliée, je ne dis mot. Iphigene se leva :

— Nous avons décidé d'attaquer dans quatre nuits!

Je protestai :

— Dans quatre nuits! Pourquoi cette précipitation? Laisse-moi au moins interroger l'invisible pour savoir si ce moment est favorable!

Il eut un rire que bientôt, ses lieutenants reprirent en chœur et lança :

— Jusqu'à présent, mère, l'invisible ne t'a pas si bien traitée. Sinon, tu n'en serais pas là où tu es. Cette nuit-là est favorable, car alors la lune sera à son premier quartier et ne se lèvera pas avant minuit. Nos hommes auront l'obscurité pour eux. Au même moment, ils sonneront l'abeng et torche allumée à la main, ils marcheront vers les Habitations.

Cette nuit-là j'eus un rêve.

Pareils à trois grands oiseaux de proie, des hommes entraient dans ma chambre. Ils avaient enfilé des cagoules de couleur noire, qui leur recouvraient entièrement le visage et pourtant je savais que l'un d'entre eux était Samuel Parris, l'autre John Indien et le troisième Christopher. Ils s'approchèrent de moi, en tenant à la main un solide bâton taillé en pointe et je hurlai :

— Non, non! Est-ce que je n'ai pas déjà vécu tout cela?

Sans se soucier de mes cris, ils relevèrent mes jupes et la douleur abominable m'envahit. Je hurlai plus fort.

À ce moment, une main se posa sur mon front. C'était celle d'Iphigene. Je revins à moi-même et me redressai, encore terrifiée et croyant souffrir. Il interrogea :

— Qu'y a-t-il? Est-ce que tu ne sais pas que je suis là, tout près de toi?

La force de mon rêve était telle que je restais un long moment sans parler, revivant cette horrible nuit qui avait précédé mon arrestation. Puis je suppliai :

— Iphigene, donne-moi le temps de prier, de sacrifier et d'essayer de nous concilier toutes les forces...

Il m'interrompit :

— Tituba... (et c'était la première fois qu'il m'appelait ainsi, comme si je n'étais plus sa mère, mais un enfant naïf et déraisonnable)... je respecte tes talents de guérisseuse. N'est-ce pas grâce à toi que je suis en vie à respirer l'odeur du soleil? Mais fais-moi grâce du reste. L'avenir appartient à ceux qui savent le façonner et crois-moi, ils n'y parviennent pas par des incantations et des sacrifices d'animaux. Ils y parviennent par des actes.

Je ne trouvai rien à répondre.

Je résolus de ne pas discuter davantage et de prendre les précautions que je jugeais nécessaires. Cependant la partie qui allait se jouer était telle que je ne pouvais me passer d'avis. Je me retirai à la lisière de la rivière Ormonde et appelai Man Yaya, Abena ma mère et Yao. Ils apparurent et l'expression détendue, heureuse de leurs traits que je pris pour un excellent présage, me réconforta. Je leur dis :

— Vous savez ce qui se prépare, que me conseillez-vous de faire?

Yao qui, mort comme vivant, était taciturne, prit néanmoins la parole :

— Cela me rappelle une révolte de mon enfance. Elle avait été organisée par Ti-Noël qui n'avait pas encore pris les montagnes et suait toujours sa sueur de nègre sur la plantation Belle-Plaine. Il avait ses hommes plantés partout et à un signal convenu, ils devaient réduire en cendres les Habitations.

Quelque chose dans sa voix m'indiqua qu'il me mettait en garde et je fis assez sèchement :

— Eh bien, comment tout cela finit-il?

Il se mit à rouler un cigare de feuilles de tabac, comme s'il cherchait à gagner du temps, puis me regarda bien en face :

— Dans le sang, comme cela finit toujours! Le temps n'est pas venu de notre libération.

J'interrogeai, la voix rauque :

— Quand, quand viendra-t-il? Combien de sang encore et pourquoi?

Les trois esprits demeurèrent silencieux comme si cette fois encore je voulais violer des règles et les plongeais dans l'embarras. Yao reprit :

— Il faudra que notre mémoire soit envahie de sang. Que nos souvenirs flottent à sa surface comme des nénuphars.

J'insistai :

— En clair, combien de temps?

Man Yaya hocha la tête :

— Le malheur du nègre n'a pas de fin.

J'étais habituée à ses propos fatalistes et haussai les épaules avec irritation. À quoi bon discuter?

«Maître du Temps,
De la Nuit et des Eaux,
Toi qui fais bouger l'enfant dans le ventre de sa mère
Toi qui fais croître le roseau de canne à sucre
Et l'emplis d'un suc poisseux
Maître du Temps,
Du Soleil et des Étoiles...»

Je n'avais jamais prié avec autant de passion. Autour de moi, la nuit était noire, frémissante de l'odeur du sang des victimes entassées à mes pieds.

«Maître du Présent,
Du Passé et de l'Avenir,
Toi sans qui la terre ne porterait rien
Ni icaque, ni pommes surette,

Ni pommes liane, ni pommes cythère
Ni pois d'Angole...»

Je m'abîmai en prières.
Peu avant minuit, une lune sans force se lova sur un coussin de nuage.

15

Est-il nécessaire que je termine mon histoire? Ceux qui l'ont suivie jusqu'ici, n'en auront-ils pas deviné la fin?

Prévisible, si aisément prévisible?

Et puis à la raconter, est-ce que je n'en revis pas, une à une, les souffrances? Et dois-je souffrir deux fois?

Iphigene et ses amis ne laissèrent rien au hasard. Je ne sais comment ils se procurèrent des fusils. Firent-ils main basse sur un dépôt de munitions, sur celui d'Oistins ou de Saint James par exemple? Les dépots de munitions étaient nombreux dans notre île qui dans le passé avait été traitée comme point de départ des attaques en direction des possessions espagnoles et qui continuait de vivre dans la terreur des Francais. Toujours est-il que je vis s'entasser devant la maison des fusils, de la poudre et des balles dont Iphigene et ses lieutenants firent des parts égales. Je ne sais comment ils avaient fait le compte des propriétés en exploitation : 844 en tout et des hommes dont ils pouvaient être sûrs. Je les entendais aligner des noms et des chiffres :

— Ti-Roro de Bois Debout : 3 fusils et 3 livres de poudre.

— Nevis de Castleridge : 12 fusils.

— Bois Sans Soif de Pumpkitt : 7 fusils et 4 livres de poudre.

Et des émissaires s'en allaient dans toutes les directions, prenant couvert sous les arbres et dans les hautes herbes. À un moment, je vis Iphigene si las que je le priai :

— Viens prendre un peu de repos? À quoi cela te servira-t-il de mourir avant la victoire?

Il eut un geste impatient de la main, mais néanmoins m'obéit et vint s'asseoir près de moi. Je caressai la laine de ses cheveux, âpre et rougie de soleil :

— Je t'ai souvent parlé de ma vie. Pourtant il y a une chose que je t'ai cachée. J'ai porté un enfant autrefois dont j'ai dû me défaire et il me semble que c'est lui que je retrouve sous ta forme.

Il haussa les épaules :

— On se demande parfois où vous autres femmes, allez chercher vos chimères.

Là-dessus, il se leva et me jeta :

— Est-ce que tu as pensé parfois que j'aurais souhaité que tu ne me traites pas comme un fils?

Il sortit.

Je préférai ne pas épiloguer sur le sens de ses paroles. D'ailleurs en avais-je le loisir? Le compte à rebours avait commencé : plus qu'une nuit avant l'assaut. Je n'étais pas vraiment inquiète sur l'issue du complot. En vérité, j'évitais d'y songer. Je me laissais brouiller l'esprit par des rêveries coloriées et surtout je songeais à mon enfant. Elle avait commencé de bouger dans mon ventre; une sorte de reptation douce, lente comme si elle voulait explorer son espace étroit. Je l'imaginais, têtard aveugle et chevelu, flottant, nageant, tentant de se retourner sur le dos et n'y parvenant pas, mais recommençant encore et encore, avec obstination. Encore un peu de temps et nous nous regarderions, moi, honteuse de mes rides et de mes chicots sous son regard nouveau. Elle me vengerait, ma fille! Elle saurait s'attirer l'amour d'un nègre au cœur chaud comme le pain de maïs. Il lui serait fidèle. Ils auraient des enfants auxquels ils apprendraient à voir la beauté en eux-mêmes. Des enfants qui pousseraient droits et libres vers le ciel.

Vers cinq heures, Iphigene m'apporta un lapin qu'il avait volé dans quelque caloge et qu'il tenait par les oreilles. Moi qui n'ai aucun scrupule à mettre à mort les animaux des sacrifices, je répugne à tuer ces bêtes innocentes dont les hommes se nourrissent. Pas une volaille que je n'ai égorgée, pas un poisson que je n'ai vidé sans lui demander pardon du mal que je lui infligeais. Je m'assis assez lourdement, car mes gestes commençaient à être maladroits, sous l'auvent qui me servait de cuisine et me mis à préparer la bête. Comme je lui fendais le ventre, un flot de sang puant et noir me sauta au visage cependant que roulaient sur le sol, enveloppés d'une membrane verdâtre, deux boules de chair en putréfaction. L'odeur était telle que j'eus un vif mouvement de recul et alors, mon couteau m'échappant des mains, se ficha dans mon pied gauche. Je poussai un hurlement et Iphigene abandonna le fusil qu'il graissait pour me porter secours.

Ce fut lui qui arracha le couteau de mes chairs et tenta d'arrêter le flot de sang qui coulait, coulait sans arrêt. Car il semblait que j'allais me vider par cette blessure minuscule, le sang formant déjà une petite mare qui me remettait en mémoire ces paroles de Yao :

— Notre mémoire sera envahie de sang. Nos souvenirs flotteront à sa surface comme des nénuphars.

Après avoir taillé en charpie tous les vêtements qui lui tombaient sous la main, Iphigene parvint à juguler l'hémorragie et me transporta, emmaillotée comme un nourrisson, à l'intérieur de la case :

— Ne bouge plus. Je vais m'occuper de tout. Est-ce que tu crois que je ne sais pas cuisiner?

L'odeur âcre de mon sang ne tarda pas à irriter mes narines et c'est alors que le souvenir de Susanna Endicott me traversa l'esprit. Terrible mégère! Ne l'avais-je pas tenue ainsi emmaillotée des mois, des années durant, baignant dans le jus de son corps et n'était-ce pas elle qui se vengeait ainsi qu'elle me l'avait promis? Sang pour urine. Laquelle de nous deux était la plus redoutable? Je voulus prier, mais mon esprit me refusa tout service. Je restai là, fixant sans le voir l'entrelacs de gaulettes qui soutenait le toit.

Peu après, Man Yaya, Abena ma mère et Yao vinrent me voir. Ils se trouvaient à North Point où ils avaient répondu à l'appel d'un quimboiseur quand ils avaient vu ce qui m'arrivait. Man Yaya me tapota l'épaule :

— Ce n'est rien. Bientôt tu n'y songeras même plus.

Abena ma mère ne put se retenir, bien sûr, de soupirer et de maugréer :

— S'il est un don que tu n'as pas, c'est celui de choisir tes hommes. Enfin, bientôt, tout rentrera dans l'ordre.

Je lui fis face :

— Que veux-tu dire?

Mais elle pirouetta :

— As-tu l'intention d'accumuler des bâtards? Vois tes cheveux autour de ta tête; pareils à la bourre blanche du kapokier.

Yao quant à lui se borna à me baiser au front et à souffler :

— À tout à l'heure! Nous serons là dès qu'il le faudra.

Ils disparurent.

Vers huit heures, Iphigène m'apporta un coui de nourriture. Il s'était tiré d'affaire avec une queue de cochon, du riz et des pois yeux noirs. Il changea mes pansements, ne manifestant aucune inquiétude à les voir dégouliner à nouveau de sang.

Dernière nuit avant l'action finale quand le doute, la peur, la lâcheté se disputent : À quoi bon? Avait-elle si mauvais goût, la vie? Pourquoi risquer de la perdre avec ces bouts de bonheurs qu'elle dispense, malgré son avarice? Dernière nuit avant l'assaut final! Je tremblais, je n'osais éteindre la chandelle et je voyais danser sur les murs, l'ombre monstrueuse de mon corps. Iphigène vint se blottir contre moi. J'enserrai son torse étroit et cependant si robuste, et je sentis son cœur battre au grand galop. Je murmurai :

— Est-ce que tu as peur, toi aussi?

Il ne répondit rien tandis que sa main tâtonnait dans l'ombre. Alors, je réalisai avec stupeur ce qu'il voulait. Peut-être était-ce la peur? Peut-être était-ce le souci de me consoler? De se consoler? L'envie de goûter au plaisir une ultime fois? Sans doute, tous ces sentiments se conjuguaient-ils pour n'en former qu'un, impérieux et brûlant. Quand ce corps jeune et passionné se pressa contre le mien, tout d'abord, ma chair se rétracta. J'eus honte de livrer ma vieillesse à ses caresses et je faillis le repousser de toutes mes forces, car en outre, une absurde conviction de commettre un inceste m'envahissait. Puis, son désir devint contagieux. Je sentis s'amasser quelque part en moi une lame qui ayant gagné en force et en urgence, déferla, m'inonda, l'inonda, nous inonda et après nous avoir roulés plusieurs fois sur nous-mêmes, au point que nous perdions le souffle et haletions et supplions, apeurés et défaits, nous rejeta sur une anse tranquille, plantée d'amandiers-pays. Nous nous couvrîmes de baisers et il chuchota :

— Si tu savais combien j'ai souffert de te voir porter cet enfant qui n'était pas le mien, cet enfant d'un homme que je méprise. Sais-tu, en réalité qui est Christopher et quel est son rôle? Mais nous n'allons pas parler de lui quand la mort peut-être affûte ses couteaux.

— Est-ce que tu crois que nous vaincrons?

Il haussa les épaules :

— Qu'importe! Ce qui compte, c'est d'avoir essayé, d'avoir refusé le fatalisme de la déveine.

Je soupirai et il me reprit contre lui.

Béni soit l'amour qui verse à l'homme l'oubli. Qui fait oublier sa condition à l'esclave. Qui fait reculer l'angoisse et la peur! Iphigene et moi rassérénés, nous plongeâmes dans l'eau bienfaisante du sommeil. Nous nageâmes à contre-courant, regardant les poissons-aiguilles faire la cour aux ouassous. Nous séchâmes nos cheveux à la lune. Ce sommeil cependant fut de courte durée. J'avoue qu'une fois l'ivresse dissipée, j'eus un peu honte. Quoi! Ce garçon aurait pu être mon fils! N'avais-je plus le respect de moi-même? Et puis, pourquoi ce défilé d'hommes dans mon lit? Elle me l'avait bien dit, Hester!

— Tu aimes trop l'amour, Tituba!

Et je me demandais si ce n'était pas là une fêlure dans mon être, une tare dont j'aurais dû tenter de me guérir.

Dehors le cheval de la nuit galopait. Pla-ca-ta. Pla-ca-ta. Contre moi, mon fils-amant dormait. Je ne parvenais pas à en faire autant. Tous les événements de ma vie me revenaient en mémoire, chargés d'une intensité particulière et les figures de tous ceux que j'avais aimés, haïs, se pressaient autour de ma paillasse. Oh, je les reconnaissais! Pas un visage auquel je ne puisse donner un nom. Betsey. Abigail. Anne Putnam. Maîtresse Parris. Samuel Parris. John Indien. Voilà qu'au moment où mon corps venait de donner la preuve de sa légèreté, mon cœur me rappelait qu'il n'avait jamais appartenu qu'à celui-là.

Que devenait-il dans cette froide et funeste Amérique?

Je savais que, de plus en plus nombreux, les négriers venaient accoucher sur ses côtes et qu'elle se préparait à dominer le monde, grâce au produit de notre sueur. Je savais que les Indiens étaient effacés de sa carte, réduits à errer sur ces terres qui avaient été les leurs.

Que faisait John Indien dans ce pays si dur aux nôtres? Si dur aux faibles? Aux rêveurs? À ceux qui ne mesurent pas l'homme à son bien?

Le cheval de la nuit galopait. Pla-ca-ta. Pla-cata. Et toutes ces figures tournoyaient autour de moi avec cette netteté qui n'appartient qu'aux créatures de la nuit.

Était-ce Susanna Endicott qui se vengeait de moi et ses pouvoirs étaient-ils supérieurs aux miens?

Dehors le vent se leva. Je l'entendis faire tomber des arbres une grêle de mangots. Je l'entendis tournoyer autour du calebassier et entrechoquer ses fruits. J'eus peur. J'eus froid. Je souhaitai rentrer dans le ventre de ma mère. Mais à ce moment précis, ma fille bougea comme pour se rappeler à mon affection. Je posai la main sur mon ventre et peu à peu, une sorte de calme m'envahit. Une sorte de lucidité, comme si je me résignais au drame ultime que j'allais vivre.

Les sens aiguisés, j'entendis s'apaiser le vent. Une volaille effrayée par quelque mangouste piailla dans l'enclos. Enfin le silence se fit. Je finis par m'endormir.

À peine eus-je fermé les yeux, que j'eus un rêve.

Je voulais entrer dans une forêt, mais les arbres se liguaient contre moi et des lianes, noires, tombées de leurs faîtes m'enserraient. J'ouvris les yeux. La pièce était noire de fumée. J'allais pour m'écrier :

— Mais j'ai déjà vécu cela!

Puis je compris et secouai Iphigene qui dormait comme un enfant, un sourire radieux aux lèvres. Il ouvrit des yeux embrumés par le souvenir du plaisir. Très vite cependant, il réalisa ce qui se passait et sauta sur ses pieds. Je l'imitai, ralentie par ma blessure et le sang qui ne cessait pas de couler.

Nous sortîmes. La case était entourée de soldats qui nous mirent en joue.

Qui nous avait trahis?

Les planteurs décidèrent de faire un exemple, car en trois ans, c'était la deuxième grande rébellion. Ils s'étaient assuré le plein secours des troupes anglaises venues pour défendre l'île des attaques des voisins et rien ne fut laissé au hasard. Systématiquement les plantations furent fouillées et les esclaves douteux parqués sous quelque fromager. Puis, baïonnettes au cul, on poussa tout ce monde jusqu'à une vaste clairière où des dizaines de potences avaient été élevées.

Entouré de ses pairs, un bandeau sur l'œil, Errin parcourait la scène des exécutions. Il vint à moi et ricana :

— Eh bien, sorcière! Ce que tu aurais dû connaître à Salem, c'est ici que tu vas le connaître! Et tu retrouveras tes sœurs qui sont parties avant toi. Bon Sabbat là-bas!

Je ne répondis pas. Je regardais Iphigene. Comme c'était le meneur, on l'avait tellement frappé qu'il pouvait à peine se tenir debout et se serait sûrement écroulé si un des contremaîtres ne se chargeait de le faire sauter d'un coup de fouet à chaque instant. Son visage était si tuméfié qu'il ne devait pas voir grand-chose et cherchait le soleil comme un aveugle qui désire sa chaleur plus que sa lumière. Je lui criai :

— N'aie pas peur! Surtout n'aie pas peur. Bientôt nous nous retrouverons.

Il se tourna vers l'endroit d'où provenait ma voix et comme il ne pouvait pas parler, il m'adressa un signe de la main.

Son corps fut le premier à tournoyer dans le vide, suspendu à une forte poutre. Je fus la dernière à être conduite à la potence, car je méritais un traitement spécial. Ce châtiment auquel j'avais «échappé» à Salem, il convenait de me l'infliger à présent. Un homme, vêtu d'un imposant habit noir et rouge, rappela tous mes crimes, passés et présents. J'avais ensorcelé les habitants d'un village paisible et craignant Dieu. J'avais appelé Satan dans leur sein, les dressant les uns contre les autres, abusés et furieux. J'avais incendié la maison d'un honnête commerçant qui n'avait pas voulu tenir compte de mes crimes et avait payé sa naïveté de la mort de ses enfants. À cet endroit du réquisitoire, je faillis hurler que c'était faux, que c'était menteries, cruelles et viles menteries. Puis je me ravisai. À quoi bon? Bientôt j'atteindrai au royaume où la lumière de la vérité brille sans partage. Assis à califourchon sur le bois de ma potence, Man Yaya, Abena ma mère et Yao m'attendaient pour me prendre par la main.

Je fus la dernière à être conduite à la potence. Autour de moi, d'étranges arbres se hérissaient d'étranges fruits.

ÉPILOGUE

Voilà l'histoire de ma vie. Amère. Si amère.

Mon histoire véritable commence où celle-là finit et n'aura pas de fin. Il s'est trompé, Christopher, ou sans doute aura-t-il voulu me blesser : elle existe, la chanson de Tituba! Je l'entends d'un bout à l'autre de l'île, de North Point à Silver Sands, de Bridgetown à Bottom Bay. Elle court la crête des mornes. Elle se balance au bout de la fleur de balisier. L'autre jour, j'ai entendu un garçon de quatre ou cinq ans la fredonner. De joie, j'ai laissé tomber à ses pieds trois mangots bien mûrs et il est resté planté là, à fixer l'arbre qui hors de sa saison, lui avait offert pareil présent. Hier, c'était une femme fouaillant ses haillons sur les roches de la rivière qui la murmurait. De reconnaissance, je me suis enroulée autour de son cou. Je lui ai rendu une beauté dont elle avait perdu le souvenir et qu'elle a redécouverte en se mirant dans l'eau.

À tout instant, je l'entends.

Quand je cours au chevet d'un agonisant. Quand je prends dans mes mains l'esprit encore apeuré d'un défunt. Quand je permets à des humains de revoir fugitivement ceux qu'ils croient perdus.

Car, vivante comme morte, visible comme invisible, je continue à panser, à guérir. Mais surtout, je me suis assigné une autre tâche, aidée en cela par Iphigene, mon fils-amant, compagnon de mon éternité. Aguerrir le cœur des hommes. L'alimenter de rêves de liberté. De victoire. Pas une révolte que je n'aie fait naître. Pas une insurrection. Pas une désobéissance.

Depuis cette grande rébellion avortée de 17**, il n'est pas de mois qui se passe sans que n'éclate le feu des incendies. Sans qu'un empoisonnement ne décime une Habitation ou une autre. Errin à retraversé la mer après que, sur mon ordre, les esprits de ceux qu'il avait fait supplicier soient venus jouer du gwo-ka, nuit après nuit, autour de son lit. Je l'ai accompagné jusqu'au brigantin *Faith* et l'ai vu avaler «sec» sur «sec», dans le vain espoir de se procurer un sommeil sans rêves.

Christopher aussi se tourne et se retourne sur sa couche et n'a plus goût à ses femmes. Je me retiens de lui nuire davantage, car n'est-il pas le père de ma fille non née, morte sans avoir vécu?

Je n'ai pas enjambé la mer pour persécuter Samuel Parris, les juges et les prêcheurs. Je sais que d'autres s'en sont chargés. Que le fils de

Samuel Parris, objet de son attention et de sa fierté, va mourir fou. Que Cotton Mather sera déshonoré et montré du doigt par une petite garce. Que tous les juges vont perdre leur superbe. Que selon les paroles de Rebecca Nurse, le temps viendra d'un autre jugement. S'il ne m'inclut pas, qu'importe!

Je n'appartiens pas à la civilisation du Livre et de la Haine. C'est dans leurs cœurs que les miens garderont mon souvenir, sans nul besoin de graphies. C'est dans leurs têtes. Dans leurs cœurs et dans leurs têtes. Comme je suis morte sans qu'il ait été possible d'enfanter, les invisibles m'ont autorisée à me choisir une descendante. J'ai longuement cherché. J'ai épié dans les cases. J'ai regardé les lavandières donner le sein. Les «amarreuses», déposer sur un tas de hardes les nourrissons qu'elles étaient forcées d'emmener avec elles aux champs. J'ai comparé, soupesé, tâté et finalement, je l'ai trouvée, celle qu'il fallait : Samantha.

C'est que je l'ai vue venir au monde.

J'avais coutume de soigner Délices, sa mère, une négresse créole installée à Bottom Bay sur la plantation Willoughby. Comme elle avait déjà perdu deux ou trois enfants à leur naissance, elle m'avait fait appeler très vite auprès d'elle. Pour tromper son angoisse, son compagnon vidait force «secs» sur la véranda. L'accouchement dura des heures. L'enfant se présentait par le siège. La mère perdait son sang et ses forces et sa pauvre âme épuisée ne demandait qu'à glisser dans l'au-delà. Le fœtus refusait, combattait avec rage pour entrer dans cet univers dont ne le séparait qu'une fragile valve de chair. Il finit par triompher et je reçus, dans mes mains, une petite fille aux yeux curieux, à la bouche résolue. Je la regardai grandir, explorer en trébuchant sur ses jambes bancales, l'enfer clos de la plantation et trouvant néanmoins son bonheur dans la forme d'un nuage, la chevelure déployée d'un ylang-ylang ou la saveur froide de l'orange grosse peau. Dès qu'elle sut parler, elle questionna :

— Pourquoi Zamba est-il si bête? Et pourquoi laisse-t-il Lapin s'asseoir sur son dos?

— Pourquoi sommes-nous des esclaves et eux, des maîtres?

— Pourquoi n'y a-t-il qu'un dieu? Ne devrait-il pas y en avoir un pour les esclaves? Un pour les maîtres?

Comme les réponses des adultes ne la satisfaisaient pas, elle s'en fabriqua pour son usage. La première fois que je lui apparus alors qu'elle savait ma mort par la grande rumeur de l'île, elle ne manifesta pas de surprise, comme si elle avait bien compris qu'elle était marquée pour un destin tout particulier. À présent, elle me suit religieusement. Je lui révèle les secrets permis, la force cachée des plantes et le langage des animaux. Je lui apprends à découvrir la forme invisible du monde, le réseau de communications qui le parcourt et les signes-symboles. Une fois son père et sa mère endormis, elle me rejoint dans la nuit que je lui ai appris à aimer.

Enfant, que je n'ai pas portée, mais que j'ai désignée! Quelle maternité plus haute!

Iphigene, mon fils-amant, n'est pas en reste. Cette rébellion qu'il n'a pu achever de son vivant, il s'efforce de la mener à terme. Il s'est choisi un fils. Un petit nègre Congo aux mollets nerveux que les contremaîtres ont déjà à l'œil. L'autre jour, ne s'était-il pas mis en tête de chanter la chanson de Tituba?

Je ne suis jamais seule. Man Yaya. Abena ma mère. Yao. Iphigene. Samantha.

Et puis, il y a mon île. Je me confonds avec elle. Pas un de ses sentiers que je n'aie parcouru. Pas un de ses ruisseaux dans lequel je ne me sois baignée. Pas un de ses mapoux sur les branches duquel je ne me sois balancée. Cette constante et extraordinaire symbiose me venge de ma longue solitude dans les déserts d'Amérique. Vaste terre cruelle où les esprits n'enfantent que le mal! Bientôt, ils se couvriront le visage de cagoules pour mieux nous supplicier. Ils boucleront sur nos enfants la lourde porte des ghettos. Ils nous disputeront tous les droits et le sang répondra au sang.

Je n'ai qu'un regret, car les invisibles aussi ont leurs regrets afin que leur part de félicité ait plus de saveur, c'est de devoir être séparée d'Hester. Certes, nous communiquons. Je respire l'odeur d'amandes sèches de son souffle. Je perçois l'écho de son rire. Mais nous demeurons de chaque côté de l'océan que nous n'enjambons pas. Je sais qu'elle poursuit son rêve : créer un monde de femmes qui sera plus juste et plus humain. Moi, j'ai trop aimé les hommes et continue de le faire. Parfois il me prend goût de me glisser dans une couche pour satisfaire des restes de désir et mon amant éphémère s'émerveille de son plaisir solitaire.

Oui, à présent je suis heureuse. Je comprends le passé. Je lis le présent. Je connais l'avenir. À présent, je sais pourquoi il y a tant de souffrances, pourquoi les yeux de nos nègres et négresses sont brillants d'eau et de sel. Mais je sais aussi que tout cela aura une fin. Quand? Qu'importe? Je ne suis pas pressée, libérée de cette impatience qui est le propre des humains. Qu'est-ce qu'une vie au regard de l'immensité du temps?

La semaine dernière, une jeune bossale s'est suicidée, une Ashanti comme Abena ma mère. Le prêtre l'avait baptisée Laetitia et elle sursautait à l'appel de ce nom, incongru et barbare. Par trois fois, elle essaya d'avaler sa langue. Par trois fois on la ramena à la vie. Je la suivais pas à pas et je lui insufflais des rêves. Hélas, ils la laissaient plus désespérée, au matin. Elle a profité de mon inattention pour arracher une poignée de feuilles de manioc qu'elle a mâchées avec des racines vénéneuses et les esclaves l'ont trouvée, roide, la bave aux lèvres, dégageant déjà une odeur épouvantable. Un tel cas demeure isolé et elles sont bien plus nombreuses les fois où je retiens un esclave au bord du désespoir en lui soufflant :

— Regarde la splendeur de notre terre. Bientôt, elle sera toute à nous. Champs d'orties et de cannes à sucre. Buttes d'ignames et carreaux de manioc. Toute!

Parfois, et c'est étrange, il me prend fantaisie de retrouver forme mortelle. Alors, je me transforme. Je me change en «anoli»[1] et je tire mon couteau quand les enfants s'approchent de moi, armés de petits lassos de paille. Parfois je me fais coq guimbe dans le pitt' et je me soûle de braillements bien plus que de rhum. Ah! j'aime l'excitation de l'esclave à qui je permets de remporter le combat! Il s'en va d'un pas dansant, brandissant le poing en un geste qui bientôt symbolisera d'autres victoires. Parfois je me change en oiseau, et je défie les «jeux de paumes»[2] des garnements qui crient :

— Touché!

Je m'envole dans un frou-frou d'ailes et je ris de leurs faces déconfites. Parfois enfin, je me fais chèvre et caracole aux alentours de Samantha qui n'est pas dupe. Car cette enfant mienne a appris à reconnaître ma présence dans le frémissement de la robe d'un animal, le crépitement du feu entre quatre pierres, le jaillissement irisé de la rivière et le souffle du vent qui décoiffe les grands arbres des mornes.

1. Petit lézard.
2. Fronde.

NOTE HISTORIQUE

Les procès des Sorcières de Salem commencèrent en mars 1692 avec l'arrestation de Sarah Good, Sarah Osborne et Tituba qui confessa «son crime». Sarah Osborne mourut en prison en mai 1692.

Dix-neuf personnes furent pendues et un homme, Gilles Corey, fut condamné à la dure peine (pressé à mort).

Le 21 février 1693, Sir William Phips, gouverneur royal de la Bay Colony, envoya un rapport à Londres sur le sujet de la sorcellerie. Il présentait le sort d'une cinquantaine de femmes qui demeuraient encore dans les prisons de la Colonie et demandait permission d'abréger leurs souffrances. Ce qui fut fait en mai 1693 quand les dernières accusées bénéficièrent d'un pardon général et furent remises en liberté.

Le Révérend Samuel Parris quitta le village de Salem en 1697 après une longue querelle avec ses habitants à propos d'arriérés de salaire et de bois de chauffage non livré. Sa femme était morte l'année précédente en donnant naissance à un fils, Noyes.

Vers 1693, Tituba, notre héroïne, fut vendue pour le prix de sa «pension» en prison, de ses chaînes et de ses fers. À qui? Le racisme, conscient ou inconscient, des historiens est tel qu'aucun ne s'en soucie. Selon Anne Petry, une romancière noire américaine qui se passionna elle aussi pour ce personnage, elle fut achetée par un tisserand et finit ses jours à Boston.

Une vague tradition assure qu'elle fut vendue à un marchand d'esclaves qui la ramena à la Barbade.

Je lui ai offert, quant à moi, une fin de mon choix.

Il faut noter que le village de Salem se nomme aujourd'hui Danvers et que c'est la ville de Salem où eut lieu la majorité des procès, mais non l'hystérie collective, qui tire sa renommée du souvenir de la sorcellerie.

M. C.

Pont

Gaillard
arrière

Cale

Faux pont

Soute

Gaillard
avant

Négrier ▲

I

▲ Convoi d'esclaves

▼ Madras
(P. Dannic, Diaf, Publiphoto)

III

◀ **Combats de coqs**

▲ La Barbade

SALEM VILLAGE

Ipswich
Salem

Boston

Plymouth

New York

Atlantic City

▲ Côte Est des États-Unis

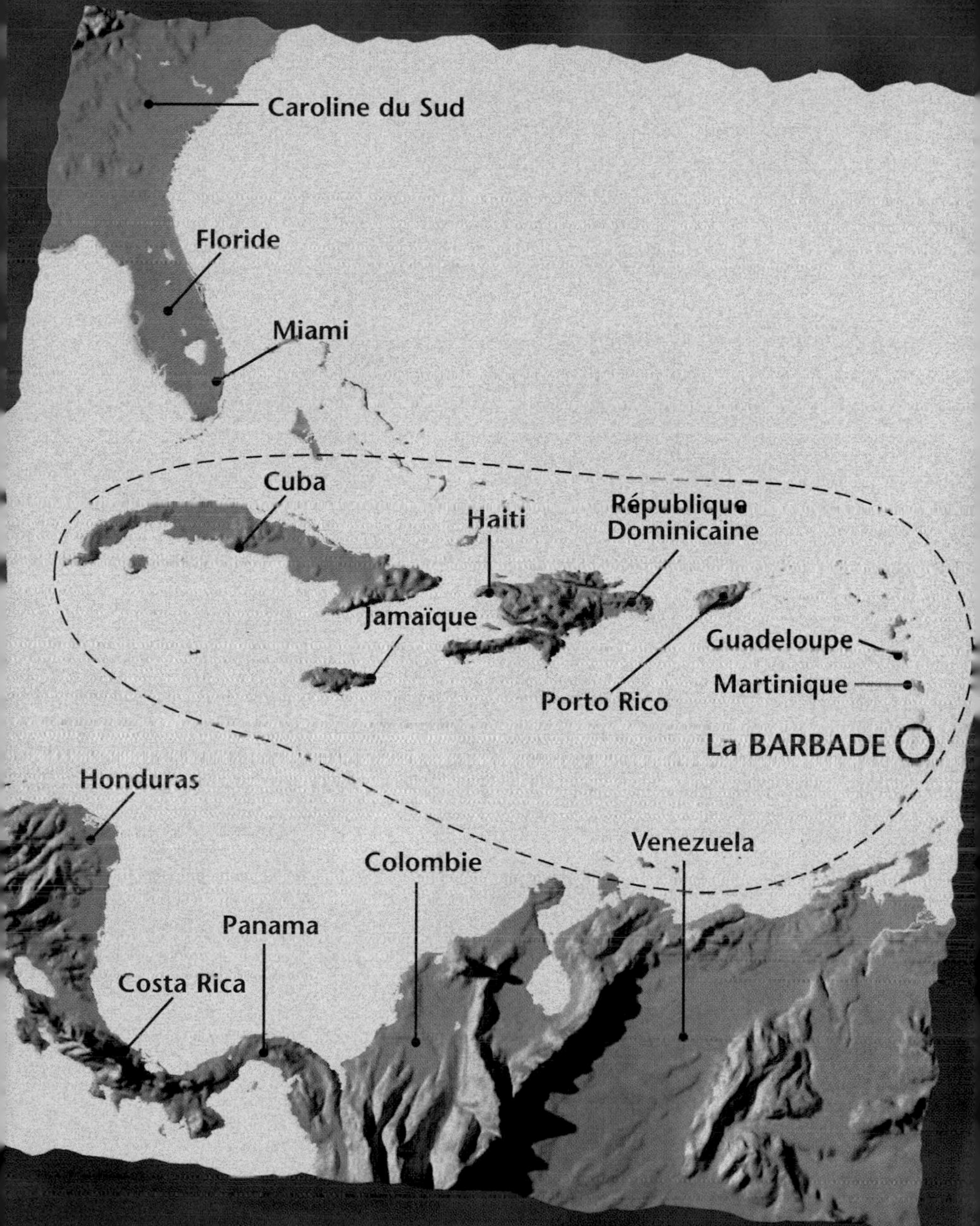

Caroline du Sud

Floride

Miami

Cuba

Haïti

République
Dominicaine

Jamaïque

Guadeloupe

Porto Rico

Martinique

La BARBADE ⭘

Honduras

Venezuela

Colombie

Panama

Costa Rica

▲ Antilles

▲ Habitation

◀ Case créole

▲ Vue historique de Bridgetown
au XVIIe siècle

▲ **Calebasses**
(Guy Felix, Jacana, Publiphoto)

▼ Goyaves

(Jean-Pierre Champroux, Jacana, Publiphoto)

▲ Acomat-boucan

Fromager ▶

(Ph. Leroux, Explorer, Publiphoto)

▲ Plantation de canne à sucre

▲ Le *Mayflower*

▲ **William Phips**
(APC, Archives publiques du Canada)

▲
Cotton Mather
(Avec l'aimable autorisation de l'American Antiquarian Society, MASS.)